小舟

小 舟

〔德〕周仲铮 著
卢居琴 译

中国少年儿童新闻出版总社
中国少年兒童出版社
北 京

谨以此书献给盼我归来的母亲

前言

这本书记录了我在中国度过的童年和青少年时代的一些经历。“小舟”曾是我在国内上学期间，同学们对我的昵称。为了这个昵称，更准确地说是为了能够去学校上学，我同父母进行了顽强的斗争，引发了新文化与旧传统间的激烈冲突。

我的父母生于清王朝。在那个年代，我的祖父曾官至总督，风光无限。我恰与他们相反，因受1919年五四运动的影响，在少女时期便离家出走，追求新文化。离家出走期间，我在《新民意报》及进步民众的帮助与支持下，得以同父母达成协议，获准去学校上学，并安全地返回家中。本书的结尾是我在巴黎留学生活的开始。关于我在旧制的传统中国下所受的苦难，我将在第二本书《十年幸福》中讲述。

今天，一切都过去了，中国女性也不必再受苦受难。就让这些过往经历成为对一个时代的回忆吧。在那个时代里，母女在相互给予对方痛苦的同时，心中却也时时期盼得到对方的爱。

目录

第一章

穿过悠远的小号声

母亲，您就在我的内心深处，我怎会不了解您。

母亲，我是您身上的骨肉，您又怎会不爱我。

母亲，经历过的不幸让我明白，您的悲楚巨如山川。

母亲，破碎了的心让我懂得，您的痛苦深似江海。

母亲，您可曾知道，身虽远在天涯，心却一直在您身旁。

母亲，我满怀期望，您依旧深爱着我，当我再次回到故乡。

听母亲讲，“男要午，女要子”。我哥哥出生在一个冬日的午时，四年后的夏天，我在一个午夜来到了这世上。若只看出生时辰，我们兄妹两个都适时来到人间。

我听民间俗语说：小孩子不能出生在母亲娘家，不然会给外祖父母家带来不吉利。可是，我哥哥就是在扬州的外祖父母家出生的，那时母亲正在自己的娘家久住。而我也是在外祖父母家呱呱坠地，只不过出生地点是福建延平。彼时，我的外祖父在那里做官，母亲去探望他和我的外祖母。因此，若还要顾及出生地的话，我们兄妹两个又都不适时地来到人间。

婴儿期的我非常健康。母亲说，我出生后八个月就已经会走路了。我的乳娘是延平当地一个俊俏的女子，她的乳汁喂养了我和母亲姐姐家的小女儿。前几年我还重遇了这个表姐。母亲曾感慨说："真是难以置信。你们两个喝同一个乳娘的奶，可是性格却如此迥异。你这么顽皮，她却安静得很。"待我快满周岁时，母亲带着我去了湖北武昌，父亲在那里为官。可惜乳娘不想随行，母亲只得给我断奶。

在中国民间，孩子一出生就算是一岁。孩子满周岁即虚岁两岁时，父母会办一个隆重的周岁宴，下一个类似规模的宴会要等到孩子满十岁时才有。婴儿周岁生日时，大人将书籍、毛笔、剪刀、尺子、针线、钱币等各种物品摆放进托盘，再把托盘放在婴儿面前，任其抓取，以其先抓到的物品来预测他以后的兴趣和前途。我抓周时，一只手从托盘里拿了毛笔，另一只手抓到了针线。母亲由此断定：我长大后，既能写得好文章，又能巧手做女红。

如果尽全力追忆过去，我能看见老家房屋后的一条水沟。水沟看上去好深，站在水沟前，我感觉自己那么渺小。保姆牵着我的手，带我走到水沟边。我很害怕。听保姆说，有一个男人曾在水沟前自尽。我听后感到一阵恐惧。我还能记起脚踩在石板路上那清脆利索的脚步声。不久后，我们就搬离了那处住所。

我们全家搬进了一所大宅子，那里有许多庭院和大大小小的花园。我依稀记得，有一个晚上，我在一个房间的长桌子上手舞足蹈，保姆在旁边扶着我的胳膊。那个房间里没有太多家具和装饰，只有一盏大大的煤油灯顺着灯绳从天花板中央垂下来，发出昏暗模糊的光线。我身边还站着另外一个保姆，扶着一个男孩儿，他却不蹦也不跳，那应该是小我一岁的弟弟。两个保姆交谈着什么，我突然尖叫一声，开始大声哭喊，好像有小飞虫飞入我的耳朵。两个保姆仔细检查我的耳朵，可是什么也没有找到。她们想法子安慰我，但我却止不住哭喊。第二天，我病倒了。保姆告诉母亲，我应该是被吓着了，以致魂魄离体。为把我的魂儿叫回来附体，她必须要在夜里进到我被小飞虫吓到的那个房间里，手举燃香，在房间里绕圈走几次，边走边喊：“二小姐，回来呀。二小姐，回家吧。”如此之后的那天，我的病竟然真的好了。后来，我没来由地害怕小虫子，母亲总打趣我说：“你连这小东西都害怕，还能指望自己今后干成什么大事儿？”

一天中，我大部分时间都和保姆待在一起。早晨起床后，她给我穿衣。晚上睡觉前，她又帮我脱衣。她照料着我，得注意不能给我穿得太厚或太薄。需要为我添置衣物时，她就去禀告母亲。她牵着我的手上下楼梯，穿过一个又一个院子。我双亲住在宅子的另一边，离我的房间很远。兄弟们的居处亦是如此。大多数保姆都来自乡下，她们会给我讲神话故事和乡间的逸闻趣事。因为我的母亲不想让自己的孩子听得太多，所以保姆也不敢给我多讲。我生病时，保姆会留在床边照顾我。她与我同住一室，她很爱护我，我无法想象保姆不在的日子。我只有在清晨问安和午饭、晚饭时间才能见到双亲，晚饭后也能和双亲待一会儿。我在自己的房间吃早饭。双亲之于我如天像地，可是我却非常害怕他们。他们按照自己的方式纠正着我的言谈举止，更准确地说，按照孔夫子之道来教育自家的儿女。我幼时极其活泼好动，总想任意说笑，随性得很。这是双亲绝不允许的。

有一回，我在吃午饭时，信口瞎说了什么，具体的记不清了。母亲责备了我，我当时就哭了。她让我别再哭，可是我完全不听。于是，她吩咐保姆把我抱离饭厅。我就这样哭着喊着，伸胳膊蹬腿儿地被带回自己的房间。回房后，任凭保姆千方百计哄我，我仍哭闹不止。她还偷偷把饭菜拿给我吃，可是，我忍着饥饿继续哇哇大哭。我可不愿被大人赶出饭厅后，偷偷在自己的房间吃饭！我只想要母亲来我房间，至于她是否原谅我，是否告诉我她的想法，全都无所谓。我只想要她来找我，可是母亲并未如我所愿。难道她再也不理我了？这可叫我受不了。我毕竟是她的女儿啊，她只要来跟我说上一两句话，就能立刻安抚我。当然，保姆可以说尽好听的话来哄我，可她毕竟不是我的母亲，我想要赢回母亲对我的爱心。每当遇上类似的情况，我伤心不已想要母亲安慰的时候，她却从未到来。是我过于顽皮淘气惹人烦，还是母亲铁石心肠？保姆不住地说："可怜的孩子呀！"我的心是如此哀伤。初次的绝望就这样扎根于心间，从此再也无法将其拔出。我的成长未如母亲所愿，令其失望；而母亲也在她未知之时，让我大失所望。

我的出生时辰虽好，但排行次序却不尽如人意。我大哥五岁时不幸夭折，二哥两岁时，我的姐姐出生了，而我在姐姐两岁时来到世上。那时家里有两个女孩儿一个男孩儿。为什么我要在姐姐之后出生呢？我满周岁时，三弟呱呱坠地，四年后，四弟也来到人间。九年后，我有了五弟。十五年后，我甚至还有了个六弟，可惜他在出生时就死去了。我没有办法选择自己出生的顺序。母亲重男轻女，据说，我出生时，她本以为是个男孩儿。唉，我从一出生就开始让她失望了。

我曾出过一次事故。一次姐姐怀里抱着我，不小心失去平衡，她下意识地松手，去扶住一个柜子，而我就在那一瞬掉下去，头撞在锁扣上，血流不止。我当时竟然没有哭，大概是已经失去了知觉。那一刻我只模糊地意识到，有人在我头上缠上了绷带，并将我放在了母亲的床上。我幸福得感受不到头部的任何疼痛。我听见姐姐站在床边抽泣，父亲在发脾气："妹妹会因为你的疏忽而死的！"父亲是一个极易发怒的人，母亲此时却忧虑着我的将来："额头和下巴，是人的天庭地阁。我们务必好生防护，不要伤到它们。"姐姐听了，哭得更加悲伤。可怜的姐姐，我觉得真对不住她。她一向是个文静懂事的孩子，母亲也很喜欢她。可是，现在因为我，她哭得这么伤心。很长一段时间，我头上都得裹着绷带，但我并没有死去。十年后，我自己不小心跌倒在砖地上，把下巴磕伤了，也流了很多血。母亲啊，我又让您失望了！

我三岁时，哥哥和姐姐已经开始跟着家塾先生学习读书写字。有一天，我闹着要和他们一起进学堂念书习字，但是父亲不答应，他认为我还太小。我就不停地哭，直到他同意为止。但是，我只被允许上午进学堂上课。等到我再长大些，才可以像哥哥姐姐一样，全天都在学堂里听课。因为学堂不在我住的院子里，而我又太小，很难独自走去，所以保姆每日接送我。父亲虽吃惊于我较早的求知欲，但不认为这是坏事，因此最终准许了我的请求。我其实也不知道，我那时闹着要去上学，到底是因为强烈的求知欲，还是更想要和哥哥姐姐相伴。从我踏进学堂的第一次起，我就不喜欢那个家塾先生。可是，我学习起来并不觉得吃力。我记性好，能很快记住新知识。家塾先生来自母亲的家乡扬州，是一个很有学问的人。他人已中年，身材消瘦，面容枯燥乏味，人看上去也很古板，头总是微微偏向左侧。他只会讲扬州方言。我跟着这位先生学习识文断字，吟诗答对，撰写文章。从三岁到十五岁，几乎每个晨昏，我都得听他讲课，让自己变得有教养。

我生性顽皮，他也不算是个懂教育的好老师，因此，我常遭训斥。

学堂前的院子极为幽美。假山中间，长着四棵芭蕉树，蕉叶宽大。下雨时，雨点打落在蕉叶上，噼噼啪啪，极其悦耳动听。我记得，自己有时会因这声音而走神，不能专注读书。芭蕉树上会结出小小的芭蕉，一捆捆呈心状长在树干上。我和哥哥经常偷摘芭蕉吃，它们真是甜极了。

有一天上午，我和姐姐从学堂被人接了去，送到母亲房中扎耳朵眼儿。这样等我们长大后，就可以戴耳饰品。当我们到母亲房间时才知道，正在给她梳妆的女仆要给我们扎耳朵眼儿。我们第一次为了美而忍着痛，落下滴滴眼泪，多年后，这痛和泪早已被我们所遗忘。扎出耳朵眼儿后，最初我们只可以戴细细的线圈儿做耳饰，没过多久，我和姐姐得到了我们的第一件首饰：一副金耳环。

母亲禀性贤淑，寡言少语。在我看来，她好像一直都郁郁寡欢。只有当外婆来看望她时，她才开心起来。外婆住在我们家的日子里，母亲心情甚好。外婆一来，家里的气氛立刻变得与以往不同。大家一起有说有笑，常常出去游玩，而且还总有好吃的。母亲眼神闪亮，嘴角常常带着笑意。母亲的父亲早亡，三个姐妹也已经不在人世，她是家里唯一存活下来的女儿。每年，她都要去扬州老家探望自己的母亲，外婆也年年来我们家小住。我常听人讲，母亲和她的娘家人感情深厚。只要有舅父或舅母来家做客，母亲就会笑容满面。虽然她出生在北京，但她却极爱自己成长的家乡扬州。她父母的籍贯也是扬州。北京之于她，正如福建之于我，基本没有意义。就算后来她有三十年住在天津，却也仅去过北京一次。她眷恋故乡的一切。故乡的家人亲友自不必说，她也热爱故乡的一切事物：自然、气候、人物、方言、风俗、饮食、衣料、首饰、花草，等等。她觉得扬州风景秀丽，气候宜人，人物细腻，方言优美，民风淳朴，佳肴可口，菜蔬鲜嫩，水质甘甜，食油芳香，手工精美。扬州的一切都是无与伦比的。就连女佣，母亲也只选扬州人。扬州的姑娘聪明伶俐，勤快利索。我们的教书先生也来自扬州。母亲很思念她的家乡菜，扬州菜偏甜，不像北方菜，总是咸咸的。每年换季时，她就特别想念家乡当季的蔬菜；过节时，她又惦记起扬州那些用绢纸做的手工花儿。像首饰啊，衣料啊，随便一件手工制品，都能勾起母亲的思乡之情。如若这般，那母亲的思乡之痛岂不是难以承受？真实情况要比我们想象的好一些，这得益于外婆的频繁到访和母亲每年一次的返乡行。家里从来没有断过扬州货：扬州来的女佣或厨师，扬州的青菜、菜油、衣料、绢纸花、首饰等，甚至还有夜壶，我家几乎就是扬州小小的缩影。物虽可搬，但母亲的亲人如她的母亲、舅父、舅母及表姐妹们却不能一同搬来。随着母亲在世的亲戚逐渐减少，她的欢乐也日渐消失。

我非常喜欢外婆，很黏她。她一来我家，我就感到幸福无比。她对自己女儿的孩子一视同仁，不管是外孙还是外孙女，不管是顽皮淘气的还是文静懂事的，都极其爱护。每次她要返回扬州时，我都哭得撕心裂肺。只要我察觉她快要回去了，我就紧跟在她身后，以防她走掉。片刻不见，我就会问周围的人，她是否还在我家。有一次，我没找到她，就问别人，她是否还在我家。他们告诉我，外婆还没走。可是一整天过去了，我都没看见她。傍晚时，我猜到她可能要回扬州，便缠着保姆不放，直到她告诉我，外婆已经回扬州了。大人们怕我哭，故意没让我知道。我号啕大哭，心里恨死了保姆，她怎么能瞒着我呢！那是一个天空阴暗的下午，黄昏即将来临。乌鸦绕着院子里的树飞来飞去，哇哇的叫声透着悲伤。我独自在房中哭泣，没有人来看我。外婆在的时候，经常来我房间逗我、同保姆聊天，那些日子令我开心不已。现在没希望了，再也听不到她走来的脚步声了。连续几天，我都心情沉重，却无人诉说。我不知道，母亲、外婆和我，谁的心情会更沉重?

关于儿时的记忆，还有一件事令我印象深刻。我掉了一颗乳牙，可是我不知道该怎么办。母亲曾说："上牙掉了，要把它放到低处；下牙掉了，要把它扔到房顶上去。这样，人长大后才会有一口漂亮的牙齿。"我掉的那一颗是下牙。保姆把它扔向房顶，它掉了下来。保姆再扔一次，它又滚落下来。保姆只好继续扔，直到它终于留在了房顶上。我高兴极了。

家门前的荷塘也令我难以忘怀。夏日里，荷花和荷叶亭亭玉立，比我还要高。那是怎样的一个荷花世界呀！粉色的花尖，白色的花瓣，散发着丝丝缕缕的幽香，令我如入童话梦境一般。让人高兴的是，到了傍晚，我们可以和双亲一起去荷塘边赏荷。父亲说，荷花出淤泥而不染，是纯洁的象征。我很高兴，因为我的名字叫莲荃，这是祖父在我出生时给起的，意为"荷香"。一家人一起赏荷花的场面，是我一生中不再重现的美好景象。双亲以荷作诗，母亲以荷作画。厨房里用荷叶包着大米来蒸饭，荷花的花瓣被做成点心。荷花就这样滋养了我们的身心。直到如今，我还能记起母亲那时写的一首关于荷花的诗：

人去舟忘系，
漂流任晚风。
忽惊诗客眼，
拾入吟简中。

我真不愧是一个夏天出生的孩子。一到夏天，我就心情畅快。夏天吃西瓜也是一件令人开心的事。母亲不甚喜欢水果，唯西瓜除外。大清早，西瓜就被放进两个盛满清水的大桶里，那桶高得我根本就够不到它的边儿。下午是吃瓜时间。母亲把西瓜切成块儿，分给孩子们和用人们。有的西瓜是黑籽红瓤墨绿色皮，有的是黑籽黄瓤翠绿色皮，还有的竟然是白瓤白籽浅绿偏白皮，更有黑皮西瓜，内有黄瓤或红瓤，籽儿或黑或白。西瓜真是好吃又好看。相较于品尝西瓜的美味，母亲更享受观赏那些摆在一处的多彩的西瓜。在我的记忆里，母亲很节省并不浪费食物。可是，在吃西瓜的时候，她却毫不吝啬，会一次切好多西瓜，把长长的饭桌摆得满满的。整个饭厅里都透着甜甜的西瓜味儿，沁人肺腑。不同颜色的瓜瓤，吃起来味道也不一样。有的瓜瓤绵软，有的则爽脆。母亲说，我们吃瓜要吃饱，这样才健康。等我们吃得肚子圆鼓鼓的也似西瓜一般时，母亲就分给我们每人一些带咸味的小食吃，像腌萝卜或腌笋。她告诉我们："这样身体里就不会存太多的水分。"我喜欢看切西瓜时的母亲，她看上去那么高兴。我吃着西瓜，不时抬眼望着充满喜悦的母亲，内心也很享受这美好的气氛。

农历七月十五是中国民间的鬼节，俗称中元节。这一天，父亲会请和尚道士们来家做法事。厨房里准备了很多小馒头，和尚道士们口里念着经，将小馒头扔向空中给孤魂野鬼吃。说是鬼节，其实更是我们小孩子的节日，我们自己也试着去接那被和尚道士们抛落的小馒头。

农历九月初九是民间的重阳节。人们在这一天或爬山，或登塔，总之是到尽可能高的地方，以便让自己离美丽的秋日天空更近一些。我们家在这一天会出门游玩。

那时，我们在武昌住，家里已有五个孩子。和哥，杏姐，莲荃（也就是我），昌弟和椿弟。昌弟和椿弟又名三和尚和四和尚。母亲生三弟时因难产而大病，就向菩萨许愿，把昌弟送给寺庙，直到他满六岁。他要在六岁生日那天，跳过寺院的院墙，就好像他犯了寺规，被赶出寺院一样。只有这样，他才可以回到母亲身边。当然，昌弟也可一直住在家里，只不过这样一来，母亲就要在六年里向寺庙尽些义务。昌弟是母亲的第三个儿子，所以他就叫“三和尚”。如此许愿之后，母亲的病果然好了起来。三年之后，当四弟出生时，母亲很自然地给他取了“四和尚”之名。我所有兄弟的名字中都带一个“明”字，姐妹的名字里则有“荃”字。其他堂兄弟姐妹也都要按照性别，在名字里分别加这两个字。“明”和“荃”代表着我们在家族中的辈分。

我们有一个属于自己的小花园，每个孩子都养着一只小狗。这是因为，我们家的大狗有一天生了一窝小狗，母亲给我们每个孩子都分了一只。和哥的那只小狗没有尾巴，因此总被我们取笑。我们小孩儿玩耍的小花园是按照和哥的想法布置的。没有园丁,小花园里的活儿都由我们几个孩子自己干。一般是和哥下令，我和杏姐按令行事。另外两个弟弟都还太小,不能跟着我们一起玩。双亲常常叫我们“三个大的”和“两个小的”，有时又会说“这两个大的”和“那三个小的”。我因为排在中间,又只比三弟大一岁,所以常被父母时而归到“大的”，时而又算作“小的”。和哥虽生性文雅，却有很多鬼主意。他极爱花儿，我们的小花园里种满了大大小小的各种花卉。可有一天，和哥命令我和杏姐除掉所有的花草，禁止小狗入内，把小花园改造成了练兵场。场地中央立起了一面大旗，和哥是司令，我和杏姐是他的小兵，我俩得随着他的口令走正步。和哥玩这种游戏的兴趣源于一座兵营，它位于离我家不远的山坡上。每天黄昏时分，我都能听到兵营传来的号声。号声是我人生初次听到的乐器声音，但它却立刻扣动了我的心弦。它令我有种无以言说的伤感，那号声似乎在告诉我:“该结束了，很快就结束了！”我不禁自问：到底是什么该结束了？就这样，每天黄昏时，我的心情都会因这号声而变得沉重，甚至有时眼底会泛起泪花。这号声也让我感觉虚弱无力。一定是要发生什么大事，不然生活怎会如此悲哀？听着号声，我好像化作了一只蝴蝶，在空中飞舞。可飞向何方？那儿又会发生什么？“该结束了，很快就结束了！”号声已经告诉了我答案。和哥一声令下，我便按令行进。我这个可怜的小兵，因为父母不许我们喧闹，所以我也从来没有一支小号做玩具。但山上的小号却在我心中吹响。

没过多久，和哥便失去了当司令的热情，他下令：“关

闭军营！”我们开始种菜。我们在小花园里种满了各种蔬菜，就为了给母亲一个惊喜，让她看看，花园里都长了些什么蔬菜。一个新的命令，一项新的工作。我们播种了青菜、豆角、豌豆、茄子和南瓜。播种之初是在夏季，眨眼秋天就要来临了。每天傍晚放学后，我们就一头扎进小花园，精心浇灌，悉心培植。然而，我们还是担忧蔬菜不成活。毕竟，母亲的菜园子已经收获颇丰，令我们难以企及。有一回，和哥怂恿我悄悄溜进母亲的园子，去查看那里的蔬菜长势。我看完后向和哥汇报：母亲种的蔬菜种类太多，多得我都叫不上名字来。她种的南瓜个头儿很大，远非我们小花园里躺着晒太阳的那几个小瘪南瓜所能比。这场种菜比赛已见分晓，我们输了，无可挽回。所幸，我们收获了两个大大的长相极佳的紫茄子，我们献宝一样地把它们送给了母亲。母亲微笑着说：“明天中午，咱们就吃烧茄子。这可是孩子们园子里结的茄子。”

可惜，我们没等到母亲口中的这个“明天中午”。第二天

左图：穿过悠远的小号声。

黎明，我们一家就突然离开了武昌。祖父被派去上海，我们也得随行。* 那号声真的说准了："该结束了，很快就结束了！"我在武昌的童年生活就此结束。从此，再也听不到窗前小鸟的歌唱，再也看不见学堂前四棵漂亮的芭蕉树，再也欣赏不到那童话般的荷塘，再也吃不上浸泡在大水桶里的西瓜，再也不能在中元节里接那被和尚道士抛落的小馒头。被我们悉心照料的小菜园，也同其他所有的一切一样，一去不复返了。那号声也会结束吗？

不，它会永存我心。后来的日子里，我又不断听到它响起，一次又一次地告诉我："该结束了，很快就结束了！"

尽管我儿时在武昌并不快乐，还爱哭，可我依然无比怀念那段时光。那年，和哥九岁，杏姐七岁，我五岁，昌弟四岁，椿弟刚满周岁。之后，我们五个孩子随双亲一起离开了武昌，搬去上海居住。

到上海前，我们先经由镇江去扬州看望外婆。我们一登上小船，母亲就开始喜笑颜开。小船缓缓驶向前方，一路上风光旖旎，宛若画中一样。母亲似乎认得河边的一切，可见

---

* 1911 年武昌起义后，作者随家人离开武昌。——编者注

这段航程她已走过许多次。她指给我们看，哪儿是著名的“小金山”，船马上会经过哪个凉亭、哪座塔，等等。她还告诉我们，摇橹的船娘们都能烧得一手好菜。不知不觉，我们已离外婆家不远了。

在外婆家做客令我们欢喜异常。我和杏姐一起住在外婆隔壁的房间。每天一早，我尚未穿衣起床，就听见外婆在床上唤女佣进屋，给她些钱，吩咐她去给我们准备早点。女佣会带回许多美味的小吃和糕点，有甜的，也有咸的。我喜欢和外婆一起吃早饭。饭间，她无微不至地照顾着我。还从来没有人像她这样关怀我，为此，我感激不尽。

吃完早饭，外婆就开始忙着亲自为我们准备午饭。这时候，双亲还在睡梦中。外婆家也是一个大宅子，内有几处庭院和大小花园。母亲的几位叔公叔母带着自己的女儿住在各家的院落里。母亲这一辈，几家都没有男孩儿。外婆从买来的菜里挑出最鲜嫩的烹炒，用松果烧火蒸饭炖肉，这样烧出来的饭菜味道更加鲜美。外婆家的饭菜香甜可口，精美得无法描述，而且天天如此。

那时正值秋季，是吃蟹的时节。外婆买来最肥美的河蟹清蒸。下午五点时，我们齐聚一堂，煮酒品蟹。母亲教我们

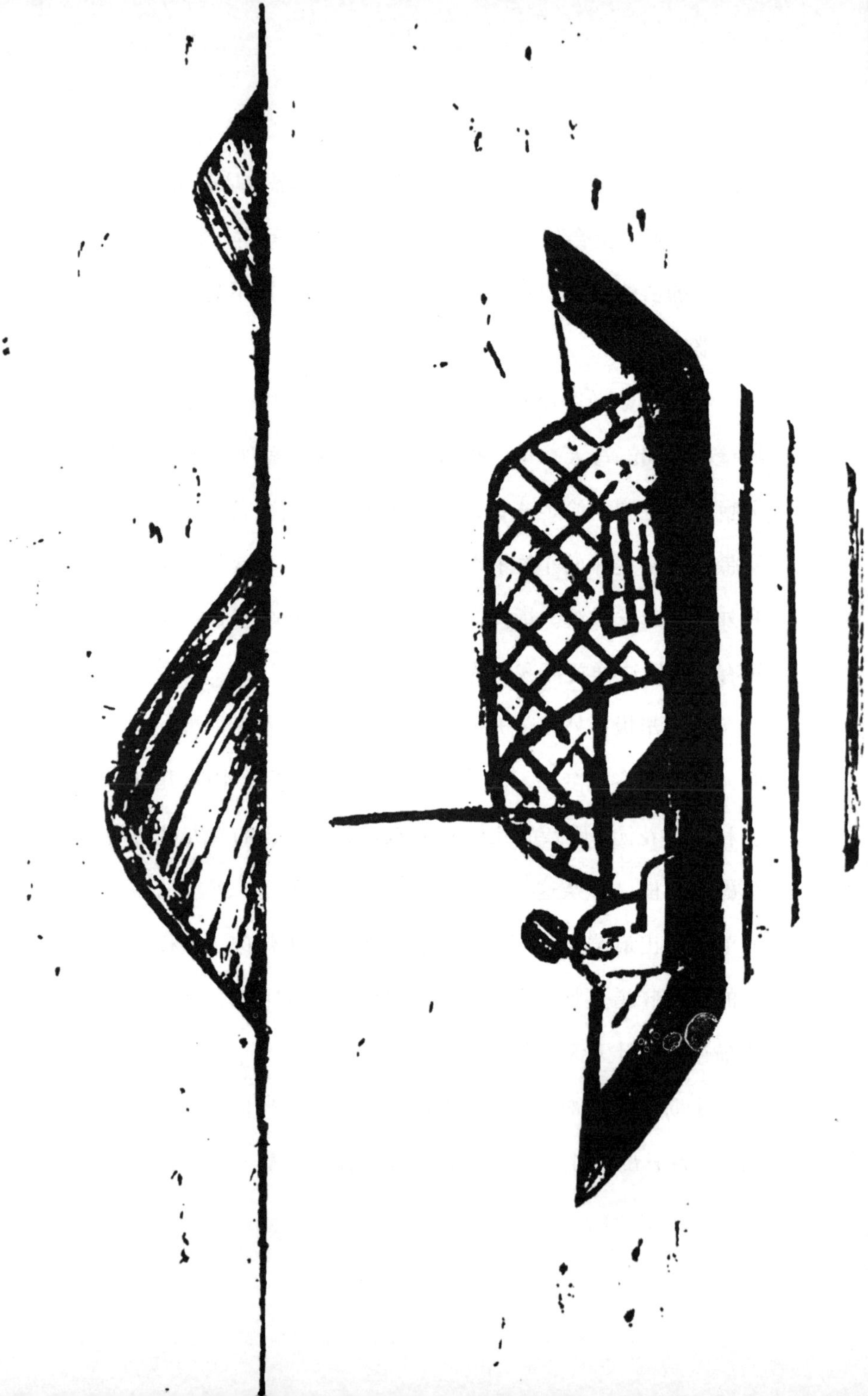

怎样吃蟹。住在外婆家的日子让我断定，母亲未曾出阁时，应该在娘家无比受宠。她在外婆家如鱼得水，一旦失去了这生命之泉，母亲就变得呆板起来，无法自在地生活。婚姻对她来说应该很沉重。她十七岁嫁给了与她同龄的我的父亲，二十七岁时就已是六个孩子的母亲，长子还不幸夭折。回到娘家，她就像变了个人。那时我心里就想，婚姻是件多么残酷的事，它扼杀了一个少女鲜活的青春，逼迫她去努力适应夫家的规矩和生活。难道就因为这个缘由，母亲才重男轻女？她甚至也不爱自己，觉得身为姑娘是种耻辱，更认为做女人就是受苦。我也不愿当姑娘，我想做个男孩儿，这样就能赢得母爱。渐渐地，我开始理解母亲。我当然和她一样，也愿意永远留在外婆身边。

就连父亲在外婆家也变了个样子。习惯了板着脸吩咐仆人做事的他，现在竟能温文尔雅地和母亲的叔公们聊天叙谈。总而言之，母亲在娘家倍感幸福，父亲也彬彬有礼、谦逊善

左图：宛若画中一样，母亲似乎认得河边的一切。

交。孩子们像生活在天堂里。这里没有教书先生，我们也不需要学习。从早到晚，天天像过节一样。我们如若犯了错，必定有外婆袒护着。这样一来，我们反倒只是淘气，并不做出格的事。在这里，父亲有所忌惮，也不便像在家里一样严厉地呵斥我们，我们可得好好享受这平白多出的自由。

母亲的堂姐妹们，也就是我们的姨妈们，都很年轻。我们不仅不怕她们，还和她们一起玩耍，甚至向她们提些在母亲面前不敢提的问题，她们就像我们的大姐姐。在外婆家，外婆是我们的保护人，姨妈们是我们的好玩伴儿。要是能永远待在这里就好了，可惜这是痴心妄想。这里毕竟不是我们自己的家，我们只是来此做客。客人总归是要走的。父亲还有公务在身，妻小必须随行，我们全家得动身去上海。

启程之日，阴霾笼罩，令人更加黯然神伤。外婆和姨妈们送我们到大街上坐人力车，被泪水模糊了双眼的我根本看不清她们。保姆坐在人力车上，我坐在她的膝盖上，旁边放着我们的行李箱。我们渐渐远离外婆家。车夫开始和保姆聊天，还问她，我是不是个小子。什么！我看上去像个小子吗？难道他能看透我的心思？我倒巴不得是个男孩儿呢！我默默地注视着街巷以及两边的房子。巷子里的道路颠簸不平，两旁的房子也破败不堪。可是，这所有的一切对我来说是如此亲切。我号啕大哭，担心从此再也不能来扬州。这是母亲的故乡，母亲的家，这里的一切都是那么美好！为什么我们非得离开这里？是呀，我们要去上海，去找我那个曾做过数省总督的祖父。

上海是个国际商埠，娱乐大都市。名流政客和罪犯强盗混迹其间。它是富人的天堂，穷人的地狱；它是男人的花花世界，女人的爱美之城。可它不属于孩子，尤其不属于那个被武昌的号声扣动了心弦，被扬州的离别伤透了心的孩子。

这个新世界让我感到陌生。上海的建筑和街道，居民和方言，菜肴和穿着，这一切都完全不同于武昌和扬州。我们搬进了新住处，它位于一条狭窄的弄堂里。住处没有院子也没有花园，但有几个日本女人做邻居。她们的脸怎么那么白？衣着也怪里怪气，说话叽里咕噜的。“这是东洋鬼子。”保姆悄悄告诉我们，“还有西洋鬼子呢，他们长着黄头发、蓝眼睛和红脸庞。”大人不许我们独自到街上去玩儿。街上交错跑着人力车、马车、汽车和电车，若无大人的陪同，小孩子是绝无可能独自安全穿过马路的。在我眼里，上海真是一座魔都，但我们只能天天待在家里。白天里，陆续有小商贩到家门前用上海话高声叫卖。孩子们一下子找到了新的乐趣：和哥模仿着小贩的叫卖，我再模仿和哥。我们就这样学会了上海话。

不久之后，我们搬入另一条街上的一所房子里。住在上海的家族成员里有一位寡居的伯母和数不清的堂兄弟和堂姐妹们，祖父也时不时会来上海小住。在父亲找到合适的房子前，我们暂居在一位堂兄家里。这位堂兄是祖父的长孙，而父亲是祖父最小的儿子，因此，堂兄比我的父亲还要年长几岁。我至今对他还有印象：身材颀长，说话语速飞快。和哥告诉我，这位堂兄聪明绝顶，数学造诣颇深。他虽父母已亡，但自己儿女众多，年龄都与我们相仿。

我初见祖父时，他已年逾七十。他身材修长，鹤发白髯，面庞清癯，戴一副眼镜，手拄一根拐杖。两旁总有侍从跟随，那两个侍从看上去也极为尊贵，一左一右跟在祖父身边，十分气派。祖父的具体行程和旨意经由他们传达给父亲。父亲若想更多了解祖父，得向这两个侍从打听。祖父在我们面前就是一家之主，他青年时创立了这个家族，曾经在朝廷位居高官，如今赋闲在家，子孙满堂。保姆告诉我，慈禧太后曾召见祖父，并给了他丰厚的赏赐。我多次目睹祖父接见那些西洋鬼子，有一次，他甚至带我们去了一个洋鬼子那里。那个金发碧眼的洋鬼子对我们非常和蔼可亲。

我们在上海住的第二所房子非常宽敞，楼上整整一层都归我们一家住，只是光线差些。我和姐姐共住一间，而且我们俩竟被允许完全按照自己的喜好来布置房间。我们的家塾先生也来到上海，我们又开始上课了。

来到上海后，母亲根本不喜欢出门。父亲常常要劝说很久，才能说服母亲一起出门。有一次，和哥说服了母亲同我们一起步行去商务印书馆。保姆牵着我的手和大家一起向前走。街上车马如梭，人流如织，林立的商店橱窗里摆放着琳琅满目的商品。这一切令我目不暇接，晕头转向。母亲在商务印书馆为我们买了些本子、铅笔和画册。我觉得书店里的售卖、包装及运送形式极其有趣。发票和钞票被放在小筐里，在我们的头顶上顺着铁丝像小鸟一样滑来滑去。母亲拿不定主意，是否该给我们买一些书，因为我们只可以读孔孟经典。这些书一般由父亲选定，塾师再据以授课。

随着我们在上海的生活日渐趋于正常，母亲找到了一个新的打发时间的法子：养蚕。她的房间里和阳台的许多桌子上都摆满了竹匾，里面趴着成千上万条蚕。一向害怕小虫的我不忍直视那些蠕动的虫子。谁若进到母亲的房间，都得留心着，不让蚕爬到自己的衣服上被带出门。在母亲宽大的衣袖上看到爬动的蚕，已是常事。我们孩子很羡慕那些蚕，因为母亲一整天都在摆弄它们。母亲把它们从一个竹匾挪进另一个竹匾里，又把竹匾从这张桌子上搬到另一张桌子上，铺桑喂蚕，听它们吃桑叶时发出的沙沙声。母亲觉得这声音如春雨绵绵般和谐动听，她时常以手轻抚那些蚕，心神安定。若是母亲让我帮着喂蚕，我会吓得毛骨悚然。当我的手指头一碰到蚕那冰凉的身体，我就怕得一下子抽回手，失声大叫。母亲却笑着说："这有什么好怕的。"在养蚕这件事上，我帮不了母亲太多。很快，蚕长大了，开始吐丝作茧，母亲便更加忙碌。不久，我们总听她对父亲说："是时候上山了。"和哥和我高兴极了，看来，过不了多久，我们就可以去爬山了。和哥知道，父亲在九江附近的庐山牯岭有两处别墅。但是，很快我们就大失所望。母亲指的是让蚕上山，并不是我们。而所谓的山，也不是牯岭，而是稻草扎成的小山堆。蚕被放在稻草山上，它们不再吃食，一个个仰首左右晃动，吐出一根根细长的丝线，把自己缠裹起来，最后结成一个个白色或黄色的茧子。这时蚕身通体透明，丝尽以后便变成了蛹，蚕吐尽丝的那日，便是它的死刑之日。人们只留下极少的蚕蛹，让它们最后破蛹成蛾，今后可以产卵，其余的蚕蛹都会用开水烫死。母亲雇了一些技艺娴熟的女工，来家里做那最辛苦的剥茧抽丝的活计。家里到处弥漫着死蚕蛹的臭味，熏得我直想呕吐。终于，我逮到机会问母亲，我们每人能否得到一件丝质绸衣。母亲却答，离那一天还早着呢。要想得到真丝，人们得把生丝再煮一遍，这很困难，而且需要大量的生丝，母亲的初衷并非为此。后来，我们每个孩子得到了一些生丝，可以放进墨盒里来吸储墨汁。这时母亲也有了她新的乐趣，蚕蛾开始把墨点般的卵产在白纸上，母亲小心翼翼地把这些白纸保管起来。等到来年春天，当桑树上长满宽大的绿叶时，这些小墨点就会开始蠕动，然后破卵而出，抬头爬来爬去。那时，母亲就又可以重复她今年所做过的活计，并乐在其中。母亲把几张沾满蚕卵的白纸放在了衣柜里。有一天，当她打开衣柜收拾衣服时，突然发现，那些小墨点已经开始蠕动。母亲这才意识到：春天来了。

第二章

向北方去，向死亡去

我们渐渐喜欢上了上海。上海有鳞次栉比的商店，车水马龙的街道,琳琅满目的物品，熙攘的人群，富有特色的方言，温和湿润的气候,还有那些长相古怪的洋鬼子。母亲自豪地说：“每次我带昌儿上街，洋鬼子都会围上来夸他。”母亲还给我们买了时髦的皮鞋。鞋子的表皮很硬，穿上后有些挤脚，走起路来还吧嗒吧嗒响。可是，我们依然穿着它，在院子里神气地走来走去。我们也去过市中心,那里到底有多少五彩缤纷、耀眼夺目的灯啊！上海人讲话语速虽快，他们发出的声音却极具魅力。上海多雨，但常常是如牛毛般的绵绵细雨。

一天，我们得知，父亲被选为北京议会的议员，举家都要迁往北方的天津城。北方在哪儿啊？北方是什么样儿？天津在哪儿？天津又是什么样子？那儿的人怎么生活？讲什么方言？北方的气候如何？菜肴是什么口味？我们想知道关于北方的一切情况。母亲对北方略有所知，可她只是告诉我们：“北方离这儿很远，而且气候寒冷。”和哥猜想，北方不如南方文明繁华。假若是这样，那实在太令人伤心了。我们一定得搬去那里吗？我们在上海不过居住了两年，就得离开这里，太遗憾了。父亲先独自去天津几天，然后回来接家眷一起走。太可怕了！和哥一向以自己出生在扬州为荣，所以他现在最抵触搬去北方。我对北方也兴趣索然，至于原因，我也说不出。很快，父亲就从天津回来，但他只字未提天津的情况。母亲看上去毫不伤心，或许这次父亲在天津谋得一份极好的公差。我们想到了一直跟随父亲的一个手下人，便去向他打听北方以及天津的情形。他告诉我们：天津的冬天非常冷，冷得能把人的鼻子冻下来。那儿还总刮风，凛冽的寒风吹得人得戴上护耳。天津的灰尘特别多，风中总夹带着沙子。人走在路上，一不小心就吸进一嘴沙，吃饭时尤其要多加注意。北方的一切都是黄色的，天空昏暗浑浊，土地黄蒙蒙。水是黄色的，饭也是黄色的。北方人喜欢吃玉米面蒸成的黄色窝头及其他馒头面条之类的面食。北方菜偏咸。北方人喜食羊肉和生蒜。总之，天津不如上海美，可是，那里也有洋鬼子。天津人的性情有些粗暴，一言不合就会动手打架。但是，相比于上海人，他们更加正直，待人更真诚，办事更牢靠。这就是我们所听到的关于北方和天津的一切情形，负面远多于正面。可是，关于我们在天津那个不可逾越的家族，父亲的这个手下人却绝口不谈。我慢慢开始忧伤起来。从武昌到扬州，从扬州到上海，虽然一再搬迁，但毕竟我们一直还是生活在南方。我在南方长大，自然挚爱南方的青枝绿叶，绿草如茵，还有那蒸腾的酷热。现在，我们都得迁往北方，去那个遍地枯黄、萧瑟凄冷的城市。我为此心生恐惧。在我们的住房对面，工人们正在打地基建新房。为了让这繁重的打桩活计变得轻松些，他们齐声喊着号子。号子短促而悲壮有力，听得我都要情不自禁地跟着呐喊：我不要去北方！更不要去天津！我要留下来，待在这里！

可是，我内心的呐喊无济于事，启程之日来得比想象的还要快。昌弟就要满六岁。本来，他应该回武昌，去寺院里“跳墙”，可是，我们根本没有时间了。因此，母亲派一个仆人回武昌，在当地找一个与昌弟同龄的男孩，做昌弟的替身去完成这个仪式。我们就这样结束了在上海的生活，举家北上。

或许那时还没有上海至天津的直达火车，我们得在徐州换车。由于我们赶不上当日由徐州发往天津的火车，只得在徐州住宿一晚。我们全家到徐州时已是晚上，夜色漆黑，我被冻得直打哆嗦。距离客栈还有一段长长的路要走。路面松软，我们走起来深一脚浅一脚,鞋里时不时灌满沙子。母亲打趣说，我们现在已经开始感知北方的大地了。难道她是高兴去北方的?

到了客栈，夜已深，老板只能给我们熬一些米粥，拿一些馒头来吃。我难过得几乎粒米未进，但母亲竟然对此毫无察觉。我们睡在坚硬如石的炕上，母亲告诉我们，在北方，农民都睡在自家盘的炕上。炕虽然硬如磐石，但是人们可以在炕洞里烧柴把它加热。冬天睡在这样的火炕上，全身都会暖乎乎的。

我们睡了没几个小时，就得在朦胧夜色中起床动身，赶坐去天津的火车。我冷得发抖，两腿无力前行，保姆只得拖着我走。我们必须得向前走，向前疾行。向北方去，向死亡去。我原本怕黑，现在却不得不在黑黢黢的夜里踉跄奔跑。我难以分辨,此刻我是疾行在天之下,还是地之下?但我深知，我这就是向北方去，向死亡去。

我们终于抵达天津，进入那个筑有高墙的家族堡垒。城市虽丑陋，但总归是我们要安家的地方。当时正值十一月。祖父在世的最年长儿子的媳妇，也就是我的四伯母，将我们临时安置在与她已出嫁的大女儿毗邻的一所房子里。这位伯母是山东人，讲普通话。她侃侃而谈，笑声不绝。这就是那个手下人所说的真诚吗？母亲站在她身边，显得含蓄内敛，甚至有些拘谨。该站着还是坐着？该附和说话还是微笑不语？母亲毫无主张，索性沉默不语，让父亲去和伯母周旋寒暄。第二天早晨，伯母派人给我们送来北方的早餐：大馒头。那馒头一个个圆鼓鼓的，洁白松软，还冒着热气，让小饭厅一下子变暖和了。果然正如父亲的手下人所说，这馒头是用面粉做的。母亲强迫自己去接受去喜欢北方的事物，和哥却任由自己继续讨厌北方，而我也不喜欢北方。

这所房子是典型的中式建筑，院子大，房间小。可这是什么样的院子啊！没有绿草，也没有成林的树木，只有一棵

左图：保姆只得拖着我走。我们必须得向前走，向前疾行。向北方去，向死亡去。

树孤零零地立在那里。树上光秃秃，连一片枯叶都没有。地上铺着青石板，由于总被寒风吹，坚硬冰冷的石板的中间部分已经泛白，四角的石缝里积满了黄沙。当人穿过院子时，总有一种感觉，好似行走在被劈开的寒冷彻骨的海水中间，我甚至都不能自如呼吸。我们只得穿得暖暖的，待在房间里。我还从来没有上过街。为什么？要想上街，必须要先穿过两个宽大的庭院，才来到两扇大大的宅门前。宅门边上是门房，专门有仆人坐在里面，盘问来往人等。任何人不可随意进出，像我这样的大小姐，是绝不被允许随意上街的。我只能穿过府内的庭院走廊，去学堂上课。

天津送给我们的第一份大礼是伤风感冒。我还得了支气管炎，整日咳嗽不止。自此，每年冬季，我都会得支气管炎，一直咳嗽到冬季结束。学堂里，我们的咳嗽声盖过了我们琅琅的读书声。我们从未喜欢过的先生好似日占上风，变得可爱起来，那是因为他讲的扬州方言已经成了我们珍贵的记忆。

伯母第二次到访时，笑着对母亲说："你家姑娘怎么穿这么稀奇古怪的鞋？"母亲立刻明白了伯母话里的意思。宅子里的淑女应该穿自家做的布鞋或缎鞋，这样走起路来才不会有声响。我们在上海买的皮鞋就此被拿走。我现在走起路来没有一点儿声息，好似一个幽灵在飘。我依然深爱我的上海皮鞋，暗下决心，以后一定要通过斗争把它们夺回来。

我对双亲的房间记忆犹新。房间很小，一张床占去了屋内大部分空间。吃完晚饭后，我们五个孩子一起坐在双亲床前的长木榻上，大大小小，挨挨挤挤。木榻同床一样长，足够我们五个坐下，我挤在中间。孩子们安静地屏息听父母聊天。父亲说，他得去寻一所大些的房子给我们住。母亲则聊起伯母，说她好像不大好相处。我们沉重的生活在天津开始了，我们不再只是单独的一个小家庭，而成为天津大家族里的一部分。

我们十分着迷于母亲的三件洋货，那是父亲在上海买给她的礼物。第一件是一个八音盒，拧紧发条后，那盒子里就响起优美舒缓的音乐。第二件是一台留声机，放上一张唱片，搭上唱针，就有欧式进行曲的旋律回荡开来；还有一张唱片上录的是欧洲人的笑声。每次听到，我们都被逗得前仰后合，捧腹大笑。第三件是一台小型放映机。片子上大部分是风景，但有一张片子，令我印象深刻，难以忘记。那上面是一张欧洲人的脸，他的鼻子越变越长，似乎就要碰上坐在画幕前的我们的鼻子，让我们惊恐万状。当父亲闲时，母亲心情也好的时候，而此时我们又恰好比较乖巧，就有机会一睹这三件宝贝的真容。可惜，这样的机会极少。要么是父亲没工夫，要么是母亲心情差。她还告诫我们，凡事都会乐极生悲。她说得自然有道理。正因她那时没让我们尽兴，所以直到今天，我还奢望，若母亲在世，定能再亲自给我们展示这三件宝物。

有一次晚饭后，我们一家人围坐在留声机旁，父母帮我们换放唱片，我们仔细聆听。我开始有思乡之情，上海就在我的记忆里。第二天，堂姐派用人过来询问，母亲是否可以把她的“戏匣子”借给她一用。母亲回复说，我们家没这东西。用人悻悻离去。可是不一会儿，堂姐再次派用人到我家，说：“你们肯定有那戏匣子，因为昨天晚上我们还听到来着。”母亲这才搞懂，堂姐指的是那留声机，我们的“洋玩意儿”。难道天津话的确有别于南方话？那我们也得学说天津话吗？不，我们才不要，我们继续讲自己的语言。我们的语言里混杂了武昌话、扬州话、上海话及普通话。

我们搬家了，搬进伯父名下一所位于英租界的洋房里，该英租界地区被称为小孟庄。房子由三栋建筑风格相似的连排欧式洋房组成，我们家住了两栋，每栋都有两层楼。双亲选了带阳台的两间房自用。从双亲的房间去餐厅，需要走一大段路，穿过几个空屋。冬天，这几间空房有的生火，有的不生火；夏天，这几个空屋有的凉爽，有的闷热。因为餐厅在另一栋房子里，所以我们还得经过好多楼梯，上上下下，曲曲折折。若是想去我的房间，就要穿过更多的屋子。我还记得，自己很怕独走这段长路，尤其是在夜里。我和杏姐还有保姆一起住，我们可以在我们的房间里肆意吵闹，反正母亲也听不到，而她也从不来我们的房间。

房前有一小块空地，种着些花草，还有纵横缠绕的葡萄藤。房后则有一条河，从餐厅窗户可以望见。当我坐在餐厅里等双亲来就餐时，常常透过窗户观赏河景。河水是黄色的。是啊，就像他们说过的："北方的一切都是黄蒙蒙的。"河岸上的土地也是黄色的。夏天，河岸两侧的柳丝青青，一丝不挂的小孩在河里欢快地游泳，身上比泥土还要黑。不时有木筏驶过。我看见后背晒得黝黑的船工，沿着筏子两侧，走走停停，用长杆撑着木筏前行。若是有超大的木筏，河岸上就会有一个或多个纤夫，弓着身子，低着头，背着纤绳，步履沉重地拉着筏子向前行进。慢慢地，大木筏就缓缓经过淤滩顺流而下。大河奔流的速度几乎不变，但一到冬天，河面就会结冰数月。即便如此，它依然是土黄色的，因为北风刮来了黄沙，将冰面盖了厚厚的一层。冰层有几米之厚，人们可以在上面行走。

我们必须要经过我家房子左边的一座桥才可以进城。父亲很快就买了一辆马车，我们一家常常坐车出行。家里雇了两个马车夫，一高一矮。每次我们坐马车到桥头时，矮个子车夫就会下车去牵马笼头，引着马慢慢过桥。长此以往，就算我们深夜坐在车厢里，也能知道：马车要过桥了，我们马上就要到家了。

搬家后，待一切收拾妥当，双亲便开始找用人。找用人本不是难事，因为用人无论是北方人还是南方人，父亲都无所谓。可是，父亲可不容易伺候。他脾气不好，易发怒，而且常常会在盛怒之下辞退用人。母亲的温柔贤惠一点儿都没有影响到他，我常听到父亲埋怨母亲："你总是袒护那些下人。"即便是用人动作笨拙，手底下不利索，母亲也不愿频繁更换用人。她向父亲求情，请父亲原谅犯错的用人，这样做也常常奏效。假若没起作用，她就会让被解雇的用人过一段时间再来碰运气。我记得，有一个用人被父亲解雇了三次，又相继三次被重新雇用。父亲虽然脾气暴躁，但大家都知道，他其实心地善良。因此，用人们并不是很怕被父亲辞退，反正最后母亲会为他们求情，他们还有机会再回来做事。可是一个被母亲解雇的女佣是绝对无法重回我家的。

母亲虽然从扬州带来了几个女佣和一个厨娘，但是不够用。她只得聘用北方用人，却时时担心，那些天津姑娘不如扬州姑娘整洁勤快。扬州来的厨娘常常在做饭时和北方厨师起争端，最后，家里给了扬州厨娘一个专用小灶房。北方大厨每顿都准备八个菜，扬州厨娘只炒两个菜，我们主要吃她做的那两个菜。每天晚上，母亲都会和厨娘讨论第二天吃什么菜，厨娘总能很巧妙地推荐出母亲喜欢吃的。

我们在天津亲戚众多，足足有五代人。前面我曾提过的四伯母的丈夫，也就是我四伯，他是祖父和其原配所生。祖父的第二房妻子是我父亲的母亲，我们称她为奶奶。奶奶育有两个儿子，父亲是其中那个小的。奶奶和她大儿子及其家眷住在一起。偶尔，奶奶也会来我家，不管是步行还是坐车来，她都随身带一个女佣。她人刚到桥头，门房就来禀告双亲。双亲早早站在花园里恭候她的到来，我们则站在他们身后。奶奶一进大门，我们就齐声喊："奶奶好。"双亲把奶奶引入前厅喝茶吃点心。奶奶同母亲一样，也是江苏人。她话不多，嘴角总带着笑。奶奶很疼爱我们，夸奖起我们来不遗余力。在她面前，母亲显得有些拘谨和沉默寡言。其实母亲无须惧怕奶奶，她是一个很通情达理的老人。父亲陪着奶奶聊天，母亲并不插话，间或轻声吐出一个“是”字。若是奶奶来时父亲恰好不在家，那母亲就犯愁了：该跟奶奶聊什么呢？她得谨言慎行，不可在奶奶面前说错话。奶奶看得出她的局促不安，便会主动随便聊些什么，母亲只要偶尔说上几个“是”就可以了。

有一天，奶奶带了一个老女佣来我家，并让她留在我家住。后来我才知道，她是父亲小时候的保姆，已经七十多岁，为人谦和，我们理应尊敬她。她与我们同桌就餐，座位就在双亲旁边。可惜她没活多久。

在这所房子里，母亲是最幸运也是最不幸的人。她在这里生下了第五个儿子，却也失去了自己挚爱的老母亲。

一天早晨，保姆告诉我：“好消息！昨天夜里，你们的母亲又给你们生了个小弟弟。现在，你的身价看涨，你四弟的地位要跌下去了。因为，你母亲现在有四个儿子，却只有两个女儿。开心吧？”我明白了这次生育之于双亲的意义，可是并不相信，我的身价会因此有所提高。难道母亲会看重一个女儿的身价吗？

起床后，我们去向双亲请安时，父亲在前厅嘱咐我们，要轻手轻脚进入母亲的睡房。父亲满脸欢喜，对我们也和颜悦色，完全不似平常那么严厉。

屋里的光线被遮挡得有些幽暗。母亲躺在床上，身旁有个小东西，那是一个刚出生的婴儿，他是我的五弟。母亲看上去很虚弱，但还是冲我们微笑。这孩子从哪儿来的？我的小弟弟是怎么来到世上的？我百思不得其解。等到晚上，当我们又聚在母亲房中时，我忍不住问："母亲，小弟弟是从哪儿来的？"母亲笑着答道："在很远很远的地方，有一座山。山顶上有很多小孩儿，有男孩儿，有女孩儿。想要孩子的父母就要到那座山上去找自己喜欢的孩子。你们和这个小弟弟都是我从那山上带回来的。""啊，我们原来待在山上，那一定又饿又冷。"我心想。"那你是什么时候上山去找小弟弟的？"我接着问母亲。"什么时候去的？嗯，那是在一个夜里。父母们只能在深夜去山上找。"母亲再答。我本来还想接着问："那你为什么还要找女孩儿带回家？反正你只喜欢男孩儿！"可是，我到底还是没敢问。母亲声音低弱，可是透着浓浓的幸福。父亲则坐在床边，时不时看看那个小东西，满脸慈爱。我还从未见过双亲这么幸福愉快，这都要拜小弟弟所赐。我爱你，我的小五弟，是你带给双亲及全家这许多幸福，你一定要好好活着，永远待在我们身边。我看着那个现在只知躺在母亲身边酣睡的小东西，默默祈祷着。祖父给五弟起名为“耆”，有“长命”之意。双亲则给他起了小名，叫“五和尚”。

成百上千个煮熟的鸡蛋被染成红色，送给所有的亲戚。生男孩要送双数的鸡蛋，生女孩则送单数的鸡蛋。孩子出生的第三天，家里会小小庆祝一番，民间称此为“洗三”，就是给新生儿第一次洗澡。婴儿出生一个月时，家里会大摆宴席庆祝，称为“摆满月酒”。所有家人及平日里有来往的亲朋好友，都会前来给双亲贺喜。双亲感到无比幸福，尤其是母亲，幸福满足得不想再生下一个了。

“满月酒”过后不久，母亲就得启程去扬州。她的老母亲得了乳腺癌，病情严重，虽经过手术，但并不见好。慈爱的外婆还不曾来北方看望我们，就在扬州逝世了。她去世前的两个月里，所幸有母亲侍奉床前，并无遗憾。自此，母亲成了无父无母的孤儿。她在世上也没有亲兄弟姐妹，只有一个义弟，还总让她担心。若是小弟弟再有个三长两短，那生活对母亲实在是太残酷了！

母亲不在家的日子里，父亲代她照顾五弟。中午和晚上，奶娘吃饭时，父亲抱着五弟，亲他，逗他，跟他说话。若是父亲忙，就由我来照顾小弟弟。我那时肯定照顾五弟细致入微，父亲看在眼里，他对五弟说："等你长大了，可要好好对你二姐。你看她多疼爱你。"

外婆去世后，母亲并未即刻归家。一两个月过去了，母亲还迟迟未归。那里肯定有很多后事需要母亲料理。外婆的棺木入土，坟墓新立时，母亲久久不肯离去。我也很伤心，因为我即将满十岁。按照习俗，这件事本应该好好庆祝一番。十岁生日对孩子很重要。十岁的孩子认为自己是个大人了，而下一个十岁生日时，她或许已经离家。所以，我急不可耐地盼望着母亲的归来，而母亲依然滞留在扬州。一个没有母亲陪伴的生日是不值得高兴的。我听说，和哥杏姐十岁生日时，母亲也在扬州。但是，她匆匆赶回，还送给他们精美的礼物。可现在轮到我过生日，母亲并未返家。我的生日就要静悄悄地溜走。父亲虽很疼爱我，但我也想要母亲在身旁，也想得到母亲送的漂亮礼物。我病倒了，内心的失望无人诉说。父亲无微不至地照顾我，找医生来家中给我看病。每天，我都得喝黑乎乎的汤药。药一入口，苦涩无比。这场病后，我的肠胃变得异常脆弱。病中父亲对我的呵护关爱，令我没齿难忘。吃饭时，他为我夹菜，那些菜都是他觉得好的；饭后，他会关心地问我是否感觉好一些了。我在父亲身上感受到了母爱。我不禁自问，或许去山上抱回我的真的不是母亲？

十岁大的女孩子应该算是三分之二个少女，姑娘长到十五岁就可以出嫁了。我还有五年时间，可以像哥哥一样留在家中学习四书五经。

冬天悄然而至。每天晚饭后，我们还得进学堂，温习当天学过的功课。学堂里的光线半明半暗，先生一动不动地坐在教桌前的椅子里读书。和哥、杏姐和我，坐在各自的课桌后，背诵古诗词。三个孩子，或者准确地说，三个半大的孩子在齐声歌颂着生活，抑或是在悲咏着生活的不堪？我想要痛哭。我不懂自己在念些什么，只觉得和哥及杏姐的声音听起来那么哀伤，我自己的读书声里更是带着哭腔。先生一言不发，他没什么可说的，我们不过是复习白天学过的诗词而已。他坐在那里，不动也不出声，仿佛睡着了一般。白天上课时，先生要求严格，不近人情，晚间的他就没那么严厉，态度温和了许多。是寂静黑夜的来临影响了人性吗？我们带着哭腔诵读两个小时后，就各自回房睡觉，第二天还要早起去学堂晨读。保姆在屋里点着油灯，等着我和杏姐。她不喜欢安在天花板上的电灯。油灯散发出一股浓浓的油烟味，灯芯即将燃尽，微弱的火苗颤抖着。突然，那火苗闪亮变大，然后就一下子熄灭了。保姆对我们讲:“这就像人生。一个病人去世前，肯定有那么一会儿，回光返照，神志变得清醒无比，好似痊愈一般。然后他就长眠不醒，彻底去了。”

这一切都令我难以承受。她是否知道，在我的心里，在我的灵魂深处，在我的躯体里，此刻正有小小火苗燃起。我感受到它的摇曳，我愿让它长明不熄。我愿这火苗照亮我前行，教给我人生的真谛。关于死亡，我不想深知，也不愿听到。冬季就这样走近了我：我在哀伤的冬夜带着哭腔背完古诗词回到睡房，还得接着听保姆讲述她的人生体会。有时候，保姆会含着一颗青橄榄，在灯前做针线活。我们一回屋，她就把橄榄核吐出来，拿在火苗上烤，火光呈现出兰花般的形状和颜色，美丽无比。

新年将至，大家都可以放松一下了。要过年了！先生可以回乡探亲一个月。他本已成亲，太太在扬州生活。一年里他只能回一次家。他最大的心愿就是早得子嗣，可是每年，他的太太都给他生下一个女儿，他家中已有三个姑娘。先生启

程前，学堂里已经弥漫着节日的气氛。与母亲不同，相较于扬州秀气小巧的绢纸花，先生更喜欢天津红艳艳的大绢纸花。他买了很多，要带回家送给妻女。快到年关的时候，就会有很多商贩路过我家门前，高声叫卖绢纸花："要过年了！买头花哎！插在头上戴，好看的咪！"先生请用人去叫住卖花的商贩，拿些花儿到家里给他看。一会儿工夫，用人拿来好多盒子，里面盛满手工做的绒布花。学堂里暂时失去了惯有的严肃，书桌上一下子摆满了花儿，先生像个女人一样精心挑选着心仪的花儿。此刻，他应该满脑子里想的都是自己的太太。最后，先生为太太买了一堆花。当先生带着满箱子漂亮的头花启程时，我们这些学生就像不再被猫儿虎视眈眈盯着的耗子般，撒欢儿玩耍。假期里，我们每天只需稍微读些书。新年伊始的头两周，我们更是只玩儿不学。

我尽情玩耍，最爱同和哥一起在学堂里放鞭炮。可是，我记忆里关于那段时光最美的画面是由自己房间向窗外眺望

左图：保姆在油灯下做着针线活，讲述着人生。

所见：一片黄土地上散落着几间茅舍，茅舍的门上贴着大红色的对联，烟囱里轻烟袅袅。家家都在张罗准备丰盛的年夜饭。有人在一个角落里杀猪宰羊。将死的猪发出嗷嗷的惨叫声，而待屠的羔羊却一声不响。和哥告诉我，羊不会喊叫，却会流泪。身穿红袄裤的孩童们在房前欢天喜地地奔跑嬉戏，放自己糊的纸风筝。

我很想去找那些小孩儿一起玩，可是双亲坚决不允许。那些孩子是务农的穷人家的子女，双亲不让我们跟他们混在一起。我只能凭窗远眺，默默地观赏着这幅美景，直到浓浓的冬雾淹没了它。

家里过年时很热闹，习俗繁多。腊月二十三的晚上，要祭灶王爷，但只限男子。当天晚饭后，灶房会被打扫一新，设好灶王龛，中间供上灶王爷的神像。和哥会去灶王龛前，点香躬身敬拜。中国人都会在家里的灶房摆设佛龛，有的立木雕神像，有的则直接将画在红纸上的神像贴在墙上。传说，这天夜里，灶王爷会上天向玉皇大帝禀报这家人的善恶：是否乱扔饭菜，糟蹋粮食。手工剪的纸马被烧掉，好让灶王爷骑着上天。祭灶时，还要把关东糖用火熔化摆在供桌上，这样就可以粘住灶王爷的嘴，让他不能在玉帝那里讲坏话。除夕晚上，大家还得再行仪式接灶王爷回家。腊月二十四要祭祖，好让祖宗们魂归家里，在新年期间保佑家中老小平安无事。男女都要参加祭祖仪式，恭恭敬敬地站在祖宗牌位前，鞠躬行礼。传说，年三十晚上，所有的神仙都会下凡，因为他们能听到我们的话，并令其应验，所以我们一定得留神，不可以讲不吉利的话。

我们每个孩子都从母亲那里得到一碟甜食，还有一块用红纸包着的银圆。这块银圆要在我们各自的枕头下一直压到正月十八。过完年后，我们把它送给自己的保姆。

大年初一，我们还要在红纸上写下祝福的话，这样在新年里，我们就会万事大吉。

吃过许多珍馐美味，说过诸多吉祥话后，新的一年开始了。年后不久，先生就由家乡返回天津。老猫回来了，耗子们却把先前所学的书本上的东西忘得差不多了。真是一个艰难的开端啊。

我与和哥比较能玩到一起去。我们一起滑楼梯扶手，一起玩跳椅子，一起出去偷摘尚未熟透的葡萄吃。我家门前有些工人在干活儿，一到吃饭时间，他们就拿出黄澄澄的玉米面窝头啃。和哥和我眼馋，就偷偷拿钱去向他们买。和哥是个书迷，他如饥似渴地读各种书，其中也包括外国翻译小说。他给我讲爱情悲剧故事，我听后感动得泪眼婆娑。和哥容易对女人心软。他透露给我，堂姐妹中，哪个比较吸引他，谁还喜欢谁，谁有教养，谁的生活不幸。和哥真是我最好的小伙伴。

第三章

德高望重的祖父

四伯母的再次到访，令我记忆犹新。她走后，双亲就开始找房子搬家。四伯母对双亲说："我也不乐意这样做。恰恰相反，就像我常说的，如果老太爷住进这里，我连租金都收不到。"看来，祖父要从上海搬进我们现在住的这所房子里。

双亲只得赶快另寻住处。很快，他们在英租界找到一处。母亲对那所房子不是很满意，她嫌房子的格局过于四方，面积也太小，虽说是两层楼，却只有六个房间。而且，房前的花园里种着一片参天冷杉，密密地围成一个椭圆形。可是，双亲最终还是把它租了下来，因为英租界里很难找到更大的房子，而且祖父也想让我们住在他附近。

搬家令母亲甚是操劳。很多物件儿需她亲自包装，尤其是瓷器。不知有多少天，母亲都因此不能按时和我们一起吃饭。她抱怨说："没想到搬家这么累人。"她还叫我过去，"你看着学一学，我是怎么包装的。万一哪天我累病了，至少你还知道该怎样做。"

我的祖父原来在上海和天津轮流居住，现在决定搬到天津定居，因为他的三个儿子及他们的家眷都生活在天津。随祖父一起北迁天津的还有他的两个女儿，我的姑姑们。我们住了两年的房子，现在按照祖父的品位喜好被重新布置。全新的家具、全新的装饰，令房内大大变样。当我站在祖父的家里，目光扫过每个房间，努力回忆这里曾经住过我家里的哪个人，那时的房间是怎样布置的。可是，我却无从找见我们曾住过的痕迹。

祖父一来，便送所有家庭成员礼物。城里各大绸缎庄纷纷送来各色绸缎，家里的每个成员都可以给自己挑选喜欢的布料来做身衣服。面对这多姿多彩、花样繁多的绸缎，我难以抉择，到底挑哪一种给自己。祖父让大家只管按照各自的眼光来挑布料，小孩子也不例外。

祖父常常来我家，来的时间并不固定，有时候早上来，有时候是下午，还有一次他来的时候都是晚上了。他来的时候，阵势比奶奶来我家还要隆重。他刚一出家门，仆人就打电话禀告我的双亲。他家离我家很近，所以他只带一两个随从走路过来。双亲接到电话后，就带领我们大家在花园里恭候祖父。祖父总爱穿一件厚实的虎皮黄马褂，这件虎皮黄马褂还有其他很多东西都是慈禧太后赏赐给他的。祖父一进屋，便用力拿拐棍戳着地面，昭示着最尊贵、至高无上的一家之主的到来。那重重的敲击声一下子打破了家里沉闷单调的气氛。当他离去时，随着敲击声的远去，家里又恢复了以往的沉闷。祖父耳背得厉害，我们必须要凑在他耳边大声喊，他才能听见。祖父来我家，就是为了来看望自己的儿孙。祖父抱起五弟，他最小的这个孙子。两个生命，一老一小，年龄相隔近一个世纪：一个刚刚开始他的人生，另一个却日渐衰老。和他的祖祖辈辈一样，祖父在安徽建德出生长大，所以，尽管我们家里这些人的出生地完全不同：奶奶在江苏，父亲在四川，母亲在北京，和哥在江苏，杏姐在河北，我的两个弟弟在湖北，而我在福建，但我们大家都得对外说，我们是安徽人。祖父从不留在我家吃饭，但他每次都会分带我们中的两个去他那里吃饭。祖父家里吃得特别好，每天都有牛羊肉。他家里还有一位会做西餐的厨师。吃西餐实在是太奢华了，用人按西式礼仪给桌子铺上漂亮的桌布，在上面整齐地摆放好一套套闪亮的刀叉餐具。

祖父一生操劳，由一个村里的私塾先生，成了大权在握的朝廷重臣。我们的家族是书香世家。唐代时，我们家族里就出了一位大诗人，被同僚称作“诗禅”，《全唐书》里收录了他的很多诗作。嗜书之风代代传承，我的祖父也是一位知识渊博的书生。他年轻时经历了众多动乱和战争，初婚的他同自己的父母和妻子过着饥不饱食、惶惶不安的日子。有一天，准确地讲，是一天夜里，他离家出走，去给家人找一线生机。他在一个村子里当教书先生多年，还帮那些不识字的村民代写书信。有一次，有人请他写一封拜帖给李鸿章。李鸿章看到这封拜帖后，非常赏识上面漂亮的字体、流畅的文采，便召祖父去见他。自此，年仅二十五岁的祖父便留在李鸿章身边，成为他的重要幕僚。四十年后，李鸿章弥留之际，久久不能瞑目，直到祖父赶到他病榻前，向他发誓一定会完成他未竟的事业后，他才闭上了眼睛。祖父熟读诗书，为人刚正不阿，行事雷厉风行，因此仕途顺畅，官至两江总督。慈禧太后也多次召见他，盛赞他的勤勉，并赏赐无数。他不仅能文，还是水利专家，精通运河水渠的兴建治理，并任教于天津水师学堂。民国初的几届总理都曾是他的学生。闲余时间，祖父喜读国学经典，他还自己编纂了二十几本文学集，其中包括他的日记。

祖父让其家人过上了优越的生活，令整个家族走上巅峰，风光无限。等到我们这一代人出生时，已经完全不知贫穷和饥荒的滋味，我们孙辈这代人中的大多数甚至都不知道祖父曾多么努力奋斗过。现在他已是白发老人，是一个慈爱的、有众多子孙的老人。他一直付出，付出给所有家人，我们好多家人却根本不知珍惜他的付出。祖父得到了什么回报呢？唯有为他做寿，来表达对他的敬爱，让他高兴。

祖父并不想大操大办自己的寿辰，拒绝铺张，但是他的三个儿子却不同意。寿辰一个月前，大家就请了寿辰筹备委员会来操办祖父的寿宴。两位伯父及父亲承担一切费用——祖父的寿辰肯定要花很多钱。家里请来戏班子，唱上三天两夜的戏，梨园的名角儿都被请来登台献艺。几百个家庭，上千位亲朋前来贺寿，上千张桌子被铺上红桌布，上千件礼物被源源不断地送来，上千张请柬和答谢函被印出来送发。家庭成员还会举办赛诗会，并设立了各种奖项，获奖的文章诗词会被编辑成册。筹备这些事宜要花很多时间和精力。筹备会分成文化组和财务组，母亲也以笔名参加了比赛，她不想令不会作诗的伯母难堪。

寿辰的前一天，就有宾客陆陆续续来祝寿，但祖父本人先不露面。筹备会搭建了一个寿棚，中央悬挂着红绸缎，上书一个大大的“寿”字。所有来宾都要在寿字前深鞠躬，而家里要派两代人的两个代表，比如我父亲与和哥，一左一右分站寿幅两侧，当来宾鞠躬时，他们也要鞠躬回礼。女客也是如此照做，我的伯母或者母亲要与我的一个堂嫂代表家中女眷答礼。周家已经出嫁或者定亲的姑娘，因为已不再是周家人，就无须做这些。寿辰前一晚及寿辰当天早晨，会在祠堂举办祭拜仪式。祖宗牌位前摆放着许多祭品，祖父要向众先祖的牌位鞠躬，然后携奶奶在祠堂居中端坐，接受孝子贤孙们的祝福。一个男仆站在他身旁，按着名单高声叫唱家人的名字。首先是儿子辈：两个伯父和父亲，然后是伯母和母亲；接着便是孙辈：堂哥们和我的兄弟们，堂嫂们，杏姐和我；再接下去就轮到堂哥们的孩子们，他们属于曾孙辈。这之后，就是出嫁的堂姐们的孩子和孙子。最后轮到的是剩余的其他亲戚。自家的成员已是多得数不过来，而亲戚也是众多。

亲戚祝寿后，伯父伯母以及我的父母也会被祝福。然后，第五代人还要向上面的几代长辈鞠躬五次。最后，所有用人也要向祖父贺寿。大家会借祖父的寿事，同福同喜。寿礼桌上摆满了体现着爱戴与品位的礼品，我送给祖父自己亲手做的绣品。在这样的日子里，家里所有女性都身穿红裙，头戴红花，奶奶也不例外。只有寡居的女人不需这样做，她们直到离世都不可以再穿红戴红。因此，人群里几个穿黑裙戴蓝花的年轻女子就特别醒目。这些年纪轻轻就守寡的女子的处境很尴尬，她们很难为情，大家都穿红，只有她们不可以，而且被判终生只能着黑。我记忆深刻的，是一个特别漂亮的堂姐，她脸色苍白，穿着黑裙，发髻里插着一朵小蓝花。她出嫁没几年，就在二十七岁成了寡妇，还未曾生育。这仪式刚结束，又一拨客人陆续到来。

戏一直演到后半夜。寿辰当日早晨，这套仪式会再进行一遍。中午会有丰盛的寿宴，下午有戏看。晚上照旧。

这次寿宴之后，家里所有人，尤其是我的母亲，都疲惫不堪。

首先，母亲需要花很多时间做头发，这样一来她早晨五点就得起床。平常，女佣都是每隔一天帮她梳一次头。现在为了这个场合，她天天都得好好收拾头发。另外，她不知该陪亲朋聊些什么，可是，有时候她又必须得说些什么，很难找到话题。好在还有我的七伯母。她个子中等，身材苗条，聪明，好社交。她会讲英语，还曾去过日本。大家都很喜欢她，奶奶认为她是个出色的儿媳，七伯父觉得她是自己的好太太，对于堂兄堂姐们，她则是个慈爱的母亲，而我们觉得她是一个时髦友善的伯母。四伯母爱说笑，她就陪她聊天，放声大笑。同我母亲说话时，她就会放低声音，有时还会附在母亲耳边说悄悄话，来表达她对母亲的偏爱。

母亲几乎吃不下什么，整天饿着。只有夜里回到家后，她才会在自己屋里喝些稀粥。她不爱看戏。我忘不了，那一切多么令母亲感觉疲惫、劳累，又无聊透顶。寿辰过后，她还得和伯母一起去回访那些曾来祝贺的女宾，当面再次表示感谢。

早起令我不舒服，总觉得胃疼。我也不喜欢看戏，这个寿辰没有任何让我感兴趣的活动。周家的一个小姑娘还能在这里待几年，然后就得嫁到别家，成为那家的人，并在那里找到自己的位置、适应那家的习性，就像堂嫂们在我们这个大家族里一样。

祝寿结束后，筹备委员会还有很多事情要做。祖父得到的无数礼物，会被分发给三个儿子。祖父的寿辰是农历十一月二十三，这是每年春节前一个重要的日子。

第四章

小门声声喧

与我们在小孟庄的房子不同，现在的住处极不宽敞。父母孩子，兄弟姐妹，一家子的卧房都紧挨着。我和杏姐还有五弟合住一间，隔壁是双亲的房间，那儿带一个阳台。

这所四四方方的房子给父亲带来了官运：除了做议员，他还被政府委任为一家大纺织厂的总经理。自此，他每日公事繁忙，天津、北京来回跑，从早到晚宾客盈门，基本没什么时间给家人。我有时候都能察觉双亲间关系紧张。母亲什么也不说，沉默不语是她不满的表现。父亲问她，她也不回答。白天，她待在自己房内，数着钟头，等着父亲晚上回家。若是他因公事住在北京，母亲就开始数天数。除了阅读，她最爱裁衣。她非常善于给孩子们量体裁衣，不浪费布料。有时候，她整个下午都站在桌前剪裁布料，然后女佣会把布料缝制成衣。母亲总会特意将衣服裁大一些，她说："等到明年就合身了。"可实际上，常常要到后年，那衣服我们穿着才正好。

五弟每天陪着母亲，其他孩子都得去学堂上课。五弟生病时，母亲会很担心，她会十次、二十次地来我们房间看望他。有一次，五弟脸上长了个脓疮，母亲就给他涂上黑色的药膏。她担心五弟会被镜中的自己吓到，就画了一幅大大的菊花遮住衣柜的镜子。五弟很喜欢看那漂亮的花儿。

我人生中第一次痛苦的别离是和我的保姆。母亲辞退了她。她病了，虽不严重，但母亲却认为，我已经是十二岁的姑娘，会受她影响，养成一些坏习惯，比如干咳。我的保姆一向同情我，常常安慰我。她走之后，我若是哭了，还有谁可以为我擦干眼泪？还有谁把我搂入怀中？我若是因在餐厅被母亲指责而失望害怕得颤抖时，还有谁会在我耳边悄悄劝说："等你长大独立就好了！你母亲并不爱你。"母亲肯定对此有所觉察，这大概才是母亲辞退保姆的真实原因。没有哪位母亲会允许一个保姆取代自己扮演慈母的角色，我这唯一的慰藉也将被取缔。我知道，这个结局无法改变。我不可以流泪，不然，母亲会说什么？谁又能来安慰我呢？我现在要开始学会承受痛苦，不再暗自落泪，我也要适应没有保姆的生活。

可是，我依然会哭，在夜深人静时偷偷地哭。保姆许诺我，等病好了就再回来。等我以后长大出嫁时，她会一直陪着我，照顾我。我强迫自己相信她的话，虽然我心里明知，被母亲辞退的女佣是不可能再回我家做工的。保姆离开以后，我无所适从，像丢了魂儿一样。那双一直牵着我的手不在了，那份触动我内心的温柔没有了。我要学会变得坚强，我必须要独自开始艰苦的生活。我难过得茶饭不思，难展笑颜。每次，我都得忍住眼泪，试着忘记保姆。必须忘记她！

但忘记她谈何容易，日复一日，周复一周，我依然哀伤不已。我的脸色肯定很不好看，终于有一天，母亲在饭桌上斥责我："你的保姆不好。你不要再想着她，我可不想整天看到你这张哭丧脸。"母亲不让我再惦记保姆，她认为保姆并不好，可是，保姆对我很好。对她的回忆填满了我的心房，我感到无比心痛，可却无人诉说。几个月后，我才渐渐平静下来。但每当母亲提起保姆时，我的心就像被针扎了一样。母亲在不知不觉中刺伤了我。

一年后的某天，保姆出现在我家门口，她回来了。保姆的病已全好，她给母亲带了些乡下的点心，也有我的一份儿。

保姆啊，我不幸的保姆！
若曾预见，
你又岂会回还！
无一言，无一笑，无一瞥，
冷漠把你迎接！
除却就此归转，你怎有他选？
你无权爱我啊！
你可知晓，一去心碎血如泉，
渐愈之伤再撕裂。
不！不！
你流泪，是双眼；我哭泣，在心间。
不复相见，
如此甚好——母亲就在我身边。

我与保姆重逢了！可是，我离她远远的，好像她是一个陌路人。没跟她说一句话，也没对她有一丝微笑，甚至看都不看她一眼。我不想再次经受那痛苦。在她面前，我爱恨交加。她，正是因为她，我才忍受那分离之苦。全家没有任何人像我这样，冷漠待她。母亲有些吃惊，但也很高兴。和哥同保姆聊了几句，而我却离她远远地站着。第二天，我听见她跟正站在小门前观雨的和哥说："你小妹这么容易忘事，她已经把我完全忘记了。不跟我说话，也不看我，太让人伤心了。我待在这里也没什么意思。"我那时正巧一个人坐在小门边上的餐厅里，听到了所有的话。我的心又像针扎一样疼，眼泪夺眶而出。

保姆不打算留下来，第二天，她便动身离开。一个女佣送她到大门口，她不住地摇着头，叹着气。我永远失去了她。

母亲生日前，和哥对我们说："我们已经长大，应该在母亲过生日时，写几首诗送给她。另外，咱们几个还应该把攒的零花钱凑在一起，给母亲买份礼物。你们说好不好？"大家都表示赞同。我们很快写好了诗，可是买什么礼物呢？我们不可外出挑选，得派一个仆人出去买，可让他买什么呢？我们商量一番，最后决定，给母亲买些好吃又好看的梨，因为她喜欢吃梨。母亲的生日到了，我们骄傲地为母亲朗诵自己作的诗，奉上新鲜的梨。母亲很是惊喜，冲我们点头微笑。但到了第二天，她告诉我们："孩子们，我过生日，你们为我写诗，送我礼物，我很高兴。但是，我要告诉你们，下次记得，无论如何不可送人梨子做礼物，梨的发音听着像分离的离。”我们听完后，很是难为情，尤其是和哥。钱，我们倒没损失，因为后来母亲又塞了一些钱放进我们的存钱罐，到头来我们的零花钱比先前还多。

母亲不喜外出。她每年回一次扬州参加亲友的各种红白喜事，这一切活动已对母亲足够。她也不喜欢见人，不喜欢在别处吃饭。她绝对避免去饭店或餐厅吃饭，可是我们这些孩子却极喜欢外出。和哥是一位诗人，杏姐生性文静，弟弟们求知欲强，我自己活泼好动。我们虽性格迥异，但也有共性：我们都喜欢外出。去公园散步，逛商店，看电影，下馆子。随便什么，都让我们高兴。

若想达到目的，我们得非常有技巧地和母亲商量谈判。我们可不敢直接请求母亲带我们出去。我们也担心被拒绝，会觉得难堪。所以，我们一般派七八岁的椿弟去找母亲。他要如实向母亲学说我们教他的话，然后再回来告诉我们母亲的回答。他既不可自作主张，添油加醋，也不可删减或忘记母亲的回话。比如，我们让他这样去母亲房里，对母亲讲：外面这么漂亮，我们是不是应该去公园走走或者做些别的什么活动？很快，椿弟回来告诉我们，母亲说她累了。我们又派椿弟去说：那她可以先躺下休息会儿，然后我们再一起出去走走。母亲回答：她没时间躺下歇着，她得裁剪布料。我们让椿弟再去找母亲，说：裁剪可以推到明天做。好天气可不是天天都有的。结果母亲答道：不要总想着出去玩儿。俗话说，业精于勤而荒于嬉。椿弟又去为我们传话：我们要是今天出去玩了，接下来好长一段时间里，我们都不会再来烦你请求出行。而且，我们保证，散步之后，我们会更加好好学习。母亲回答：人若是总跑出去玩儿，脑子就乱了，不再能静心学习。更何况，让邻居看见我们总出去玩儿，人家会说些什么？我们回答说：我们要是去看看美景，能写出更好的诗。母亲道：那要看看，家里的车是不是在，父亲之后会不会用车。（我们常常会在午饭后趁父亲会客的时机，同母亲协商出行的事情。）已有一线希望！我们满脸喜色，但是，我们也深知，这协商还没定下来，我们不可高兴得太早。父亲不一会儿会客回来后，母亲就开始和父亲协调用车的事情。

若是父亲正巧有空儿，他会毫不犹豫地答应，然后我们全家人就会一起出去玩儿。多令人开心啊！我们的谈判代表椿弟也会得到奖励，他可以和我们同去。有时候，他要在我们和母亲间跑来跑去，多达十二次。他被折腾得累了，也搞不懂我们和母亲各自想要或不想要什么。从他脸上看不出希望，也不见绝望，他只是机械地帮我们同母亲传话。他告诉我们，母亲让他不要再去纠缠她，也不要听哥哥姐姐的唆使来回跑，他应该停下来，好生休息。我们就求他，再去试一次，就一次。这样一来，有时候，若是母亲最终没答应带我们出去，他反倒很高兴，因为这就意味着行动结束，他不用再来回折腾了。

在万般绝望的情况下，我们会派出五弟。母亲最疼爱他。可是，他年龄太小，对出行与否，毫无兴趣。他跑去母亲那里，回来告诉我们："不行。母亲说，今天不出去玩儿。"我们派他再去找母亲好好说，可是，他却没再回来，母亲把我们这位小代表留住了。

若是谈判成功，我们就可全家一起去市立公园。天津公园位于满是尘土的市中心，本来并不漂亮，可经过这么艰难的谈判后，我们觉得它像天堂一样。在入口处，有一个关于天津风土人情的博物馆。我们先进馆里转一圈，里面几乎没有游人，死气沉沉，静得如同坟墓一般。从博物馆出来后，就进入公园。园里无序地种着一些树，这棵大，那棵小；这棵高，那棵矮；这棵粗，那棵细；有绿叶的，也有黄叶的。西斜的阳光落在树上，树下形成了半伞状的阴凉地。花也无人打理，完全是肆意生长。有直有弯，有大有小，有红有白，有紫有黄。秋天会有好多游客来这里，大家都是特意来观赏菊花的。公园里还有金鱼，它们在鱼缸里挨挨挤挤地转圈游着。

我们真心享受这里的风景，但没有丝毫赞叹的情怀，我们早就见过比这更美的景色。我们在公园的馆子里喝茶吃点心，如果母亲不累，父亲晚上也没有公务的话，我们还可以去公园内的西餐厅吃饭。散步令双亲心情愉快，但这好心情或许也是因为同孩子们欢聚一堂。公园西餐厅里，我们一家几乎是唯一的客人。一来是因为，西餐比中餐贵许多。二来，谁会去一个衰败冷清的公园里找西餐厅呢？我们点的西餐包括：吐司、黄油、果酱、牛尾汤、炸龙虾、煎猪排、土豆、沙拉、布丁、水果和咖啡。这样美味的西式大餐真是令人难忘！与母亲的谈判大多数都是失败的，这样一来，那些关于逛公园吃西餐的记忆就更加深刻地印在我的脑海里。

就算谈判没成功，我们照旧要去母亲房中，因为双亲要求我们从小就在中晚两餐后去他们那里小坐片刻，以确认我们都无恙。虽然每日和双亲同桌就餐，可是，我们不可以在吃饭时说话，饭后也不行。除了吃饭及饭后小叙的这段时间，我们都不会和双亲待在一起。即便是在这段时间，父亲也未必会在场。要么他去访客迟迟不归，要么刚一回家，马上就又要出门。在双亲那里小坐半个小时之后，我们就去学堂读书。

父亲极其严厉地督导我们的学习。他非常信赖我们的先生。从白天到晚上，我们都跟着先生读书学习。每过五天，必须向父亲汇报我们的学习成绩。他亲自考核我们的写作和阅读。考得差的，得跪在角落里，面壁思过半个小时。考得好的，会得到金钱的奖励。因为我们怕挨罚，高兴得到奖励，所以大家读书都很用功。若还是有孩子考得不好，父亲命令他去面壁跪地时，母亲就会说："等下次吧。如果下回他还是没考好的话，再罚他。"父亲常常会让步。亲爱的母亲拯救了我们。

有很长一段时间了，母亲的娘家都没人来我家做客。她的伯父们已经相继去世，堂姐们也都嫁了人，夫家都在南方。母亲每年照旧回趟扬州，去看望她的义弟和家族里其他尚在人世的亲戚，去看看她的父母曾居住过的房子和她自己出嫁前的闺房。她还要去给父母、幼时夭折的妹妹、出嫁后去世的姐姐扫墓。母亲从不向我们提起这些，只有一次，她给我们看她妹妹写的诗时，眼睛湿润润的。

另外，她还得带两个女佣回扬州，再从扬州雇两个新女佣带回天津。这两个女佣一年间总是相互吵嘴，所以母亲解雇了她们。尽管在母亲启程回扬州前，这俩人就已经和好，可是她们还是得回扬州，因为母亲不会收回她做过的决定。但是，假若其中一个过上一两年又跟着母亲返回天津，也不令人惊奇，因为扬州女佣难雇。

母亲一离开，整个家就像空了一样，生活上也令人觉得好像少了些什么。母亲在家时，她每天下午都会准备一些点心、坚果之类的零食，分成几份，摆放在自己房间的桌子上，等我们去吃，我的那份总是放在最中间。现在，母亲出门了，就由一个可靠的女佣来做这件事。可这样一来，我觉得那些零食就不如从前好吃，因为它是由女佣分好摆放的，既没有摆在母亲房间的桌上，也没有承载母亲的爱。她只是摆好，然后大声喊我们过去吃。她不爱我们，只是在母亲不在家的日子里看管着我们罢了。

若是家里有女客来访，沉默寡言的杏姐就会去接待她们。

她说话并不比母亲多，但客人们本也没指望她口若悬河，她们已经习惯了这种相似于母亲的言谈举止。

杏姐和我常去花园散步，我忘不了杏姐在黄昏时分绕着冷杉树散步的样子：身材纤瘦，脖颈修长，双肩下沉。一条长辫搭在背上，在傍晚迈着轻缓的脚步，绕着一棵棵冷杉树转来转去。冷杉树茂密地生长着，形成一片椭圆形的小树林，里面阴暗潮湿。有时，我也围着林子散步，但并不跟在杏姐后面。可过不了多久，我们就会碰上。杏姐脸色苍白，看上去并不愉快，她那双大大的眼睛里满是忧郁。

和哥从不去花园散步，他常常躲起来，藏在一楼他和椿弟的小房间里。他们的房间靠近房子的第二个入口处——一道小门。对着冷杉树林的那个入口是我家的正门，正门仅供客人出入，我们小孩子是不可以从那儿进出的。那这道小门是专给我们孩子用的吗？也不是。双亲不愿让我们到门外的街上去玩儿。假若孩子们趁着在花园里玩的时候偷偷溜出门到街上去，那可是要引起流言蜚语的。去学堂，我们一般会穿过餐厅和客厅。当父亲在客厅会见来客时（他常常有客来访），我们就得从小门出去，再由大门绕回学堂。

那扇小门有两米高、八十厘米宽，是个绿色的木门。门上的油漆风吹雨淋后有些已经脱落。门前有几级台阶，最上面一级有门檐遮着，门的上半部分嵌有两扇玻璃。这个小门的利用率极高，大家都走这扇门，包括来访的女客。穿过小门，经过看门人的小屋，就可以去厨房、马厩和车棚。人们常常能在这扇小门前看到和哥，尤其是在下雨天，他定会出现在那里。和哥说，雨天才有诗意，他最爱下雨天。不管是下大雨还是小雨，和哥总会站在小门前观雨，内心感到幸福无比。小门前本来只可容一人站立，可我是那么喜爱和哥，被他的魅力所折服，总愿跟随着他，因此我也常常会蹑手蹑脚地走到小门前，去看我那开心的兄长。我每每这样做，不只为待在他身边，也因为，此时的和哥很健谈，会跟我聊好多有趣的事儿。和哥只有站在小门前看雨落下时，才显得心满意足。

夏季，倾盆大雨过后，青蛙在花园里开始上演它们的鼓乐演奏会。世界被清洗一新，潮湿的空气沾浸了我们的衣衫。右面飘来晚饭的香味，还有马厩里喂马用的燕麦味儿。青蛙们如参加歌咏大赛般，叫声一浪高过一浪。我问和哥："为什么雨后青蛙的叫声格外大？"和哥回答："青蛙也晓得苦难的味道。它们是在唱：天不怕，地不怕，就怕雨后被娃儿抓。"

有一次，我大着胆子，顺着台阶走到下面长着几棵矮灌木的小角落里，发现那里的湿地上果然有几只青蛙在跳来跳去。

夏天的小门如同一幅油画。错杂的藤蔓如画框缠绕在小门四周，密密匝匝的紫藤花垂吊在枝蔓上，身着白衣的和哥就站在那门前，这幅画面将永远铭刻在我心间。就是在这扇小门前，和哥向我大谈诗歌、爱恨情仇、生与死、魔鬼与疯子、我们的家族史及他自己的苦痛。就是在这扇小门前，我情窦初开，却不敢向和哥吐露自己的爱之梦。

和哥年纪轻轻，却已是一名出色的诗人。他偷偷将自己的诗稿投给报社，居然被发表了，报社还寄给他一些稿费。因此，和哥便常常站在小门前，等待“绿色使者”的到来。“绿色使者”是和哥对邮差的美称。和哥擅长写爱情诗，我羡慕他，学着他的样子写诗投稿，竟有一次也收到了报社的稿费。我曾分别寄信给一位女诗人和一位男作家，那位女诗人住在杭州，她给我写了回信，还寄送给我一把扇子；而那个男作家回寄给我一首忧伤的诗，还有他的一张照片。和哥和我交换阅读各自收到的来信，这给我们带来极大的乐趣。

也是在这扇小门前，我与和哥一起，为我们最喜欢的一个堂姐的逝去而哭泣，她是七伯父唯一的女儿。这位堂姐美丽聪慧，惹人喜爱。她继承了自己母亲的知性和父亲的写作天赋，也是一位优秀的诗人。每逢她同七伯母来我家做客，都会陪着我们这些小孩子玩，就像她母亲陪我母亲聊天一样。堂姐总能给我们带来些新鲜话题。有一次，她自己来我家做客，她很晓得如何陪我母亲聊天，我们大家都非常喜欢她，亲近她。相较于其他那些堂姐妹，她就像我们的亲姐姐一般。可惜有一天她得了急性流感，病情严重得无法治愈，得病第四天就离世了。她才只有十七岁。噩耗传到我家的那个清晨，雨单调地下着。这是老天爷在陪着我们一起哭泣。和哥对我说："自古红颜多薄命啊。"命运为什么要让七伯父这唯一的宝贝女儿早早离开人世？她生前写的诗歌被编印成册，分发给家族成员。七伯父因这打击而一蹶不振，神志也好似不如从前那么清醒。他变得不爱说话，总是长吁短叹，默默作诗解愁。

七伯父是一位杰出的诗人，他常常在晚上来我家。透过那扇小门，我们能看到伤心的伯父。他手里拄着一根拐棍，唉声叹气地缓缓走来。如此来，如此去。家里的奶奶和伯母都没办法安慰他，他只能来找父亲，可是在自己的弟弟这里，他也找不到内心所需的慰藉。过了一年多，他才慢慢恢复正常，但他忘不了自己那已逝的女儿。

有一天，和哥在小门前对我说："我觉得，你冲着父亲那些年轻的来客笑，这样不妥，等你长大了可怎么办？"是的，他说得没错。有一次我还推开了餐厅和客厅间的门，想同父亲的客人说句话。那客人是父亲的一个熟人家的儿子，我有些喜欢他。这事若是被和哥知道，不知他会作何反应？

我初次暗恋的是家里的一位远房堂叔。我与这位叔叔并不常见，第一次见到他，是在学堂里。那时，他来拜访父亲，而父亲正巧在客厅会见其他客人，所以他就来学堂里，边和先生聊天，边等候父亲会客结束。一看见他，我就怦然心动。他是一个英俊文雅的青年男子，我立刻喜欢上了他。本来，他是长辈，我对他只该有敬畏之心，岂能生爱慕之情？我既不敢同他说话，也鼓不起勇气盯着他看。要是被他或者别人发现了可怎么办？我坐在课桌后，把脸转向窗户。在学堂里，每个孩子都有一张课桌，只有当我离开课桌，起身去找先生，请他检查我的作业时，才有机会瞥一眼那位堂叔。我真心爱上了他。有一次，他看到了我写的大字，不住称赞，询问先生是谁写的。先生告诉他，大字是我写的。叔叔说，这字看上去可不像是一个女孩子写的。我听在耳中，甜在心里，不由得为自己能引起他的注意而沾沾自喜。

有一天，我被先生打了手掌，趴在课桌上痛哭。当学生读书写字不够好时，先生就会拿戒尺打学生的手掌。大家对此都习以为常，所以也不会去安慰那个因受罚挨打而哭泣的学生。等到那孩子发现哭闹无用时，自己就会停下来。可是这回，正趴在桌上哭泣的我却感觉有一只手轻抚着我的后背，还听到一个温柔的声音在说："别哭了，别哭了，没有那么糟糕，一切会好起来的。" 那是我暗恋的堂叔在安慰我！他也喜欢我吗？他是那么体贴入微，他的声音也满含柔情，令这个哭泣的女孩觉得此刻无比幸福！

堂叔已有妻室。我见过她一次，可一点儿都不喜欢她。几年过后，这位太太去世了，他就又娶了一房。很多年后，我从巴黎回到国内，在一次晚宴时，发现堂叔就坐在我的对面。我依旧爱慕着他，可是，他能知道，坐在他对面的这个旅居法国多年的年轻女子，早在小时候心绪不佳时，就已把他的样子铭刻在内心深处了吗？我不能向他表白心意，他是我的堂叔！

我还暗恋过大伯父的儿子，那时他刚从美国回来。从美国回来？这在我家可是非同寻常的大事。所有人都得在家等候，孩子们也不用上课了。有一位堂兄从美国归来！他是怎么去的美国？和哥告诉我，这位堂兄的父母去世后，他悲痛万分，便离开中国去美国留学。弹指十年，家里人都没指望他能返回。可现如今，他竟然回来了！那么他现在是中国人还是已成为美国人？他还会讲中文吗？或者他只能说英语？他要来拜望我的双亲，父亲命我们从学堂回家，认识一下这位生疏的留洋归来的堂兄。堂兄身穿洋装，个子很高，体形很瘦，苍白清瘦的脸上戴着一副眼镜。我的外国堂兄长得比我那时所见过的所有欧洲人都好看。欧洲人一般都有红头发、红脸庞和蓝眼睛，而且都很胖。小时候，我坐轮船去上海，在船上看到如此长相的欧洲人时，一下子被吓哭了。

我的外国堂兄当然不是外国人，可是，他看上去也不像地地道道的中国人。他在哪儿来着？美国？美国在哪儿？在很远很远的地方……有人说，美国在地底下。我们这儿是白天时，他们那里是黑夜。他为什么要去那里？他又为什么回来？祖父虽尚在人世，可堂兄也只是在小时候见过他，还有那人数逾百的家族成员——这一切对于一个来自新大陆的人来说，难道不又算是一个新世界吗？他有没有学我们家族的语言？他是否清楚，哪些话该说，哪些话不能讲？哪些事可以做，哪些事不可为？家里其他人穿中式服装，他却身着洋服；所有与他同龄的堂兄都已成婚，唯独他没有；其他堂兄对他有所耳闻，而他对他们却毫无了解；其他的堂兄都很清楚家里的礼仪规法，而他还要从头学起。他回到这里肯定会感觉不自在，他将怎样开始？谁会知道？我的双亲不知道。祖父虽也不知道，却清楚一点：堂兄必须要娶亲。早在他儿时未去美国前，家里就给他定下了娃娃亲。堂兄自己坚定地表示，他不愿娶那位姑娘。不久，我听说堂兄在美国入了什么教，作为教会成员的他是不可以成婚的。我还听说，他在美国学的也不是很正经的专业，好像是别人手下的助产士。

我后来还见过他一次，是在祖父家里，他和众多堂兄们在一起。他穿着西装，面庞白净。我内心不由自主地就把他和其他人区别开来，他可和他们不一样。我找不到机会同他搭话，因为那样大家会感到吃惊，或许连他自己也会觉得突兀。可是，我真的有太多事想向他打听。

不久之后，他就去上海了。他一点儿都不知道，一位小堂妹的芳心已被他俘获。我暗下决心：家族里第二个出国留学的人，应该是“她”，而不是“他”，这个“她”就是我！我在心里安慰自己：他是大伯的次子，我是父亲的次女，我们都是老二。祖父给我起名为“莲荃”，可我自己一点儿都不喜欢这个名字，我需要给自己起第二个名字，就像我的兄弟及其他堂兄弟的名字那样。我美国堂兄的名字是“仲衡”，意思是像天平那样保持平衡。那我就给自己起名为“仲贞”，意思是美好的品德。自堂兄去上海后，我就再没听到关于他的消息。直到许多年后，我重回中国，才听一位侄女说，他后来还是娶了那位等了他十几年的姑娘。到底是家命难违啊。

小门给我们带来了许多欢乐。当父亲吩咐备车时，副车夫就会从马厩里牵出父亲买的两匹马中的一匹，和主车夫一起套车。一切准备就绪后，主车夫就坐到前面主位上，手牵缰绳。矮个子副车夫坐在后面一个小座上，马车经过糟糕的路况时，他得下车帮着牵马，然后再跳上车坐回小座上。马车停在门前，等候父亲。这时候，和哥就会小心地溜走，不让父亲发现他站在小门前，因为父亲严令禁止他站在门那儿张望。如果有客人来找父亲，当客人经过冷杉小树林时，和哥能看到是谁来了。客人离开时，父亲会送客人到大门口，我们远远地都能看见，就可以及时跑开，不被父亲发现。

小门前总是声音嘈杂：有时，主副车夫在这儿争吵；有时，大厨和帮厨在这里拌嘴，其间还夹杂着马的嘶鸣。小门这里从来就没清静过。幸好我们一直没被父亲在小门前发现，不然，我们就永远不能享受这些乐趣了。

第五章

夏蝉阵阵鸣

和哥年满十七，到了该学英语的年纪，他自然还是只能在家学。父亲曾中过举人，他不想看到自家的儿子去新式学堂读书，更不用说女儿们了。一个生在民国的青年男子，虽不必再留长辫，可是，他也得学一技之长来养活自己。父亲不想让儿子们坐吃山空，因此要求自己的儿女们在家里上课。

父亲找来一位英国女士，请她每周三次来家里授课。杏姐已十五岁，父亲让她与和哥一起学英语。我听说后，也想跟着学，尽管我那时才十三岁。父亲本想让我同两个弟弟一起结伴学，可我不想再等两年。和哥才是我的好伙伴！昌弟和椿弟只知道爬椅子上桌子，他们长大后想经商、从政、娶三妻四妾。不，我不要等着这两个小家伙。最终，父亲决定，三个大孩子一起学英语。

父亲本是保守的人，现在竟能允许女儿学英语，这可要感谢我的四伯父。在我们这样守旧的大家庭里，晚辈只能以前辈为榜样而行事。想要独出心裁，另辟蹊径，是绝无可能的。四伯父和四伯母明知，女儿将来出嫁后，只是安守夫家，直到为人母，为人祖母，这辈子也未必能用上学过的英语，但他们仍然允许堂姐们学英语，因为四伯母觉得这是一项奢侈的消遣。凡是四伯母认为不可以做的事情，母亲也不许我们做。比如：我买了一支笛子。每当双亲不在家时，我就偷偷地小声吹，或者去和哥的屋里练习。母亲肯定听到过笛声，但是她佯装不知，从未为此指责过我，琴棋书画是母亲家乡人的喜好。有一次，四伯母来家做客时，偶然听到笛声。她走后，母亲便对我说："你从哪里弄来的笛子？你伯母都听到了。正经人家的女孩子是不可以吹笛子的。"笛子被没收了，吹奏的乐趣就此结束。

我们开始上英语课了！英语老师寇文女士一句中文都不会。第一节课就令大家动摇了决心，知难却步。我更是忧心忡忡，怕父亲因此断定，我年龄还是小了些，应该晚几年再学英语。晚上，父亲也试着帮我们。但他年轻时只学过一些法语，字母发音完全异于英语。我们只能告诉他，他帮不上忙。那怎么办呢？和哥说，学习的困难在于，老师不会用汉语来解释英语，我们需要有人帮我们翻译，从而进入那个陌生的世界。父亲思考过后，让他公司的翻译来帮我们，每周两次。和哥必须要学英语，而我们女孩子，不过是跟着玩儿罢了。我们一点儿都不喜欢父亲派来的男翻译。他长着一张长马脸，大嘴巴，厚嘴唇，还戴着一副深色眼镜，讲一口我们根本就不喜欢听的天津话。但起初在课上，我们也只能通过他和英语老师交流。慢慢地，我们能听懂老师所说的话，这之后就更加不喜欢这位翻译。有一天早晨，翻译迟到了，他解释说是因为自己胃疼。我们便问他，是否吃过早饭。他回答说，只吃了涂了黄油的面包片。什么？即便他懂英语，到底也还是一个中国人，为什么不吃中式早点，偏要像洋人那样吃黄油面包呢？还因此胃疼？真是假充时髦！

很快我们就不用翻译陪着上课了，寇文女士带着我们慢慢熟悉、理解了这门外语。每个月，她都会测验一次，我的成绩总是最优。圣诞节前，她寄给我们期终考试的奖品，那是一本精美的相册。为了这本相册的归属，我们争论不已。直到最后，大家才一致决定，把它给杏姐。可是，眼尖的和哥却在相册的一角发现一行小字："奖给第一名"。这是给我的奖品！双亲也很吃惊：我，这三个大孩子里最小的，竟然学业最佳。怎么能让总得第一名的学生辍学呢！我获准继续跟着和哥与杏姐学英语。

在这所房子里所过的夏日令我难以忘怀。在难挨的三伏天到来前，我们要过农历五月初五的端午节，这一天会举行盛大的龙舟比赛。端午节是中国民间的一个传统节日，这一天人们会纪念公元前两百多年去世的伟大诗人屈原。当年他含冤投江而死，当地百姓打捞其尸体未果。对于我们孩子来说，这只是一个节日。一年里，我们有两个重要节日：端午节和中秋节。端午节这天，人们燃烧艾草，再把烧成的草灰掺在硫黄水里后，洒在房间的各个角落，这是为了在夏初驱蚊防虫。它的味道浓烈得刺鼻，可是，我依然喜欢闻这味儿，它让我回想起过节的景象。

离端午节尚有几日，家人之间开始互送节日礼物。礼物里不可缺少的是两种吃食：粽子和绿豆糕。粽子是用米和火腿或者大枣放进苇叶里包成三角形状，再拿丝线缠紧，煮熟后食用；绿豆糕则是用绿豆面做成的点心。除了这两种吃的，大家还可以送黄酒和水果。每年的节日送礼都让母亲伤透脑筋，忙碌不已。家族实在太大，要送的人又那么多，还得留意不要送雷同的礼物。有一回，母亲送给一位伯母一瓶黄酒，这瓶酒被伯母转送给祖母，祖母又将它给了堂姐，堂姐把它送与了母亲。转了一圈，这瓶酒又回到了我家。每年过完节后，家里都会剩有足够的酒，只能待到来年节日时，再把它们送出去。

过节时，我们可以穿绸衣，平日里我们却只穿布衣。这倒不是因为家里穷，而是母亲认为："布衣暖，菜根香。"节日这天，我们要去拜望祖父、祖母、伯父和伯母们。中午会有一顿节日大餐。下午，一些晚辈会到我家来拜望双亲，另外还有零散的其他客人。等到整所房子重新安静下来的时候，已经是傍晚。我们孩子都待在一楼和哥的房间里，这里远离双亲的房间，我们可以大声说笑。但和哥的屋子里半明半暗，他不喜欢炎热，一般在上午就落下百叶窗。就在这个光线暗淡却充满节日气息的小房间里，我们兄弟姐妹五人促膝围坐在桌子前。平日里，和哥健谈，我爱笑。可那天下午，小屋里却很宁静。初夏的暑热以及过节的兴奋，令我们有些疲惫。再说，也没什么可聊的，不过是关于节日里聚在一起的家族成员的家长里短。比如，这个该结婚了，那个该要孩子了。

话题总是围绕结婚生子，我们都习惯了。如果有堂姐或者堂嫂身着黑裙，头戴蓝花，重孝在身，我们便不能同她闲聊打趣，只可远远观望。

楼梯上传来脚步声，一个女佣给我们送来了下午点心，这是节日的点心，可是我们几乎不饿。若是母亲从南方带来的女佣来给我们送点心，她会说："少爷小姐，请吃点心。"我们听了很开心，她则微笑着离去。而北方的女佣则会说："你们把自己关在这小黑屋子里，难道不觉得热吗？吃点心吧。"她转身走了，我们则冲着她的背影做鬼脸。我们待在这小屋子里，就像五只包裹在蚕茧里的蚕蛹，期待着离开茧壳，破茧而出的那一刻。而我们那小弟弟则留在双亲身边，等着他们给他喂食嫩桑叶。

过完端午节，夏季大步走来，很快就是炎炎夏日。烈日如此炙烤，人们不得不搭起凉棚来遮阳取阴。父亲叫来工人，在我家西面搭起与房顶同高的棚架，顶部铺上可以伸卷的席子，这就是"天棚"。这棚子可以把天空密密遮住，有的地方甚至要卷起部分席子，才可以让阳光透进来。房子里光线变暗，但的确凉快了许多。搭天棚是一项巨大的工程，需要大概二十个工人用几天时间完成。直到入秋，工人们才会再来拆掉天棚，但会留着棚架过冬。当我家房子陷入阴暗时，骄阳已经统治了整个天津城。外面石头滚烫，街面冒出一股股热浪。富人在家门口放一大桶冰镇酸梅汤，供穷人饮用，母亲也这样做。街上行人稀少，大家都找阴凉地，或坐，或躺。

夏天，人们都早早起床。在我还没去学堂前，知了就开始鸣唱。它们一只只飞来，趴在一棵棵满是绿荫的冷杉树上高歌。它们不仅是在自得其乐，也是在向大家宣告："夏天到了！夏天到了！"对我来说，这有着特殊的意义。我在夏天出生，对夏天情有独钟。蝉儿大唱一整天，直到黄昏才渐无声息。或许是因为它们叫了一天，有了些许疲倦，又或许是因为它们不喜欢夜间的凉爽。我曾亲眼看见蝉从地底下爬出。

外面蝉声阵阵，学堂里书声琅琅。我们仍然诵读着那些四书五经、古典诗词，毫无变化。下午午休时，我们会和先生一起吃西瓜。若哪天过于炎热，先生也会允许我们早一两个钟头离开学堂回房。我孤坐在自己的房间里，直等着热意消失，晚间的凉气初上时，才出屋活动。透过窗户，我能看到外面街上在筑路。我家门前的这条街已经修了一段时间了，每天早上，都有两辆轧路机从车房开来。一辆停在我家门前的街上，另一辆不知开到其他什么地方去了。将近傍晚，它们又开回车房。这两辆轧路机如同姊妹两个，如影随形，早出晚归。我没事儿就爱坐在窗前观察它们。

夏日里天长。傍晚，被正午的毒日赶走的街头小贩们又开始走街串巷，吆喝叫卖。商品五花八门，应有尽有。母亲总对卖西瓜的小贩感兴趣。她喜欢西瓜，而且酷暑本就是吃瓜的时候，她常常十几二十几个买。另外，母亲对布贩也很感兴趣。她喜欢剪裁，因此需要布料。虽然家里的布料已经塞满了柜子，可母亲依然会买。布料小贩不出声叫卖，他手里拿着一个类似孩子玩具的拨浪鼓，左摇右晃。大家听到鼓声，就知道是卖布料的来了。女佣把一件件布料来来回回拿进拿出，让母亲挑选。这要花很长时间。可是，一般到最后都能成交。有个南方来的小贩带来南方的物品：笋干、小核桃、菊花茶、扇子，等等。人们听不懂他说的方言，却很稀罕他带来的小货品。

小贩们喜欢和大户人家做生意，但凡你买过他的商品，哪怕是一个小物件，此后，他都会天天准时到你家门前叫卖。若是我们听到有卖瓜的或者卖布的小贩叫卖，便无须替他操心，母亲定会让女佣叫住他。若是南方的小贩来门前兜售，我们就会替他担心，因为母亲可不会天天都买那些笋干、坚果和茶叶。他吆喝了一遍又一遍，最后不得不挑着沉重的担子悻悻离去。我们很同情他，因此有时候和哥会出去，偷偷买他一点小东西，算是对他的安慰。几天后，街上又来了另外一个南方小贩。他可能听说了我们家买过上个小贩的货物。但是，我们不可能照顾到所有商贩，所以，他们只能一个个地挑着担子，脚步不停地从我家门前走过。

直到吃完晚饭后，大家才能坐在花园里透透气。空气依然有些燥热。冷杉树虽翠绿犹存，但看上去也有些蔫头奋脑。是被灼日晒得筋疲力尽？还是被整日的蝉鸣闹得心烦意乱？这会儿，正有一只蝉从这棵冷杉树飞到另外一棵上，也有另外一只爬离冷杉树，开始慢慢爬向地面。间或，还有其他一两只孤单地鸣唱两声。白日里热闹的交响合唱声突然沉寂下来。花园里的花草也无精打采，园丁忙着给它们浇水。平日里，母亲一般待在自己的房中，这时她也到花园里来。大门敞开着，全家人都出来了。母亲保留了种菜的爱好，在花园一角开辟了自己的小菜园，但这个菜园绝不能与我们在武昌家中的那个菜园相媲美。武昌已经渐渐远离我的记忆。母亲查看着她的各种蔬菜时，心中肯定也在思念南方。看完菜园，她

会绕着冷杉树林散步。我们跟在她身后，沉思不语。母亲手摇蒲扇，缓步独行。父亲若是在家，会陪她一起散步。

酷暑将尽，冷杉树叶的颜色日渐变深。当夜间的凉气渗透衣服时，我们便返回闷热的房中。我们先在母亲的房间里逗留一阵。因怕蚊虫飞入，母亲不愿开灯。若那天没有月光透过窗户照亮房间，我们就得坐在黑暗里。我们对面的邻居家里却是灯火通明，可以看见一张麻将桌，还有几个女人进进出出。她们肯定是在搓麻将。邻居家的女主人也曾邀请母亲同玩，可是母亲不会打麻将，也反对这项娱乐，再加上她也不喜欢同生人打交道，所以婉拒了。我们孩子们很爱透过窗户看别人家，观察人家家里的生活起居，可是母亲不允许我们看。

回到房中，我毫无睡意，眼睛就开始盯着窗外已变得寂静的街道，远远地看见街右边有一所雄伟壮丽的房子。一个仆人告诉我，那是一所可以给主人带来吉祥的福宅。有时半

左图：夏蝉阵阵鸣。

夜里，人们可以看到门前有大红灯笼在跳舞。我也很想看到那起舞的红灯笼，可是从未见到。我希望自家门前也有红灯笼舞动，更希望这红灯笼就在我窗前跳舞。

困意逐渐上来的时候，我便上床睡觉。虽已放下了蚊帐，仍然有蚊子留在帐中嗡嗡作响，扰得我无法安然入睡。没有办法，我唯有让蚊子吸够了血，吃饱喝足，静趴在蚊帐上后，才能安睡片刻。没过多久，旭日初升，炎热又似热毯一般罩住了天津城，夏蝉从一棵树飞向另一棵树，不知疲倦地鸣唱着：“夏天到了！夏天到了！”

我的生日总在这盛夏炎热之际。我不能想象，一个没有夏日蝉鸣的生日会是什么样子。生日当天，我不必去学堂读书，独自一人待在房中，就如生病期间一样。十点钟，我在楼梯上碰到父亲。他很吃惊，我竟然没去上学。我只好提醒他，今天是我的生日。那一天，我还要去祖宗牌位前燃香，鞠躬叩拜，也要给双亲行礼，感谢他们赐予我生命。可是，没人会向一个过生日的孩子祝贺。小寿星中午会得到一碗长寿面吃。一整天里，我独自待在自己房内，听着蝉鸣，想着我的生日之花——莲花。可哪里有莲花？再也见不到武昌家中那片繁茂的荷塘。回想起自己的童年，我黯然神伤。我已十三岁，是一位“小姐”了。

母亲总说，我举止欠妥，说话太多，笑声太大，走路太急。我的脸也太圆，身形健壮。这些可都不是一个大家闺秀该有的。可有一回，母亲对我讲：女孩子的美分两种，猫儿秀和狗儿秀。狗儿秀的女孩子一出生就很漂亮，可是长长就变丑了；猫儿秀的女孩子恰恰相反，刚生下来相貌一般，可越长越好看。我应该属于猫儿秀。可是我的性格实在不讨母亲喜欢。我不够文静。我该少盯着男子看，少同他们搭讪，更不可让他们碰我。有一次，一个男仆竟然碰到我的胳膊，吓了我一跳。我又羞又恼，可是却不能让母亲知道。

现在，我是一个大姑娘了。母亲不喜欢姑娘，她说，做女人是种耻辱，女人来到世上只是受苦。我猜，她其实就是想说，生了闺女，是她的耻辱。

我独自待在房中。我过生日时，却只能孤单一人待在屋子里。蝉儿飞来，大声歌唱。我只盼着白天快快结束，那样我就能重见自己的兄弟姐妹，去花园里玩会儿了。

农历七月初七是七夕节，是女孩子的节日。七夕晚上，我和杏姐要向天上的织女上供乞巧，求她赐我们一双巧手，精于女红和织布。母亲说，这是女孩子必会的技艺。

这天晚饭过后，母亲会吩咐用人在露台上摆上一张供桌，她按照习俗，在桌子上放一些女子常用的洗漱用品，如镜子、梳子、脂粉、鲜花，以便织女梳妆打扮自己。另外她还放上剪刀、针线和其他做女红所需的工具，再摆上些糕点、水果，当然还有香烛。然后，我要亲手焚香，向着天上的织女星叩拜，再借着月光——若那天下雨，就只能借着微弱的香烛之光——穿针引线，如同自古以来所有中国姑娘所做的一样，不管她是公主还是牧羊女。

母亲告诉我们，这天晚上，织女会到银河同她的夫婿牛郎短暂相会，到时会有成群的喜鹊飞来，在银河上搭起一座鹊桥。母亲手指天空，告诉我们银河在哪里，银河就是天河。天河的东边是织女星，西边则是牛郎星。织女和牛郎彼此十分恩爱，可是他们每年却只能在七月初七见一面。因此，每到七夕，就会下小雨，至少也会洒落一些雨点。大家说，那是织女的眼泪。

八月里，高温回升。母亲说，秋初的炎热甚于夏季，老百姓称这炎热为“秋老虎”。此时，蝉儿不再来唱歌了，可是却有一种类似于蝉，叫“秋凉”的昆虫出现了。它们不会合唱，只独唱。那唱声听上去好像在说：“要秋凉了，要秋凉了！”

秋天为我们送来了八月十五，中秋节。当晚，大家会拿供品供月。秋日里的第一轮月亮特别圆，特别亮。人们会坐在一起赏月。圆圆的月饼似满月，到处都能买到。亲朋好友之间也互送月饼。

家塾先生要我们对月吟诗。月夜清凉，全家人坐在明亮的月光下，一片祥和。

炎炎夏日终于过去了，蝉来鸣唱的日子也已消逝。秋风乍起，蟋蟀开始在夜间吟唱，人不由得变得伤感起来。

第六章

太阳忽坠落

在敏感忧伤的秋季，洪水淹没了天津。四郊万顷良田被大水漫过，成百上千的百姓丧失了家园，无处安身。大量逃难的人手牵孩童，身背幼子，流离失所，拥向城市。他们的土地、房屋、钱财、家畜都被洪水无情吞噬。人常说，子弹无眼，水火无情。若是水神发威动怒，他会持续数月之久，把大地变成汪洋，把人类杀戮，把他们用汗水换来的成果毁灭。虽不见刀光剑影，但一切都在悄然无声之中消失殆尽，人类对此毫无还手之力。水神所到之处，一切必定荡然无存。洪水如此冷酷，如此无情，埋葬了所有鲜活的生命，不留一人在它身边哭泣。

洪水又来了。这一回它逼近了市区，逼近了英租界，逼近了家门。

早在洪水逼近市区前，街上就涌现了成群的难民。男男女女，老老少少，他们一无所有，只有满脸的愁容。他们向城里人乞求食品和衣服，用战栗的声音，诉说自己的不幸，他们曾经可一直是市区居民的食物供给者呀！水灾救济会成立了，父亲捐了一大笔钱。若有和尚前来化缘，母亲也会捐些钱物给他们。

祖父搬离了，伯父也搬离了，洪水已进入了他们两家的房子。就连我们，也不得不等待这个人间最凶恶的猛兽的出现。人心惶惶，从早到晚，人们都不住地观望，看大水是否已经进入所在街道。估计只需一个夜晚，它就能冲入我家大门。不同于野兽，它没有声音，无形无味，但却能无处不及。

一天早晨，用人禀告说，我们家旁边的那条街道已经见湿。这就意味着，我家所在的这条街也不会幸免于难。母亲开始收拾整理离家所带的物品，但她还是希望能够侥幸逃过此劫，无须搬离此处。我们已不上课了，先生也时不时去街上张望，查看大水离我们还有多远。谁能告诉我们，大水何时到来？会停留多久？大水过后就该是瘟疫肆虐，饥荒横行了。

一天傍晚，有人看见我们这条街上真的进水了。如果水势继续上涨，大水第二天就能冲到我家门口。希望破灭，我们必须撤离，母亲却还在犹豫不定。水势越涨越高，不搭木板完全出不了门。等到晚上，已经没必要再出去了，整条街上的房屋都泡在了水中，可水位又没高到可以行船的程度。焦急的人们纷纷赤脚蹚水行走，汽车也像小汽船似的开进来。母亲依然不想离开，就好像较之洪水，她更害怕搬家。但我们非走不可，因为就算洪水不进入我们的房间，那它也会将我们与外部隔绝，食物全无。

伯父让父亲带领全家，搬进他在中国辖区的一所大房子。我暗自庆幸没有住在乡下，同时也觉得这水无比可恶。我们坐车离开了已被水淹没的住所。这浑黄的大水犹如一把无形的刀，深深地扎透了母亲的心。母亲应该再也回不到这所房子里了。

伯父的这个房子是一所巨大的中式宅院。我们搬了进去，犹如坠入大海。我们在里面游来游去，却找不到岸。前后左右，上上下下，四处皆是厅堂庭院，游廊过道，空屋闲舍，门扉窗棂。我们一家人总得相互找来找去，尤其是小弟，经常走失。天黑之后，情况更加糟糕。大家得循着有亮光的地方去，因为这宅子里的大多数屋子都无人居住。房子顶层是空的，不让人住。听说那里已有狐狸安家，是狐狸精的住所。早在伯父买下这宅子前，它就已经在那儿住了很久了。半夜醒来，有时会听到狐狸精的脚步声。白天，我也不敢去顶楼。我们在白日里都已经如坠云雾了，到了晚上，就更觉得自己好像沉入了海底。我们怎么才能出去呢？秋风萧瑟，吹打着窗棂和门板，如同一个魔鬼嘶吼着，欲闯入屋内。

清晨，我去花园。这里虽有很多花园，却没有一处是美丽的，有生机的。阳光从未直照过向日葵，自然它也就不能随着太阳的照耀，转动自己的花盘。南瓜都烂在地里，老玉米垂着蓬乱的脑袋。太丑了！这花园实在是惨不忍睹！

我们其实是认得这所房子的。以前，当伯父一家尚居住于此时，每逢节日，我们常来这里。伯父有五子七女，再加上众多孙子孙女，以及一大群男仆女佣，宅子里也曾生气勃勃，热闹得很。现在，不过只有一对夫妻，领着他们的六个子女和几个仆人，带着几箱衣物和生活必需品，客居于此。我们并不想在这里久居，只等可恶的洪水退去后，就回我们原来的住所去。

转眼几周过去了。新学堂被布置起来，我们重又开始上课。英租界的洪水一直不见消退，每天，都得有人回家，取些新的必需品。我们从没想到，得离家客居于此这么久。当然，只要洪水不退，我们就不能离开伯父的宅子。可是这个恶魔却把它的魔爪伸向了我的家人，逼得我们在可恶的洪水消退前就搬出了伯父的宅院。

一天清晨，双亲刚刚起床，小弟的保姆就找到母亲禀告说，夜里，小弟生病了。怎么得的？无人能知。他躺在床上，自己也不会说。当天，双亲就请来了中医。第二天，又请了西医。第三天，还找来了京城的大夫。可是，他们全都查不出病因。西医说，可能小弟吸入了空气中对内脏有害的细菌。小弟的病情日益恶化，他说不了话，大人也帮不了他。连着三天三夜，母亲都守在小弟的房间。我们大孩子不可以进去。

又有两个令人绝望的日子过去了。我记得无比清楚，那天晚上我都已经躺在床上，却久久不能入睡。奶奶走进我的房间，对一个女佣说："太可惜了！那么可人疼的一个孩子。"我明白，小弟弟走了，没有人能拉他回来；我知道，母亲伤心欲绝，没有人能安慰她；我确定，母亲此时正在无声地哭泣，流下苦涩的泪水；我猜想，父亲也在落泪，为了他逝去的幼子，也为了我们不幸的母亲；我清楚，现在病房一下子变成了停尸间。这些打击令奶奶也难以承受，她只能在内心流着泪，离开那里，来到我的房间。我完全惊呆了，突然开始害怕生活，害怕它其中所含的绝望。

一个女佣来禀告奶奶："小少爷现在一下子好了些，他还能对着太太笑呢。"可这消息不能安抚奶奶，她极其了解人生，就连我都不禁想起保姆曾告诉我的："人死前，会像没有油的油灯，在熄灭之前，迸发出一道强光。"小弟的这个微笑，不正是油灯熄灭前所发出的那道强光吗？他为什么要笑呢？

将近午夜，小弟的生命之光熄灭了！我家的太阳坠落了！永远地坠落了！

我回想着：当小弟来到这世上时，双亲曾是多么幸福喜悦。母亲在山上找到了他，把他带回家，可他却只想和我们在一起待四年。现在，他走了，独自回到山上去了，没有父母、兄弟、姐妹的陪伴，一个人走了。这真是天大的噩耗！

这夜我也无法入眠。小弟是死在这所宅子里的，就是这宅子害死了小弟！是它夺走了小弟的生命！这夜，大家都在哭泣。

天亮了，如同以往。按照惯例，我们去双亲的房间，向他们问安。过去几日，我们没能给母亲问早安，因为她一直不在自己的房间。但是今天，在母亲眼见着小弟溘然离世后的今天，她在自己的房间里，躺在床上，一动不动。这场景好似出现过。对，正是四年前，当我们进屋问安时，她也是躺在床上，身边躺着小弟。那时的她明眸善睐，充溢着幸福的喜悦。今天的她，躺在床上，半死半生，连衣服都没脱换。

我们站在她床前，问候说："母亲早安。"往常，她都会回应我们，可是今天，她听后却一声未吭，连头都没有转过来。我们几个不知该说些什么才能安慰她，只好站在床前，默不作声。

一个老女佣劝道："太太，您就转头看一眼吧。您还有这么多儿女！您也得替他们着想。那个小儿子不能算是个好孩子，好孩子可不会先父母而去，您不要再想着他了。"她的劝说纯属徒劳，我深知，小弟在母亲心中的位置是我们所不能替代的。

我们继续呆呆地站在床前。母亲终于转过头，看着我们说道："孩子们的心里也和我一样难受，只是他们不说罢了。"母子连心，她是了解我们的。

当母亲躺在床上默默流泪时，父亲却不得闲，操持着一切：既要料理刚死去的幼子的后事，还得关顾着虽生犹死的母亲。他按照小弟的身体尺寸，订购了一口棺材。下午，一具实木小棺材被送进来。宅子里弥漫着棺材的气味，死亡的气息。入殓时，两个男仆紧紧搀扶着父亲。他痛哭着，向躺在棺中的儿子喊道："我们待来世再见吧！"母亲依旧躺在床上。她不能看见棺材，更不能看见躺在棺材里的爱子。但是，她的心却在那口棺材上。四个男人迅速抬着棺柩去往墓地。从那天起，每天，小弟的坟前都燃着香，放着吃的、喝的，还有各种玩具。有时，父亲会到墓地去看望小弟，可母亲一想到小弟，心就颤抖。脆弱的她完全无力支撑自己去墓地。

自小弟病重，直到四个男人将装着他尸体的棺材抬走后，双亲都不许我们靠近他的屋子，想让我们远离疾病、死亡、棺材、坟墓，远离这些生命里难免经历的悲伤。但是，宅子里弥漫着棺木的味道，死亡的气息，秋风把它们刮得到处都是。无论白天黑夜，无论我做什么，都胆战心惊。

这所房子已经夺走了我们家最宝贵的东西，接下来还会发生什么？我感到恐惧。不止我一人，全家上下，还活着的人都在惧怕着。可到底在怕什么，大家又说不出。到处都是死亡的气息，到处都在谈论着死亡。双亲深信不疑，小弟是早逝长子的轮回托生。他生前也只活了四年，而且两人模样也相似。母亲检讨自己，是否做了什么恶事，才遭此报应。可是，她真的不曾做任何坏事。最后，她说："或许是因为我们秋天吃了很多螃蟹，杀生太多。"父亲则四处打探，查询究竟是怎样的一种病菌害死了小弟，它是否因洪水而至。

在我家照看了小弟四年的保姆得离开。母亲付给她丰厚的工钱，并送给她好多小弟的衣服。保姆哭着离开了这所虽不属于我们，却带给我们极大不幸的房子。她一直念叨："说出来可能没人相信，孩子生病的当天夜里，我听见有只母鸡在窗前如打鸣般咯咯叫，后来被什么东西追赶着跑了。那母鸡肯定是孩子的魂灵附体，因为到了早晨，孩子躺在床上，身体已经变得通红。肯定是什么鬼怪掳走了孩子。"

命运为什么要把双亲最疼爱的长子和幼子全都夺走？只留下我们这几个半大的孩子。随着年龄的增长，我们将远离他们。就是这么个漂亮、可爱、聪明伶俐的小家伙，突然一下子就躺进了坟墓，永远与黑暗和寒冷为伴。

母亲整日思念着小弟。整所房子里都有小弟的影子，在每间屋里、每扇门前、每个角落，她都能看到小弟的身影。小弟的空房和空床，让她难以承受。我们必须搬离此处，在这里，母亲根本就不能再好好生活，而我们也不快乐。

洪水至今未退，那黄色的水已经淹没了我们的家，回去是不可能了。那我们还能搬去哪里呢？最后，祖父说，我们可以搬到他那里，和两个伯父及他们的家眷住在一起。祖父在法租界租了一栋现代的两层楼房，远离水灾区。他和伯父们在英租界的旧宅也面临被淹的威胁。

现在，三代人同住在一起，可是母亲的心已碎。其他人是因为水灾才搬进来的，他们的不幸是共通的，是可以弥补修复的。可我的双亲，尤其是母亲，所遭遇的不幸的创伤是难以愈合的。市里发大水，对于我们这样的富有人家，算不上什么，因此，在其他人的脸上，根本察觉不到一丝伤感，大家只是在等着洪水退去而已。豪宅、美食、暖衣华服，这里一样都不少，而且还有难得的三代同堂的乐趣。祖父携三子，祖母携三儿媳，再加上祖父的女儿们和众多孙子孙女，大家全都住在一栋楼里。全家老小还从来没有像现在这样聚在一起生活。

每个人都有自己的事儿干。祖父是著名的书法家，虽年事已高，但他漂亮的书法依然很受欢迎。要知道，在中国，书法和绘画一样都很受珍爱。再加上祖父很有名，许多亲戚、熟人、官场上结识的私交们都向他求取墨宝。有人甚至直接送来宣纸，请祖父挥毫。那么多纸，祖父只用了一部分。祖父总是优先给家里人题字——他的家人还真是不少！我还存有祖父的两幅真迹。虽年逾八十，祖父的腕力依然劲健。他站在书桌一端，运笔如飞，如变魔术般，在宣纸上龙飞凤舞。一个男仆站在桌子的另一端，小心地向自己那边抻着宣纸，写好了字的纸要平铺在地上晾干。每天早晨，祖父都要写一幅。

祖母喜爱打麻将，她邀请亲戚中的老年女眷同她一起玩麻将找乐子。

四伯父是精明强干的实业家，因商务繁忙，基本不着家。虽发大水，他的实业却照旧兴旺发达。

七伯父是个诗人，没有任何事能够干扰他作诗。他爱抽烟，且烟瘾极大，走哪儿都吞云吐雾。七伯父对我们总是和蔼可亲。他讲话很快，但吐字并不清晰。他只谈文学，很是怜香惜玉。与严厉的四伯父和父亲不同，他宅心仁厚，有菩萨心肠。他是我们家族里最了不起的诗人。

两位伯母喜欢一起聊天，她俩总是相谈甚欢。祖父的两个未出嫁的女儿也很疼爱我们，堂哥堂姐们都是我们的好玩伴儿。除了因公务须离开，父亲一般都待在祖父这里。母亲呢？她的眼底总是含着泪花，面庞被哀痛和伤心的阴影包裹着，弥久不散。她本就寡言少语，现在变得更加沉默了。本就不爱笑的她，现在更是不展欢颜。当她碍于礼貌，不得不微笑时，那抖动的嘴唇、苦涩的笑意，让人不忍直视。两位伯母曾试图安慰她，可是，她却退回自己房内，待在角落里，独自安静地承受那伤痛。我们也尝试去安慰她，却未果，她只想一个人静静地待着，只有父亲偶尔可以把母亲从那孤独、死寂、避世的气氛里暂时拉出来。当时父亲曾作诗一首，这首诗深深印在我的脑海里。

一别成长诀，
相依仅五年。
问安儿独早，
绕膝母尤怜。
衣食甘随份，
轮回岂信然。
秋风我心碎，
泪尽阖棺前。

祖父竭力安慰自己的儿子。当初他抱着小弟,这一老一少,两个光光的脑袋凑在一起时，谁又能料到，年幼的生命会先离去!对此，他也难以理解。可命运就是如此!

年年，祖父都会定期去老家建德，为先祖们扫墓。他总会从众多的孙儿中挑两个，带着一起去。今年，和哥和另外一个堂兄陪着祖父回老家。此时，英租界的洪水还未退去。即将远行之时，和哥很兴奋，可母亲却高兴不起来。还从来没有一个孩子离开过她，跟着别人去远行，更何况是在眼下她最悲伤的时刻。她该让自己的儿子去吗?祖父想要让孙儿们去祭拜先祖，这本就是做子孙的分内之事。和哥跟随着祖父南下，令我羡慕至极。可是，祖父永远都不会带孙女去的。

直到晚秋的风几乎要扫光树上的叶子时，英租界里那浑黄的洪水才渐渐退尽。大家都开始准备搬回自己的家，这所房子要尽快空出来。我们呢?我们往哪里搬?回原来的住所?不行!小弟在那里生，那里长。他的房间，他的床铺，他跑来跑去经过的其他房间，母亲都不想再看到。她不能再回我们那个家了。

我们只得找其他住所。父亲必须得找一所大房子，它要在祖父家附近，还得能给母亲带来幸福与快乐，给全家带来福气。母亲无力陪同，父亲又不想一个人去，他就带上我们大孩子中的一个或两个，天天一起去找房看房。我们不想再勾起母亲的伤心事，撕裂她的痛处。她独自待在光线昏暗的房间角落里，或读书，或绣花，感觉自己更接近死亡。随父亲出去看房,对我们来说是一大乐趣。我们该搬进哪所房子?大的还是小的?新式的还是老式的?是否带花园?这些挑选让我们乐趣丛生。我们看了许多房子,可没有一所让父亲中意。时间很紧，其他人很快都搬出了法租界的房子，我们不能单独留在这里。

母亲一言不发，她本就恐惧搬家。其他人，尤其是两位伯母，觉得母亲的行为让人有些不解，甚至有些过分。毕竟，小弟也不是死在我们英租界的住所里的，我们怎么就不能搬回那里住呢?哪个母亲没失去过孩子?四伯母曾失去五六个儿女，七伯母新近也失去了她十七岁的唯一爱女，但她们都没有因此而搬家换住处。可是，有谁能够体会母亲的内心?她是在替自己幸存的儿女担忧，尤其是儿子们。她害怕，儿子们会相继离她而去。大儿子早亡，现在小儿子也匆匆走了，和哥又去远行，她担心，新住处会再夺走一个她的孩子，可是她也不能再搬回老住所居住。她心已碎，并且很清楚，如果一定搬回旧家，她会得病而死的。

英租界房子的房主大多是欧洲人，父亲需带一名翻译去和房东交谈。这名翻译水平有限，父亲对他极不满意。有一次，父亲对我们说："等你们长大了，一定要学一门西语。这样，今后你们和洋人谈事时，就可以畅所欲言，完全不必借翻译之口。有些话他不敢讲也不会讲。"父亲这话本是说给弟弟们听的，可他未曾想到，这席良言却直中自己女儿的心扉。

我们看过的房子，大多都住过洋人，地板上丢满了报纸，有些还被拿来当厕纸用，这给我们一个很差的印象。我们自小就接受礼仪文化教育，要尊重文字，它是神圣的。祖先发明了文字，并令其代代相传，我们要心存感激。所有人都应该尊重我们民族古老的文化，我们这个大家族更不必说。家里世世代代和书籍文字打交道，视它们如珍宝。比如，我们绝不可踩踏写了字的纸。我曾在街上看到，有人身背竹筐，手拿长杆，杆子尽头是个夹子，他用这夹子把散落在地上的

右图：她独自待在光线昏暗的房间角落里。

带字的纸全都捡进竹筐里。他背着的竹筐上写着："敬惜字纸。"反观洋人，他们好像很不在乎这些。

总算找到合适的房子了！这栋三层新式楼房离祖父祖母和姑姑家不远，很大，还带花园。为帮父亲做决定，母亲也去看过了房子。她住在这所房子里，会快乐起来的。

要搬家了。一天早饭后，母亲叫我过去，嘱咐说："车子已经备好。你得坐车回旧家，帮我把家中的瓷器包起来，我不放心让女佣干这活儿，你做得会更仔细些。小心别让工人搬运时磕碰了值钱的家具。这是钥匙，你拿着。我派一个女佣随你同去。回来吃午饭，饭后再去收拾。"说这些话时，她嗓音发颤，眼睛也不看向我。

什么？母亲委派我，而不是杏姐去做这些事！看来她更器重我。这是何等的荣幸！我为接到这项任务而欢喜自豪，甚至都忘记了母亲的忧愁，忘记深究，为何她自己不去做这些事情。现在，我是尊贵的小姐，是尊贵夫人的代表。年轻的女佣跟着我，仆人们在旧房子前等候我们的到来。我拿着钥匙，小心保管着它。但等我踏入旧家，走进自己的房间时，着实开始惊恐。我们要搬离这里，小弟却已故去，他不能随同我们一起搬入新家。他只能留在这里。他在哪儿呢？他的床铺尚在，衣服也还挂在那里。可是他人去哪儿了呢？他要是回来，知道去哪儿找我们吗？他自己又怎么能找到我们的新家？刹那间，我便理解，为何母亲不能前来。来这儿比去小弟的坟墓还要令人伤心。去墓地，她可以看到，小弟已经长眠于另一个世界。可这里只会让她想起，恶魔抢走了她的爱子，不知带他去了何处。这儿也会让她悔恨，不该带小弟离开此处。毕竟，小弟本在这里活得好好的。

不久前，我们全家还欢聚于此。转瞬之间，小弟就与我们相隔两世。母亲的心也因此一分为二，一半给在人世的我们，一半随升天入地的小弟而去。一切就这样发生了，一切都无法挽回。这是死者生前住过的房子，我们必须放弃它。我们曾那么疼爱死者，没有他，我们怎么在这里住下去？有谁能预见这个悲剧的发生？有谁会想到，黄色的洪水给我们带来了如此不幸？有谁？有谁？这房子里的一切都已结束：那小门、那夏蝉儿、那冷杉树……我们甚至都来不及同它好好告别一下。母亲像等待判决似的待在别处，我则匆匆而来，急急收拾，只盼望着能就此一去不归。

女佣提醒我抓紧时间收拾。我们走进母亲的屋里，开始将一件件精美的瓷器用纸包好。女佣在一旁帮忙，我则监督着她。有一个远房叔叔也在那里，帮着安排督促整个搬家事宜。我向他问好，他看着我，不可置信，问那女佣："太太只派了小姐一个人来处理这些事情吗？"

"是的，是的。"女佣点头答道。

我们用了好几天的时间，包装好了家里的一切器物。大箱子、小箱子、柜子都已整好待运。我向母亲承诺过，我定能把器具包得漂漂亮亮的。

第七章

婚礼红通通

我们搬入了新家，原来旧房子里的东西也陆陆续续被运送进来。刚住进去的头几日，处处都会有惊喜，一会儿发现这里有个小房间，一会儿瞧见那里还有个出口。有时，母亲会显得有些心不在焉，但瞬间就又恢复常态。她忙着给大家分配房间：双亲和我们姐妹俩及弟弟们住在二楼，和哥住一楼。双亲住的大房间带有一个长长的廊式阳台，母亲将它隔成三小间，分别用作梳洗间、会客室和储物间。弟弟们各住一个小房间，我和杏姐同住一间大房。三楼的两个大房间里则堆满了无数个箱子。双亲房间的楼下是一个大会客厅，我和杏姐房间的楼下则是餐厅。一楼还有两间房，一间用作孩子们的学堂，另一间父亲用来接待一般的访客。那里有个进入房子的偏门，但这个小偏门可比不上我家旧房的那扇小门。和哥从来没站在这扇偏门前，只有两个弟弟会在过年时到门前来放鞭炮。那扇浪漫多彩的小门，那位富有诗意的和哥，再也找不到了，只有那些画面永存我心。房间分好了，可有一段时间里，我们还是会经常走错。由一楼起，上差不多二十个台阶，是平台，然后向左或向右再上十级台阶，就到二楼了。

双亲还有很多事宜要同俄籍女房东商议，这回，七伯母来做翻译。虽然我也学过一点英语，可是，我听不懂她们间的谈话。商谈结束时，七伯母告诉我们，女房东想请大家喝茶。她又回头笑着对母亲说："已经好久不讲英语了。总也不用，我都要忘光了。"

我们开始布置新家。新房子新环境应该能让母亲快乐起来吧。可是，母亲因小弟的去世而消耗的气力，总难以恢复。我们日渐长大，长成与双亲所望不同的少年。我们不再是小孩子，准备要走自己想走的路。双亲虽然也不再把我们当作小孩子，却为我们铺设好另外一条路。和谐欢乐的孩提时代就此结束。我们开始同双亲对抗，没有一个肯乖乖听话，顺从他们。几个孩子都为各自的目的同双亲斗争着，最后结果也不尽相同。自母亲这株茎上长出的五个花蕾，虽尚未绽放，可没有一朵会开成她期许的样子。但她种在地里的种子却开花了。母亲曾吃过一个石榴，味道甜美，她就取一颗石榴籽种下。那种子生根发芽，渐渐长成了一棵小树，开出娇艳的花朵，结出深红色的果实，味道同母亲吃过的那个一样甘甜。可她自己这棵树的长势却不尽如人意，树上开出的两朵花已先后凋落，还有两朵长得不够好看，剩下的一朵则被风吹落，随水流去。

母亲只希望我们幸福，恰如我们也愿她幸福平安。若我们当初留在南方生活，命运绝不会像现在这样。可是，我们的家族堡垒在天津。我能隐隐地感觉到这无形的堡垒就在身旁：由我家步行十分钟处，住着奶奶和七伯父及他的家眷；祖父和四伯父的家则距我家只有二十分钟步程。三栋楼组成一个堡垒，三兄弟对祖宗尽孝尽责，并靠着儿孙后辈们来维护传承着家规。随着年龄愈长，我察觉这堡垒愈高，愈加不可逾越，但我丝毫没有被它吓住。我要冲出这堡垒，留在外面的世界里。

悬杖披巾上九华，

九华高处有人家。

山山落木飞黄叶，

处处青茶着白花。

这是和哥回老家扫墓时所写的一首诗，在我记忆里是他众多文采优美的诗作之一。和哥写诗越来越好，闲暇时，他还会画些美丽的山水画。他跟我们讲了许多回乡扫墓的旅途见闻，还描述了祖父如何健步登山。

生活渐渐又重入正轨：我们在一间学堂里学儒学经典，在另一间学英语。可是，生活却再也平静不下来。

母亲依旧很伤心，父亲也鲜有好心情。我们逐渐长大成人——是这个原因令双亲不开心吗？父亲总是抱怨，我们几个没有一个能像他所期望的那样。和哥不够仔细透彻，杏姐不够聪明，我不够勤奋，两个弟弟不拿学习当回事。他的指责令我们难堪，可又不能辩驳，只能静静恭听。有一回，母亲帮我说话："人不能要求两全其美，既要聪明还要勤勉。"父亲认为，学习最重要的是熟读古文，写好文章，书法俊美。他相信，只有这样，才能立足于社会，其他一切都不重要，也没意义。他一再训诫我们："你们若不努力读书，就是愧对祖先。我要把你们送去乡下当农民，天天锄地。你们不配生在我们这样的人家，可以不做他事，只需一心读书。”每次听到父亲这样说，我都会心中窃喜，天真地盼着他赶紧送我去乡下。当然，他只是说说而已。

一天，和哥对父亲说，他想去外面的学校上学，学习新文化，适应新世界，今后才能自食其力。这下子，父子间一直绷紧的那根弦终于断了！父亲觉得这想法实在是荒唐，一个世家子弟还用跑去外面上学读书吗？外面的学校是为普通人家的孩子所设的，在那里，学不了多少东西，更别提古文了。我们的家塾有秀才教中文，还有英国人教英语。若有需要，父亲还能请其他学科的老师来家里授课。

和哥说：“在当今世界，人要有文凭，才能谋得职位。”

父亲回答：“文凭？你没有关系，要文凭有何用？你只要精通中文，咱们家有足够多、足够广的人脉，绝不会让你饿死。”

“虽说如此，在现今时代，一个人也不能总待在家里，只学中文。世事无常，不知哪天家里会发生什么变故。男儿当自强。”和哥说。

母亲问和哥：“你想去上哪所学校呢？”

“我想和堂兄一起去上英国教会学校。那学校离家不远，在那儿也能学好英语。”和哥答道。

“那么你放学后必须立刻进学堂，跟着先生再研习古文，否则免谈。”父亲说道，“那么英国女教师也不需要了。”

父子就这样谈妥。自此，和哥早晨离家去上学，下午四点到家后，立即又扎进学堂。英语老师也不再来。身为女孩子，杏姐和我本来就没必要学太多。

住进新房，母亲该幸福快乐起来了。可她的幸福在哪儿？死去的孩子继续活在她的心中，她的心依旧还在流血。父亲常常会去小弟的墓地，给他带些吃的喝的，并在坟前烧些纸钱。每逢节前，母亲会在家用金色和银色的纸叠成各式元宝，好让人过节时拿到坟前焚烧。这些纸钱会在冥间变成真金白银，供活在那里的小弟花销。如此一来，对母亲来说，节日就再也没有什么可庆祝的。她的脸上阴云密布，大大的黑眼睛也不再发光。家中没有了太阳，有的只是浓浓的乌云，不见阳光。

不能再这样下去了，我们得想办法治愈母亲。怎么办呢？父亲想到一个主意：让和哥尽快成亲。唯有和哥的婚事才能安慰母亲，也能带给母亲抱孙子的快乐。母亲也愿意通过此举来减轻自己的痛苦。

和哥该娶哪家姑娘？这得由双亲来物色。怎么物色？母亲派一个女佣去父亲知根知底的熟人家，找那家的女佣闲聊，打听她家小姐的脾气秉性，也向她说说和哥的情况，之后就提出结亲的想法。家家都是这样联姻。所有女佣都乐得做此媒人，若是撮合成姻缘，她就能在婚礼上得到很多赏钱。对方人家的女佣受托去向自家女主人叙说："那家的少爷人很好，家世也好。找不到比他更好的人家了。小姐嫁给他，定能称心如意。"对方人家的太太与母亲的观点一致：联姻就得通过双方的女佣来做媒搭线。因此，她还让女佣给母亲送去自家女儿的照片，并给母亲一个在暗处偷偷瞧一下这姑娘的机会。

男方的照片自不必给。男人就是男人，他要娶这个姑娘，就会保护她，给她一切，给她撑起一片天。这个姑娘不用了解他太多，只需记着"丈夫为天"就够了。

和哥对这场由双亲筹划的婚礼及自己未来的新娘，全都一无所知。本来就是要给他一个惊喜。女佣在父亲的熟人中找了一家又一家，双亲要从中挑一个姑娘给和哥为妻。这姑娘要给母亲带来幸福，要让我家重被阳光普照！

在此期间，被蒙在鼓里的和哥依旧在学校里勤奋学习。有时，七伯父家的堂兄会来我家找和哥玩儿。两个年轻人畅聊学校、老师和同学、功课与考试，还有他们未来的计划。我可以旁听，却插不上话。我不属于他们的圈子，我渐渐要失去曾经的好伙伴和哥了。堂兄平常很喜欢我，可这时候，他只会偶尔对我微微一笑。年轻的男人可以憧憬新生活、新世界，可以期待一切，而我一个女孩子，连半个男人都不如。女孩子是属于男人的，她的将来就是要嫁给一个男人，为他生儿育女。按常理，我甚至不该与陌生的青年男子或者和哥及堂兄凑在一起。杏姐就乖乖地待在自己的房间里，她才不会找年轻的男子聊天说笑。我该和杏姐一起活动，而不是来这儿听年轻男人们闲聊，我与他们分属两个不同的世界。曾常常站在小门前的那个亲爱的哥哥，不再同情我。他离开小门，向前远走一步，而我则退进小门内一步。我们两个渐行渐远，形同陌路。

成打的姑娘照片被送到双亲这里，可是，没有一张让母亲相中。母亲要给儿子寻个妻子，给自己找个儿媳。可是，让能诗善画的母亲称心如意的儿媳可不那么好找。没有人会去问和哥对意中人的想法，他们只需考虑母亲的要求：这女子应该是个南方姑娘，美丽贤淑，文静健康。她该受过教育，会吟诗作画，能写一手好看的毛笔字，最好还能像母亲一样，会剪裁，善女红。假若她不会烧菜、缝纫，也无妨。她不用害怕来我家做儿媳妇，因为母亲知道，自己不是个不好相处的恶婆婆。可她一定要能多多生子。不然，和哥就没有必要在此时娶妻成亲。

数月之后，母亲还未物色到这个理想中的儿媳。有时，我会听到父亲对母亲说："你也别太挑剔了。"

给和哥找媳妇，只瞒着他一个人，对其他几个孩子来讲，这不是秘密。一次我鼓足勇气问女佣："要是我哥哥知道你们私下为他做的事，他会生气的。他可不想成亲。"

可是女佣听后，自信满满地笑着说："你哥哥早就不满意的是，我们为何至今还没给他找好新娘。你看着吧，结婚以后，他会有多满足。"

一天下午，母亲叫我去她房中。她对我说："今天晚上，你跟着我一起去戏院。不为看戏，而是去看你未来的嫂子。你眼睛尖，帮我仔细看看。她和她父母一起坐在包厢里。我们最多可以两次经过包厢去看她，但不能让她察觉。我想听听你对她的看法。"

和哥那年十八岁，我十四岁。我竟然要插手决定他的命运！我一点儿都不高兴，不知自己能否做出正确的判断。母亲同我说这番话时，靠近了我，还对我露出了微笑。我替母亲高兴。

晚上，我们去了戏院。双方家的女佣早已安排妥当。女方家长不必知道此事。可或许，他们也知道，今晚会有人来悄悄相看自家女儿。他们也盼着女儿早日出嫁。女孩子的生活目标不就是嫁人嘛，而且越早越好，如若晚了嫁不出去，她的整个人生就毁了。

我家女佣先走到包厢那儿，又反身回到母亲这边，悄声说："她来了，坐在前排她父母的中间。坐在后排的那个姑娘是她的外甥女，模样也不错，但没她好看。她家里人都说，她美得像幅画。"

母亲有些激动不安，她对我说："你跟在我后面，咱们一起走到她的包厢那儿，再转回来，装作在找我们自己的包厢。别在包厢前停留太久，以免被人察觉。"

就这样，我跟着母亲向前走。我好生仔细地打量了那姑娘几眼：她有一张白净的鸭蛋脸，额头饱满，鼻梁挺直。眼如丹凤，眉如柳叶，一张樱桃小嘴。只是脸颊过宽，身材有些微胖。她的父亲是我父亲的一个熟人，她是家中唯一的女儿。一个北方姑娘，爱看戏，常同父母一起到戏院看戏。关于她，我只知道这些。

相看之后，母亲马上问我：“你觉得她如何？”

“不错。”我回答说。其实我根本不知道该怎样回答，我只想让母亲快乐，也想让哥哥幸福。“但她的脸颊稍微宽了些。”我补充说。

“这倒是真的。”母亲喃喃自语。

之后我们就离开了戏院，母亲不喜欢看戏。回到家中，父亲询问了相看的情形，母亲看上去不是很高兴。父亲说：“你要是没看上，我们就不选她。反正还有其他姑娘。”

母亲犹豫不决。她本人不喜欢这个姑娘 。一个北方姑娘？是父母唯一的女儿？还喜欢看戏？但是，她长得很结实，又一脸福相，应该很能生养？说不定性格也和顺？或许还能给我家带来好运气？婚姻终究还是命中注定的事情，天命难违。都已经物色了这么久，继续等下去，可能最后找到的姑娘还不如这个好？母亲日思夜想，难做决定。父亲则请阴阳先生来测男女双方的八字。阴阳先生多次推算后，认为两人的八字非常匹配，定能结成一段美满好姻缘。于是，双亲做了决定：我在戏院偷偷相看的那个姑娘将成为我的嫂子。

依照阴阳先生的测算和查询皇历的结果，父亲选好了定亲的黄道吉日。

直到定亲当日，和哥才知晓自己要订婚了。可对于女方，他一无所知，但他也毫不反对这门亲事。家族里的定亲和成亲已有过很多次，和哥的这次不过是再加一次而已。既然这次定亲如常，他又何必做非常之举？

定亲仪式就是双方互换红色庚帖，上面有两个年轻人的生辰八字。同时两家互赠定亲礼。几个仆人披红戴花，个个手上托着精美的木盒。木盒的盖子是玻璃的，里面装满了礼物。

彩礼的多少与价值轻重视两家财力而定。礼盒都是成双成对标记的，礼品的先后顺序也是有规定的。先是庚帖，紧接着是首饰、绸缎、茶叶、点心，等等。仆人们也是结对行走，在仆人队伍后面还有染红了羽毛的鸭子，它们也被当作礼物送上。送定亲礼的队伍前并没有吹鼓手奏乐。

定亲后不久，就会举办婚礼，一场大红色的婚礼。婚房被称作“新房”，新娘被称作“新人”。新房被布置成红色：红地毯、红窗帘、红灯笼、红蜡烛、红绣品、红宣纸、红桌布、红椅垫、红箱子、红帷帐、红床单、红被罩、红枕头。点心上有红色的标记，果仁被涂成红色和绿色。红色和绿色是婚庆的专用色，两种颜色中又以红色为主。新娘从头到脚，一切都是红色的：红盖头、红嫁衣、红手帕、红袜子、红鞋子。她坐上大红花轿，由吹鼓乐队开路，一路被抬到夫家。新娘子下轿时要踩在红地毯上。新郎则十字披红，胸前戴一朵大红绸花。吹鼓手们留在前面大门口的花园里，一旦有贺喜的宾客入门，就开始奏乐。宾客络绎不绝，乐声也没有停歇过。如此热闹，街坊四邻全都知道我家在办喜事。婚礼前一天就有客人前来贺喜，喜乐高奏着，晚上家里大摆宴席，招待客人：十几张圆桌上铺着红桌布，摆放着红餐具。桌布和餐具都是在饭馆订的，饭馆的厨师也被请到家里来准备宴席。

喜宴有十二道菜。头道菜是燕窝汤，之后是鱼翅、海参、鸭子、鸡、鱼、竹笋，接着再上甜或酸甜的菜，有热菜，有凉菜，有汤菜，有干菜。等最后米饭上桌时，大家都已经撑得几乎吃不下了。席间，大家不住地推杯换盏，喝了很多喜酒：烧酒和热黄酒。喝酒时，大家猜拳行令，输者罚酒一杯。整座房子里充满了香烛和热黄酒的味道。红烛、热菜、鼓乐声和那入目可及的红色令家里热气腾腾。客人熙来攘往，话声不断，笑声连连，房子里热闹非凡。这就是幸福嘛！我们家迎来一个新成员，一个完全陌生的人，从此将与我们共同生活。按规矩，新人嫁入我家后，要孝顺公婆，对丈夫忠贞不贰，善待丈夫的兄弟姐妹，还要多生儿女，为我家开枝散叶。新娘也被称为“红娘子”。红色是喜庆之色，单就看一眼一袭红衣的新娘，就让人觉得高兴；要是再能摸一下新娘穿的红嫁衣，就更能沾上许多喜气和福气。新娘就是幸福的化身。她嫁到我家，幸福也就来到我家。这红通通的婚礼或许可让太阳重回我家。

婚礼前一天，和哥感觉有些不适，只得卧床休息。大家都没拿这当回事儿，认为不过是他过度兴奋所致。在我看来，全家上下，来往宾客，无一人不兴奋：母亲兴奋而紧张，是因为作为婆婆，她今后必定会被人评论；父亲兴奋而喜悦，是因为他年仅四十，就能抱上孙子；杏姐兴奋而激动，是因为下一次婚礼就该轮到她了；我兴奋而忐忑，是因为害怕和哥会在最后一刻反对这门婚事；两个弟弟兴奋而高兴，是因为他们可以楼上楼下，到处跑来跑去看热闹；仆人们兴奋而盼望，是因为他们可在这大喜的日子里得到许多赏钱；宾客们兴奋而好奇，是因为他们有机会见到新娘子，说不定还是一位漂亮的新娘呢。他们尽可以打趣她，她却不可出声回应。整所房子也因为那颜色、喧嚣和温暖而显得热闹非凡。对婚礼高涨的热情如炙日般烘烤着我们全家，和哥平心静气地听从着成亲安排。

成亲当日，新郎要先坐上轿子，带着吹鼓乐队，另有轿夫抬着供新娘坐的大花轿，一行人一起去新娘家迎亲。去的路上，吹鼓手并不奏乐。等迎亲队伍到了新娘家门口，新娘不可以马上出来上轿，她要让新郎等着。新郎耐心地坐在轿里等候，吹鼓手们则开始吹奏喜庆的乐曲。吹了一曲、两曲、三曲后，新娘才由两个陪嫁的丫鬟左右搀扶着出来上轿。吹鼓手一路吹吹打打，新郎就这样带着从没见过面的新娘回到家里。花轿落地，鞭炮、鼓乐齐鸣，一袭红衣的新娘刚要下轿，两个陪嫁丫鬟马上上前搀扶着她。新娘要看起来很柔弱，这样才显得娇美。事实上，她的确也很虚弱。婚礼前一天，她就不被允许吃饭，婚礼当天更是粒米未进，滴水未沾。头上蒙着的红盖头，令她看不见外面，也使别人看不到她的模样。新郎将一条红绸的一端打结系在自己身上，另一端则系在新娘的嫁衣上。新郎拉着红绸在红地毯上后退着走，新娘则随绸带逐步前行。一对新人进入正厅，先向祖宗牌位鞠躬行礼，然后新郎向新娘深鞠躬，这表示自己婚后也会听纳一些她的话。接下来，新郎新娘一起向父母和家人鞠躬。这一切行礼完毕后，新郎才能揭下新娘的红盖头，平生第一次看见自己的妻子。可是新娘的容貌有些模糊难辨。她头饰上的一排排珍珠串儿密密地遮在额前,而她又低垂着头,紧闭着双眼。自此,这个“红娘子”就正式成为我们周家的人。她依旧由那两个丫鬟搀扶着，轻挪莲步，走进新房，坐在床沿上。整整一天，她都得坐在这床沿上，垂首闭目，不说不笑，不吃不喝。只有当行“交杯酒”之礼时，她才可从新郎的酒杯里轻抿一口，而新郎则要从她的酒杯里喝一大口。两人的婚姻就这样被正式确认。

现在，太阳又该在我们家升起，幸福也该来临。成亲的第二天，大家才看清新娘的模样。早上，“新人”要给新家的每一个家人呈奉一杯莲子茶，茶是用糖水加莲子煮泡的。取莲子的谐音“连子”，意为接连生子。一切终归都是为了让她能为我家多生男孩。直到此时，她才可以讲话，可是她并不多说。她刚来我家，自然有些羞怯。我的嫂子时年十七岁。

俗话说：“千年和尚修成佛，千年媳妇熬成婆。”可见，当儿媳的日子会有多难。有诗为证：

三日入厨下，

洗手作羹汤。

未谙姑食性，

先遣小姑尝。

另外还有一句俗话说：“嫁出去的女儿泼出去的水。”这就是说：出嫁后，她便不再属于娘家。等她再回娘家，也只不过是客人。

媳妇的日子毫不轻松。年轻的媳妇只有在生了男孩之后，才能改善并巩固在婆家的地位。

但我的嫂子不必为这些担忧，母亲绝不会刁难苛责自家儿媳的。再说，身为一个心已破碎的女诗人，她惆怅满怀，根本没有心思想法去恶待儿媳。只要嫂子能多生儿子，母亲就会心满意足。为了不让人说三道四，母亲也总是睁一只眼，闭一只眼，对一些事情充耳不闻。母亲本就寡言少语，现在也没有必要同儿媳讲那么多话。少说话，表面上看起来很轻松，但母亲不能因为自己的沉默不语让儿媳多心误解。她自己的儿女可以理解接受，可儿媳呢？

我则更加担心和哥。我懂他的理想，他更想娶一个南方姑娘，身材苗条，性格安静，最好还能作诗绘画。可现在，事与愿违。他能幸福吗？

大嫂用双手捧过一碗莲子茶，也要送给我喝。那个当初我在戏院看到的姑娘，走近我。现如今，她已成为少妇，脱下了嫁衣，身着红色的便装，看上去有些强壮高大，樱桃小嘴边露出羞涩的微笑。她的母亲肯定嘱咐过她：要善待两个小姑子，因为她们既可以帮她了解婆婆的脾性，也可以在婆婆面前搬弄是非。可杏姐和我却是两个公正的小姑子。我真想告诉她：当初在戏院里偷看她，可不是我的错。我还想提醒她：我和杏姐绝非娇生惯养的跋扈小姐，双亲也不允许我们变成那样。可是最终，我只是冲着尚还生疏的嫂子微微一笑。就这样，嫂子在入门后整整一个月里，都穿着红色的或绣花的新衣，进进出出，像是新升起的太阳，照亮了我家。嫂子带来满满一箱子礼品：编织品、绣花鞋、手包、手帕、荷包等，送给家里人。一对新人忙着四处送礼回拜。

婚后第三天，新娘子要带新郎回自己娘家，称为“回门”。这是丈母娘和老丈人第一次见到女婿，会把他当“贵客”接待。女婿在老丈人家里不必害羞，也无须害怕。他娶了这家的女儿，会代其父母保护她。他会一直是这家的贵客。

回门后不久，会按皇历挑选黄道吉日，新人的双方父母要在那天会面。吉日当天，新媳妇的父母来我家“会亲家”。

这过后一个月，新媳妇就可以带着丈夫去娘家住一个月。“新人”逐渐成为我们家里的一员。新枝要长大，开花！

嫂子是个被溺爱长大的姑娘。她不习惯我家的南方饭菜——天天都是米饭和带甜味儿的炒菜。她的母亲便几乎每日都派人给她送来面食。每天上饭桌前，嫂子先在自己房中吃些面食。这样，她就更没胃口吃我家的南方菜了。母亲对此未置一词，可是，她有一次对我和杏姐说:“等你们出嫁后，我不会派人给你们送饭。”听她这样讲，我竟有些伤感。

嫂子痴迷看戏，她的母亲派人来接她一起去看戏。然后这一整天，她都待在娘家。这种情况屡有发生，母亲虽不出言指责，心里却很不满意。这点我们可以察觉，可是嫂子却察觉不到或者也不想知道。她只管去戏院看戏，有时还邀请和哥同去。她对作诗一窍不通，任由和哥的良诗佳作散落在屋中各处。他画的那一张张优美的山水画，也没被细心保管。但是，大家倒也相安无事，都静静等待着那新枝开花，而那新枝上也的确开花结果了。

第八章

茉莉香如故

和哥结婚后，我就失去了他。那个站在小门前的浪漫少年只能留存在我的记忆里，上学及成家令他再也没有精力和时间来关注自己的小妹妹。

我只得找杏姐为伴。姐姐体弱多病，温雅娴静，沉默寡言，做事慢条斯理。她很快就要满十七岁，长成一位大小姐。到了这个年龄，女孩子就不可再见男人，也不可再去学堂读书。其一，家塾先生是位男性；其二，学堂里经常有男客出入。有来找父亲的，也有来找先生的。这么大的姑娘得藏起来。再说，女孩子读那么多书有什么用？她不属于娘家，早晚都得嫁人，成为别人家的儿媳，然后在那家里为人妇，为人母。她在婆家只需侍奉公婆，照料丈夫和儿女。应付这些，我们在家塾里所学的知识已是绰绰有余。

女孩子只会让父母破费，不能给父母带来任何好处。将女儿快快嫁出去，是父母的一大幸事。这样一来，父母对女儿的责任已尽，而她今后的生活也有了保障。家里为女孩子做这些就已足够。女孩就是不幸的化身，一个人前世得做了多少孽，才会托生成一个女儿身。谁愿意把女儿留在家里？我的母亲肯定不愿意，更何况我是她的二女儿。

杏姐不可以去家塾上学，这样一来我也不被允许去。尽管我那时比杏姐还小两岁，母亲总把她和我当孪生姐妹对待，给我们俩穿一样布料、一样尺寸的衣服。其实，我俩身材完全不同：杏姐高高的，瘦瘦的；我则比她矮，比她胖。母亲为此还埋怨我："你呀，愈加丰满。看看你这胸，这件衣服穿不下了。"我要是能长得像杏姐那样该有多好！我实在厌恶自己健壮而结实的身体，因此我总是使劲系紧胸衣，勒平胸脯。无论身高模样还是脾气秉性，我和杏姐都截然不同，却要像孪生姐妹一样着装，一起深藏闺中待嫁。我们要在自己的房中继续读书、习字、写诗。做完的功课由用人转交给先生，先生修改后，再由用人转还给我们。学过的英语渐渐被我们忘光，但没人关心这事，它本来就是一项奢侈的消遣。我们的文化生活就此结束。母亲命我俩做几件诸如缝纫、刺绣之类的女红。但何时做完，是否做成，完全随我们自己。每次，当我把自己的刺绣成品拿给母亲看时，她都会惊喜不已，连连称赞："真好看。我完全没想到，你能绣得这么好。"

杏姐是我的好朋友，但不是一个可以很好交流的同伴。无论干什么，她都是慢慢悠悠的。她每做一件事，都要花很长时间才能完成。我则与她恰恰相反，当她手头还有活计做时，我常常已经无事可做了，只能陷入沉思，开始怅然若失。杏姐很少跟我说话。她白天坐在房中，惬意地读报。等到傍晚，便去花园，独自一人绕着小喷泉散步。新家的花园里没有冷杉林，可是，却有一架秋千。母亲不许我俩荡秋千。有一次，我陪昌弟一起荡秋千，被母亲从窗口看见了，她极为生气，呵斥道："你一个女孩子家，怎么可以荡秋千呢！"从那之后，我只能在远处观望那架秋千。

当全家人都盼着小孙子快快出生，好让母亲那愁云密布的脸上重现光芒，再展欢颜时，母亲的心情却一点儿都没有好起来。那段时间里，她同父亲的关系十分紧张。当我们晚上去双亲房间时，常出现这样的场景：父亲坐在躺椅上吸着烟，若有所思；母亲抚摸着趴在她膝上的一只猫，一言不发。

父亲问："你怎么不说话呢？"母亲没有应答。父亲催她："说点儿什么吧。"母亲依旧沉默不语。父亲说："既然你不愿说话，那我们就全都不讲话。"屋子里一片寂静，只听到父亲使劲抽烟的声音，还有猫儿发出的呼噜声。我们几个孩子也不说话，就这样无声地站了很久。当我们离开房间时，那里依然寂静无声。为什么？为什么会这样？母亲好像有些不对劲，她到底是怎么了？

一天，和哥告诉我："你知道吗？母亲又怀孕了。她没料到自己还能生育。现在，小孙子有可能会先出生，因此母亲觉得很难堪。"我可怜的母亲啊！你怎么不能理解自己的幸福呢？又有一个小儿子要来。他会躺在你的身边，令你的双眼重放光彩，脸上重现喜悦。乌云将会散去，阳光就要普照全家。我们本不需要嫂子，家里也不需要添孙子，你自己就能把小弟弟重新找回来。你怎么不理解自己的幸福呢？还是你不相信自己的好运气？你为什么不笑？你为什么不说话？可怜的母亲！

在一个极其平常的上午，母亲的贴身女佣突然来到我的房间，找我们的女佣说悄悄话。我听到只言片语："孩子没保住，可惜啊，实在可惜！""是个男孩，都已经六个月大了。"

女佣什么都没有告诉我，就好像我们孩子不应该知道这些似的，我也不敢去问她。我知道，我们不会有小弟弟了，他在来我家的路上就已归天。真是悲惨！母亲还从没有流产过。这个让她重新幸福起来的最后机会，像一阵烟似的溜走了。母亲又得再次为死者哭泣吗？为那个不曾出生的小生命哭泣吗？太阳不会再照进我们家。母亲得永远活在黑暗中吗？

中午，父亲从办公室回到家里，发现母亲躺在床上。是啊，她又躺在床上，一个人，孤孤单单。但是这次她没有哭。或许她从来就没相信过真能找回小弟弟？她显得很勇敢，默默地承受着打击。父亲有些惊慌，同时也有些伤心。他对母亲从来没有像现在这样温柔过，两人间的紧张气氛消失殆尽。他们现在十分恩爱，超过以往。几天后，母亲已经可以起床坐在椅子上。中午和晚上，她都等着父亲回房看她。她身体还是很虚弱，不能去餐厅和大家一起吃饭。

一天晚饭后，我们都在双亲房中。母亲当着我们的面对父亲说："我就知道，这不会有好结果。在我怀上这孩子前，我梦见五和尚。他站在一扇门前求我点燃一支蜡烛，好让他回家。我照做了，之后居然就真怀上了。我知道，这孩子不会让我安宁的。"母亲的声音开始颤抖。自小弟去世后，他的小名“五和尚”就再也不曾被母亲说出口。她强忍着泪水，内心再次因小弟而受到伤害。

一切似又转好：母亲慢慢恢复健康，大家继续盼着，嫂子哪天给家里添个小孙子。一天夜里，我正熟睡，一个女佣慌张地来到我的房间，对伺候我们的女佣说：“快叫醒小姐们！她们得赶紧去太太房中。太太快不行了，孩子们得守在母亲身边。我还要去叫醒少爷们。”

我已经被灯光和说话声吵醒，吓得全身瑟瑟发抖，牙齿上下打战。我迅速穿好衣服，同杏姐及兄弟们一起来到母亲房间。屋子里站满了人。燃灯在黑夜里发出青光，看着令人作呕。医生已经在那儿，七伯母也来了。一个女佣扶着母亲，她的头垂向一侧，脸色苍白得像张纸，眼睛紧闭着，看上去十分痛苦。父亲站在床前，招呼我们——三个儿子、两个女儿及一个儿媳走近些。这难道是要告别吗？不！不！除了把儿女叫到母亲身边，难道父亲就没别的办法了吗？我们该怎么办？怎样才能留住我们的母亲？

母亲生命垂危，那天夜里她曾大出血。我们的家庭医生说，最好找日本大夫来，他推荐了一位。父亲立刻命人去请这位日本医生。高高瘦瘦的他很快就到了家里，还带来一名日本护士。医生先询问了病情，然后同父亲谈话，父亲再告诉伯母，伯母再转述给母亲。之后，伯母将母亲的回答告诉父亲，父亲再转述给医生。如此来来回回，耽搁了好几分钟。

医生认为，必须立刻为母亲检查做手术，否则，他也无能为力。母亲虽命在旦夕，但并不愿意。一个女人怎么能被一个男人检查身体动手术？母亲不想做手术，她想听天由命。什么？她要听从那残酷的命运的摆布？不行，坚决不行！为了我们，母亲也要活下来。父亲请求伯母去劝说母亲：要同疾病做斗争。病人就是病人，没有男人、女人之分。医生不同于普通人,他是神仙,是来救人一命的。母亲要替孩子们着想，没娘的孩子可怎么活？母亲没权利就这样死去。

我们心里流着泪。是啊，母亲一定要活下来，和我们一起活下去。在这件事上，她绝不可以自己做决定。终于，母亲点头答应下来，她愿意为了自己的孩子们继续活下去。

手术就在双亲房中进行。除了父亲，其他人都得去隔壁房间等待手术结果。手术很成功。多亏日本医生及时抢救，母亲脱离了危险。父亲陪着将医生送到大门口，并许诺，一定会登报宣扬他的高超医术。

天将破晓，微弱的晨曦照在阳台的窗户上。母亲的睡房保持着昏暗，好让她可以安然入睡。她现在只需要睡眠。我们回到自己的房间，和伯母一起吃早餐。

“可怜的孩子们！你们一定吓坏了。”七伯母说。我一口饭都吃不下，心还悬在嗓子眼。母亲的女佣也进来了，看着我们叹道：“真是万幸！否则，他们就变成世上最不幸的一群没妈的孩子了！”我想到小弟：莫不是他想把母亲拽走，才让母亲得此重病？

日本护士日夜看护着母亲，她睡在一张卧式长沙发上。屋内保持绝对安静。两个女儿轮替着，一直守在母亲身边。母亲睡着了，似婴儿般沉睡着。我蹑手蹑脚地走进她的房间，坐在一张椅子上，只听到钟表的嘀嘀嗒嗒声，以及来人踩在地板上发出的嘎吱声。我一坐就是几个小时，直到杏姐来接替我。母亲醒来时，还说不出话。但她看到，有女儿坐在那里陪着她，就能安下心来。父亲除了办公时间，基本都陪在母亲身旁。若是母亲发出一丝声响，父亲就会靠近床前，问她想要什么。

母亲的身体逐渐恢复，可以坐在床上进食了。她急需大量营养，父亲命我家的厨师们为母亲烹制各种营养丰富的饭菜，也常到知名饭馆为母亲订取可口的美味佳肴。每到饭点，母亲的房内总是饭香四溢。日本护士总能分得一些，她非常喜欢吃中国菜。一个月后，母亲还是站不起来。她太虚弱了，只能待在床上，通常半躺着。她读不了书，视力也大不如从前。

为给母亲解闷，父亲找来说书的瞎子，给母亲讲故事。经常有说书的盲人走过我家门口，他们弹着三弦说唱，故事有长有短，一讲就是几个小时。有的故事要用几日才可讲完，有的故事则被反复说唱，可回回还是令人听得入神。每天下午，都会有一个说书的瞎子被引到双亲房中，隔着屏风，给母亲说书。瞎子手里拿着一根细长的棍子，左右敲着地探路。一个仆人扶着他的胳膊，把他送到舒适的椅子上坐，之后，茶水不断。我们五点开饭时，也会让人给瞎子送去一份饭菜。瞎子看不见母亲，母亲也不看瞎子，她只是躺在床上听书。我有时待在母亲房间，有时待在书房，也很喜欢听瞎子说书。瞎子说得累了，会休息一会儿。有一次他休息时，我同他讲话，甚至大笑起来。后来母亲对我说："不要和瞎子聊天。"自此，我就只静静听书，不再讲话。

一般来讲，说书的瞎子也会算命。有一回，母亲让他给自己的几个孩子算算命。瞎子高声问道："要算命的是个男孩还是女孩呢？何时生辰？"母亲便在屏风后一一回答。

瞎子掐着手指，仔细给我们算命。他说，我们命盘里的星星都落在了正确的宫位，个个都是富贵命。昌弟将来会发大财，做大官；两个女儿会嫁入富人之家；和哥会有很多儿子。

母亲并不全信瞎子的话，可听到这些，也觉得舒服顺耳。母亲明白，一个瞎子怎么能给富贵人家的少爷小姐们算出坏命呢？

每当瞎子下午说得差不多时，父亲也从办公室回到家了。知道母亲过了一个愉快的下午后，他也很高兴。

就这样，每天都有瞎子来我家说书，一直到母亲感觉自己的体力恢复了为止。白天，她能起来坐在沙发椅上，也能到自己房中的桌前吃饭，但她还没有足够的力气去楼下餐厅进餐。如此一来，每到饭点，就只有两个女儿和嫂子在餐厅吃饭，父亲同先生及我的兄弟们则在另一个房间用膳。男女分桌而餐，自古以来就是如此。自从嫂子进门，父亲就不再与母亲共餐，和哥也不与他的妻子同桌吃饭。我们这一桌上有两个妇人和两个将长成的妇人，父亲那一桌上有三个男人和两个将长成的男人。

父亲有空时，会与母亲打牌，陪她散心。母亲一般只与她扬州的家人玩牌，她总怕我会喜欢上这个游戏。她曾告诉我："我怀着你时，常和你外婆玩牌。可我不希望，你以后也爱玩这游戏。"

有时，到了开饭时间，双亲牌局未完，我们就得坐在饭厅，静候着他们。现在，双亲尤为恩爱。是啊，母亲以怎样的勇气和耐心，才夺回自己的生命！可她也领悟到，生命是如此脆弱和短暂，因此她皈依了佛教。她在书房一角的桌子上摆了尊小佛像，然后用屏风将此处与外面隔开。每天一早，她都会面对小佛像，手持佛珠念佛。这时，任何人不可进去打扰。母亲日日念佛，从不间断。桌子上还摆了好多她喜爱的小瓷人。佛像前放着一张纸，纸上是母亲自己写的诗，我至今尚能背诵：

一念菩陀悔过愆，
二声愿死在夫前。
三求莫得缠绵病，
四祝儿孙辈辈贤。

又过了几个月，母亲的身体终于康复。为答谢众人，也为了让孩子们和用人们开心，母亲让绸缎庄的人把布料送到家里，任大家挑选。我们几个子女，还有每个用人，都获赠一件新衣。我家的新生活好似也随着这件新衣开始了。

我的嫂子果真生下个男孩。双亲自然十分欢喜，就好像他们中了彩票一般。嫂子为家里添了个孙子，完成了她的主要任务，人们不可再议论她，否则，婆婆就会遭非议，母亲是绝不会让这种情况发生的。不过，孙子毕竟还是比不上亲生儿子，当上祖母的母亲依然是一个不幸的母亲。还有谁可以归还她的幸福，让明媚的阳光洒满我的家？我不相信刚出世的小孙子可以胜任这职责。婴儿留在嫂子的房中，由乳娘喂养。嫂子基本不用照料他，母亲就更不必了。这位年仅四十的婆母每周只去儿媳房中看望自己的小孙子两三次，她不愿常去打扰儿媳。母亲认为，婆媳之间要有礼有节，不必过分亲近。孙子毕竟不是自己的儿子，这点母亲很明白，所以她不多管，也不多问。等到婴儿大一些了，有时会被抱进祖父母房间，让他们瞧瞧他在茁壮成长。小孙子是否知道，他该给全家带来太阳？太阳！太阳！

一向躲在家里的母亲，现在却不再静静待在家里，渐渐喜欢出去。或上午，或下午，或晚上；或与父亲同去，或与我们同行，或者就独自一人带上个女佣出去。白天她喜欢去逛街，晚上则去戏院看戏，但她只看文明戏。有时她也去影院看电影，或者上公园去。她不爱去别人家做客。去了跟人家聊什么呢？母亲倒是有很多谈资，可是她不爱和别人聊这些。母亲很懂心理学，她认为，别人不会真正在乎她的心理感受。家族成员之间要互相礼貌客气，宁可少说，不要多讲。

家里看似已经没了太阳，那母亲只好到外面去寻找些温暖和光明。她本来对外面的世界知之甚少，是因为她觉得自己现在做了祖母，就该经常出门转转？有一次，她要去参加欧洲人举办的一场拍卖会，那里会有很多人，我想陪她前去，她却对我说："你们年轻姑娘不可以到人群里挤来挤去。我年纪大了，没关系。"她没带我去。

但我经常陪她逛绸缎铺。我们还没迈进店铺的门，就有伙计从左右两边迎上来，礼貌热情地招呼着："太太小姐，您二位好！今天有空儿来我们店里逛逛啊，二位请这边坐。我们给您二位上两杯茶，好吗？"伙计们都认得母亲，知道这是个好主顾。他们也认得父亲，知道他不仅在政府里做大官，还是个实业家。很快，伙计端上茶，摆上香烟。店铺的老板也迎出来，老板会先同客人聊聊天气、家常和店铺的生意。若是父亲也在场，他还会同父亲谈谈政治时事，说说实业的发展。一切闲聊都结束时，就轮到母亲说出她想要些什么样的料子，然后老板会竭尽全力来满足她的需求。母亲说出一种衣料，老板就命伙计拿来十几种让她挑，有时会越拿越多。母亲有的是时间，老板和伙计有的是耐心。可母亲挑来选去，难以决定买哪件。她查看着衣料的质地、价格，思忖着每块衣料的用途和自己所需的数量。母亲购物不是为了既定目的，那样倒能速速做决定，她只是出于自己的购物乐趣。她喜欢布料，喜欢绸缎及其他面料。她爱剪裁，所以会需要很多衣料。伙计们就不该给她看那么多，她对好看的衣料完全没有抵抗力。她用手指摩挲着衣料，思来想去：买还是不买？买多少呢？买来做什么呢？最终，她自言自语道："料子总归会有用的。买！"我站在母亲身边，一言不发，嗅着各种衣料的味道，那些衣料的颜色、花样和色泽令我喜欢不已。每块衣料都散发出自己独有的味道。我还喜欢听扯布的声音，每块布被撕裂时都发出不同的声响。伙计拿剪刀在布料边上剪出一个小口子，然后用两手稳稳地将布料直直地撕向两边。每当伙计要下剪刀剪出那个小口子时，母亲都一再嘱咐：不要太精确，再宽一点。伙计便会把剪刀挪至宽几厘米处再剪。若那布料不是很值钱，伙计甚至会多剪出半米，显得格外慷慨。这块多赠的布料令母亲很高兴，她会再选购些其他衣料，她总能找到好看的衣料。常常到最后，包好的衣料又多又沉，我们自己根本就搬不上车，店老板就会派人把它们送到我家。若是随行的女佣帮老板说好话，劝母亲买下衣料，老板过后也会给她一些好处费。但这些钱不会给她本人，而是存入总账，由母亲一年分三次发给所有的仆人。这在当时是惯例。

回到家后，母亲兴高采烈地打开包装，把衣料摆在桌子上、沙发上，一遍遍欣赏自己的购物成果，她对买回来的东西非常满意。第二天，新买来的衣料就被放入柜子，同母亲以前买回的衣料摞在一起。没人知道，它们何时才可重见天日。柜子里还放着一堆已经剪裁好的衣料，也不知道它们何时会被拿出来缝制成衣。等所有柜子都放满了，母亲就会从中找出些旧置的衣料，送给用人们做件新衣。

英租界内有几家欧洲人开的商店，母亲也经常光顾，但买的东西不多。一来她觉得那里的东西太贵，二来她觉得买了没什么用处。但她很喜欢看那些洋货。有时，她会买些洋食品带回家：黄油、果酱、巧克力、李子干、葡萄干、巴西坚果、杏仁，还有豌豆罐头。能吃到这些欧洲食品，我们很开心。母亲喜欢买这些东西，但她自己却很少吃，也不常分给我们吃。她回回都买一大堆,欧洲食品如此,衣料也是如此。买回来的食品被储存在罐子里、玻璃瓶里，或者就直接放在餐储柜里。时间一久，食物坏了，总要扔掉一大堆。有一次，母亲给我们看一罐黄油，那黄油她已经买来很久，却一直不知道该拿它做什么。和哥就求母亲，把黄油给我们，让我们做道欧洲菜。我们让人拿来几个鸡蛋，很快就做出了一个大大的、油油的欧式鸡蛋饼送给母亲品尝。母亲尝过后觉得很好吃，并为它取名为儿童鸡蛋饼。自此，饭桌上时不时会出现黄油做的菜品。我不相信，母亲的胃可以轻松消化那些黄油，但是她喜欢自家孩子的烹饪技巧，也不想令我们扫兴。

有时，母亲打开一瓶水果或蔬菜罐头说，这东西早在我们中的谁谁出生前就有了。罐头自然已经不能吃了，可母亲就爱储存这些，哪怕它们早晚都会被她扔掉。她的餐储柜就像一个博物馆，各个时期、各种类别和不同产地的食品都能在里面找到。母亲总说，好东西不能多吃，也不能常吃，否则就不觉得吃好东西有乐趣了，生活的乐趣本来就没多少。

令人难忘的还有陶园之行。夏日午后，卖茉莉花的小贩出现在我家门前。茉莉花有序地排在绿叶上，被扎成花朵形状。女人将它插在头上或者别在衣服上,花香怡人,沁人心脾。

每当母亲听见卖花的小贩吆喝，命女佣出去买花时，就意味着我们晚上要去陶园。母亲将花插在发髻旁，杏姐与我则将它们别在衣服上，因为我们还是梳着辫子的姑娘。在陶园里，我们遇见的很多妇女和姑娘都戴着茉莉花饰，四处充溢着茉莉花香。我不相信，会有女人试图用另一种香味让自己有别于他人。男人们只需嗅着这茉莉花香，便可遇上粉黛佳人。

陶园曾在一段时间里是我的天堂。尽管它与游乐园有许多相似之处，但我还是不能把它看作是闹哄哄的娱乐场所。陶园里会上演严肃的戏剧，放映旧的、新的、好看的和长的影片。那里有令人惊叹的大型花圃，还有金鱼，一些游人在大大的鱼缸前流连忘返。陶园里有很多古树，树下设有餐桌和茶桌，还有“诗钟桌”。很多文人雅士来桌旁打诗钟，最佳诗作会获得奖金。一轮皓月透过树枝隐现，就像大树在用一盏圆镜观察着世界。午夜时分，陶园里会燃放烟花。老树

右图：茉莉香如故。

看着好像也很享受这一刻，在烟花的光影中展示着自己漂亮的树叶。我看呆了，在那一刻，盛夏的炎热消失，夜间的凉爽浸透了衣衫。我永远都不会称陶园为游乐园。

双亲非常喜爱看文明戏，但我们却不喜欢。母亲就对我们说："去别的地方转转看，记得戏散前回来。"一场戏至少会演两个小时，多么长的一段自由时间啊！兄弟姐妹几人从一个摊位逛到下一个，看遍了园里有趣的地方。当有好看的小伙子在边上时，我便会乐得格外大声。我们或互换眼色，或相视而笑，却决不与对方搭讪。

我们和双亲一起到很晚才回家。茉莉花依然飘香，而我则慢慢入睡，嘴角还带着微笑。茉莉花的芳香沁透着爱情、喜悦与欢笑。我心怀渴望，期待着门前响起卖花小贩的叫卖声，期待着母亲再命人去买茉莉花。

陶园曾是那么美好。有一天，和哥对我说："听堂兄讲，他曾在陶园看见过你，还听到你大笑。这样的事情不可以再发生。你是好人家的正经姑娘，今后不可以再在陶园肆意大笑。"哪个堂兄？我们有那么多的堂兄！他何时何地听见我大笑了？我是因为满心高兴才大笑，我又没与那些生人说话！再说，当双亲在场时，我都不曾敢放声大笑。我开怀大笑时，双亲肯定在剧场看戏呢！魔鬼把堂兄派来，就是为了听到我的笑声，然后剥夺我的这些乐子吗？若是母亲从哪个伯母那里听到风声，我就再也不能去陶园了。所以，为了将来依然能够去陶园玩，我最好还是别笑了。我得学会不笑，进一步说，我还得学会不爱。可是我做不到这些，因为我总能爱上别人。那么我就得学会悄悄地爱，不让别人察觉。可这做起来真的很难，我的心难以承受，常常在夜里哭泣。我开始生气：我的心怎么这么没用？为什么它这么软弱？它必须要变得坚硬如石、如铁，抵抗住一切才行。可是，我改变不了它，只能用泪水来冲洗它。但愿自己生病不起，但愿那卖花小贩不来我家门前叫卖，但愿母亲不命人买花，但愿我们不再去陶园。可这愿望都只是梦而已。母亲有时会连着两个晚上都去陶园，并带上我们。对于我来说，曾为乐园的陶园，现在却变成了地狱。我因大笑而受罚，曾经浸满爱意的茉莉花如今也变成一种折磨。我唯有忍受，别无选择。

在剧院里，我常常爱上剧中的英雄人物。有一次，剧院里上演《拿破仑》，连演两晚。我爱上了拿破仑。我知道现实中的拿破仑早就不在了，可我爱上了舞台上那个出演拿破仑的男演员。还有一次，我喜欢上了刚上演的一出中国历史剧里的那位英雄。我迷迷糊糊，困倦不已。将近一点，全家离开陶园回家时，我坐在车里耷拉着脑袋，几乎睡着。我听到母亲说："先别睡，我们马上就到家了。"一回到家，我立刻就进入梦乡，而双亲还想吃些东西。

陶园游和一次次的爱恋让我开始想要打扮自己。我想把一条辫子梳成两条，我想用蝴蝶结代替红头绳来系辫子，我想穿裙子而不再穿裤子，我想以短衣代替长衣。我看见别的女孩子都穿得时髦俏丽，可是母亲不让我遂愿："那些个女孩子出身与你不同，好人家的姑娘不会穿成那样的，你想都不要想。"我很难过。我觉得自己的穿着太过时，甚至都没有兴致再出去。有一次，我看见有个女人在头发上插了把梳子，也想照做，母亲却说："不行。那是个低贱的女子，你可不能学她。"我总有这样或那样让自己穿戴时髦些的小愿望，可母亲却认为，时髦的打扮并不适合我们，我不应该总想着要时髦。我真不幸。到最后，我甚至害怕出门，害怕被人嘲笑我和姐姐穿得土气过时。

母亲变了。有时，我们不得不等她吃午饭。父亲下午很忙，所以就在上午陪她出门。但这一切变化并不意味着，她不再想念小弟。平日里，父亲都是一大早就去给小弟扫墓。每逢节日，他就等家族成员互访后再去。而母亲则悲伤地待在房内,梦着小弟。父亲从墓地一回到家,母亲便询问扫墓的情况，父亲向她一一细说。可是，关于小弟所去的那个世界，父亲却无可奉告。母亲依然是那个不幸的母亲。

第九章

绣针上下舞

和哥，这个年轻的父亲即将中学毕业。他还要接着去上大学，却犹豫不决自己该去上哪所大学、读哪个专业。他喜欢文学，本身也是个诗人，所以内心深处想学文学。对此父亲坚决反对："学文学不必去大学里学，在家研究就行。既然去上新式大学，那就该学一门现代科学，比如应用技术或者医学。我希望，你们中能有一人学医。"

父亲，您说得对！我的心怦怦直跳，我多么希望，有一天他也能对我这样讲。和哥闷闷不乐，但他很害怕和父亲交流，所以只能一声不吭，什么也不说。事后他悄悄地向母亲透露，自己既无学理工科的天分，也不喜欢医学。母亲听后便告诉了父亲，可父亲一如既往，还是反对和哥选文学专业。

和哥怅然若失，母亲也很难过，她不知该怎样才能让父子相互理解。晚上，我多次听到母亲对和哥说:“你得为将来着想，你今后要用在学校里学到的东西谋生。”

和哥回答说：“那我就选教育专业。”

“教育？你想今后当老师？可是那挣不了几个钱。”

和哥根本就没有想到过钱。但双亲却希望，自己的长子既然要读几年大学，那他毕业后也要能多挣些钱才是。解决的办法一直没找到。有一天晚上，我实在忍不住，打破沉默说：“要是让我上大学，我一定会学医。”

房间里顿时鸦雀无声，母亲似乎要说：“别说话，你插什么嘴！”父亲则好像根本就没注意到我的话。杏姐和我的兄弟们肯定大吃一惊，他们想不到我有胆子讲这样的话。这实在是太冒失冲动的举动。我也过于天真，以为双亲会回应我的话，但他们完全置之不理。对他们来说，我只不过是个早晚都要出嫁的女儿，读大学、出去做事、前途，这些事情对我都不存在，我根本无须去考虑并提及它们。当父亲说“我希望你们中的一个能够学医”的时候，他所指的是自己的儿子们。儿子们是人，而我作为女儿，不是人。我反正也不属于双亲，就该早早嫁去别人家里，做那家的儿媳、妻子和母亲，这是我唯一的前途。我每在娘家多待一天，就会让双亲多为我花费一分。没有女人可以自己挣钱，她要靠丈夫来养活。一个女人只认得三个男人：她的父亲、丈夫和儿子。我不可能得到如自己兄弟们一样的待遇！

我喜爱医学，喜欢医院，敬爱医生。我能好好实现父亲的这个心愿，可惜我只是个女孩子，一个女孩罢了。我对医学向往至极。有一次，家里的一个女佣摔断了腿，被送进医院。我十分羡慕，巴不得自己也断一条腿。母亲要去医院看望她，我很想陪同，以便至少可以闻一闻医院里的气味，但是母亲不许我去。我只能在梦里向往着医院。

秋季里的一天，双亲带我们去一处非常大的私家花园——李家花园游玩。双亲远远地落在我们后面，我与哥哥弟弟们及杏姐一起走到长满高高的芦苇的湖边。风很大，细细的芦苇秆顶着沉甸甸的芦苇穗，在风中摇来晃去，就好像这细长的脖子快要撑不住了。绕湖的小路本就狭窄，衣服又被风吹得紧贴在身上，我不得不吃力前行，哥哥的长衫则在风中飘舞。一切都在随秋风而舞动，我的思绪也随之飞驰。我突然有种就要失去家人的感觉。因为我所梦想的那条路与双亲和兄弟们所走的路截然不同，它将带我远离他们。我要与众不同，要找寻自己的新路，哪怕这路上只有我孤独前行。风越来越大，我也越走越快，超过了哥哥。我回头远望，能够看见他的衣袂飘飘，但是双亲的身影却还没有出现。我只得停下脚步，等着他们。金色的夕阳缓缓西下。母亲拄着拐杖慢慢走近，她黑色的褶裙被风撩起，脸上却露出很满足的神情。她怎会知晓自己的女儿正怀着怎样的想法等着她呢？

一天下午，母亲带我们去小影院看电影。那天上映的是卓别林令人捧腹的喜剧片，散场后，我们站在影院前等着马车来接。我看见一个普通的男人带着妻子和孩子还站在影院前的空场地上，他自然而亲切地注视着自己的妻子，同她轻声细语的样子给我留下了深刻的印象：男女间的爱情是如此神奇美妙、感人至深。这对夫妇和他们的孩子一起构成了天底下最美的一幅画面：恩爱和睦的一家人。这是一些双亲平日里绝不许我交往的普通人，幸福还是属于他们。

日子一天天溜走，我的身心慢慢发育成熟。出去上学的梦想彻底破碎，我得做些什么，不能总是这样静静地等待。我对母亲说："母亲，姐姐和我有很多时间。我们可以试着再学些新东西。我们自学的刺绣也没什么进步，给我们请个老师吧。"我没再提其他要求，因为我知道，即便提了也没用。

母亲听了我的请求并不高兴，觉得我太不安分了。但是，她最终还是答应会请一位女老师来家里教我和杏姐刺绣。父亲有一个朋友，他正在上学的女儿帮我们找到了合适的家教。

家教是一位五十岁的女士，她每周来两个下午，教我和杏姐刺绣。一针上，一针下。我手艺不错，绣出的东西很漂亮，但我的心思并不在刺绣上。请求双亲给我们找家教只是我反抗计划的第一步。我必须谨慎行事，一步一步缓慢推进。我深知，我们家族的堡垒是多么坚固。我根本就不想学刺绣，但这“绣针上下舞”却有助于我那详尽计划的实施。我必须要逃出这个家，去上中学，读大学。我要成为一个如男人般的人。我要为自己身为女孩而自豪，不必再以此为耻。我的未来将由我做主，我要走出去看大千世界，要造福全人类。我一定要离开这个家，这里没有我想要的生活。我要斗争，或生，或死！上针告诉我：对，你一定要斗争！下针也对我讲：要斗争！我坐在杏姐和老师的中间，她们都不知道绣针在我的脑子里一上一下地刺下了什么。老师纠正着我的刺绣手法，教我怎样绣一朵花、一片叶子、一只鸟。但她不能修正我的思想：我要活着，要到外面的世界里有生机地活着。我不要死，不要在这个家里窒息而死。

正值抗日气氛高涨，大家集体抵制日货，我们也成了抗日的积极分子。那个在母亲生病期间照顾过她的日本女护士时不时会来探望母亲，母亲很感激她，也常常留她吃饭，可是我们请求母亲不要再招待她。我告诉家里的仆人，不许再放她踏进我家。她最后一次来我家时，察觉了我们对她的厌恶。我不同她打招呼，她用怀疑的眼神盯着我看。从此，她再也没来过我家。

买衣料时，我站在母亲身边，留意不让她买日本货。可是，我们也难以辨认日本料子，便建议母亲去只卖国货的商铺里购买。母亲暗暗观察着我们的一切，尤其是不再孩子气的我。她只希望，我不要再惹是非。

我当然还要继续采取行动。我悄悄订了一份《新民意报》。它是我的生命源泉，我每日痴迷于阅读这份报纸，还时不时向报社投稿，我的稿件主要是有关于妇女问题的议论文和一些散文及现代体诗歌。我找到了一个属于自己的秘密世界。有时，我也会写一些评论，抨击其他作者及报社主编对时事问题的看法。有些文章会署我的名字发表，我把自己名字中的第二个字“贞”改成“铮”，两个字的发音相同，意思却迥异。双亲绝对不会允许我看这样的报纸，但这就是我的世界。我虽身在家里，心却活在报纸为我展开的那个新世界里。

五十岁的女老师是个保守且毫无新思想的旧式妇女，我一点儿都不喜欢她，不想再跟她学习。因为她在一所专门教年轻女孩子学手艺的学校里授课，所以我求母亲准许我去那里上学，以便继续跟着这位老师。我的真实意图当然不是学刺绣，这点被母亲识破了。她对我说："你可以在家学刺绣。那学校是给家里没有老师的女孩子们设立的，她们都是穷人。你为什么要去混在穷人堆里？人在学校里会学到一些没用的和坏的东西，你怎么会有出去上学的念头？你忘了自己是生在什么样的家庭里。我告诉你，休想这事。"

我有些难过，但并没感到意外。我太了解自己的家庭了，于是接着又求母亲："那么请给我们换个老师吧。这个老师只懂刺绣，可我们还想学些别的，比如数学、地理、世界史，换个年轻老师或许会更好。我们可以找其他老师来教吗？"

"这个可以，但我们得先找到这样的老师。"母亲回答。

"嗯，肯定行。受过这样教育的女子大有人在。"我马上附和道。

果然，老教师很快就被一个年轻些的女老师取代。自此，我们的课堂除了教刺绣和其他手工，还教一些专业知识，就像一个学校的小班。我们一针上一针下地刺绣时，我和老师谈论社会和妇女问题，但她很少对我的话题表示出兴趣，我再次感到失望。我需要找到一个人，能够与之倾诉衷肠，探讨一切。我初时对年轻老师的期望愈大，此刻的失望也愈大。但我也看清，自己要寻觅的那人绝不可能走入我家。要想找到她，我必须要走出去。是的，我一定要走出这个家，到外面去。唯如此，我才能遇上各种各样的人，不管是好人，还是坏人。总是憋在家里，坐在这个房间里，蹲在这个角落里等待，是毫无用处的。可我还能怎样去求母亲呢？她已经为我们请来年轻的家教，只可惜这个家教的思想并不新潮。没人能帮我出主意，我独自一人站在这座我一心想要逃离的堡垒中间，不知所措。我不愿被宿命束缚，也不相信命运。我不接受不幸和软弱，我要重生，重生在我自己选的星球上。怎样重生？在哪里重生？总能找到办法的。我要先离开这个家，不是离开一天、一个月或一年，而是彻底离开，永远离开。我一定要重生，要由自己来塑造新生命。我天天在脑子里琢磨这些事情，尽管如此，我照旧给母亲看我的绣品和其他手工活儿，也依旧被她夸赞心灵手巧。

有一天，一位英国女士按响我家门铃，询问我们是否愿

意跟她学弹钢琴，并告诉我们，她会捐出学费去救济发水灾省份的难民。我跑去找母亲，告诉了她。

“我们家没有钢琴。”母亲说，“你去告诉那位女士，她帮助中国难民是善举。但我们家没有钢琴，没办法跟她学。”我向英国女士转告了母亲的话，可她马上提出，我们或许可以买一架钢琴。母亲觉得那太贵了。“那买一架风琴呢？”我提议。英国女士觉得可行，我又对母亲说：“母亲，这位英国女士毕竟是为了中国人好。我们也应该尽一份力啊。”

从母亲房间到大门口，再从大门口回到母亲房中，我如此跑了好几个来回，为母亲和英国女士做着翻译，而这全都是因为母亲不想见这位英国女士。母亲最终决定给杏姐买一架小风琴，并请英国女士每周来两次教她弹琴。杏姐是长女，自然得到偏爱。母亲不想花那么多钱让我们俩一起学琴，她现在能这样已是很难得。

自始至终，杏姐就没参与这事，也不曾被征求意见。小

左图：是的，我要走出去，走得远远的。

风琴买来了，英国女士自带乐谱，坐在杏姐身边，教她弹琴。我有时也跟着上课，试着弹几下。英国女士对我说，我的手指柔软灵活，适合弹琴，最好能和姐姐一起学。她哪会知道，这所有的一切都与我无缘。杏姐就这样继续跟着英国老师学弹琴，我则偷偷买来一些现代的中国歌曲集，自己学着在风琴上弹奏。我边弹边唱，也让姐姐和弟弟跟着一起唱。双亲听到后，禁止了我们的歌唱。我不想就此放弃，便在自己的屋里很小声地哼唱。当双亲不在家时，我们会在黄昏时分去花园散步。杏姐和弟弟一左一右走在我身边，我指挥大家一起唱歌。歌声撕裂了我的心，伤感也侵袭了我，我在心里哭泣，我不能再这样下去，我要解放自己，也要解放我的姐姐。我不是因欢乐而唱，是因痛苦而歌。我丝毫感觉不到幸福，我只是一个万分不幸的人。无论我唱哪首歌曲，听上去都像在大声疾呼："不久我就要离开这个家，离开你们，我的父母姐弟。我不属于你们，我将远行去外面的世界。外面的世界很大，我会在那里找到我的位置。不必爱我，我本不属于你们。"杏姐不知我的心事，我也不能告诉她。在双亲回家之前，我们悲伤的歌声已经消逝在寂静的花园上空。

　　我等待着时机。在这期间，我最爱的报纸上刊登了两个事件，给我留下极深刻的印象：一件是一个二十岁的女孩因家里不许她上学而离家出走，另一件则是一个十八岁的女孩为抗拒家里逼婚而跳窗逃离出走。两个姑娘都得到爱国团体的资助，得以去法国勤工俭学。

我被这两个事件深深打动，默默地对自己说：我为什么就不能做第三个人呢？我迫不及待地提笔给报社的一名记者写信求助。这名记者叫李峙山，是一位激进的妇女运动者。她通过我之前投递的文章认识了我。我在信中问她，一个姑娘该怎样才能脱离家庭外出求学。我惴惴不安地等着她的答复。她回信给我，说外面的生活十分艰难，只要我还待在家里，就该先尝试尽全力说动父母，送我去上学。她警告我，到社会上去自力更生是很困难的，更别提在我这个年龄。她自己也要同巨大的经济困难做斗争，很多想法都无法付诸实践。她用自身的经历现身说法，经济情况在思想斗争的过程里占有相当大的比重。她不希望我因一时冲动而轻易离开优越的家庭，让自己今后陷入经济困境。她请我一定要三思而后行，最好还是能将家里雄厚的经济条件同我的思想观念结合起来，加以利用。如若不成，我们也不必牺牲个人意志而在家里委曲求全。

我坚信双亲绝不会支持我。我茫然无助，注定会失败。但我得先逃出去，等自由了再与双亲交涉。峙山根本想象不到，我家族的堡垒是何等坚固，我双亲又是何等固执己见。我再次写信给她，告诉她我完全孤立无援，也不想考虑经济方面的困难。对于我，现在不是关乎贫穷和富有，而是关系到生与死。为了走向新生活，我甘愿冒任何风险，哪怕我出去后会饿死，也在所不惜。无论如何我都不要坐在家族堡垒的某个角落里，被轻视，被忽视，等着出嫁。我已经听到传言，我和姐姐应该嫁给一对双胞胎兄弟，那样我们就能一直待在一起。

这肯定是母亲的心意，母亲的想法！我鄙视钱财，就算没钱，我也能创造生活。双亲觉得我无用，但对于国家、世界和全人类，我或许是很有用的。

最后，峙山同意尽全力帮我逃离家庭。我也该想办法随身带些钱财，因为她在信里写道：外面的人很穷，那些为了

左图：杏姐和弟弟一左一右走在我身边，我指挥大家一起唱歌。

新思想而斗争的人都很穷。他们全都愿意帮我，只是他们都没有钱。

峙山随信寄给我一张她的照片，她的脸显得睿智果断，她是我第一个真正的朋友。现在我俩的想法基本一致，我只需等待合适的时机，便可孤注一掷。我的想法如熟透的瓜果一般，要脱蒂而落。日日夜夜，我都在找寻脱身的机会。一旦成功，我便获得自由；倘若失败，我将被判死刑。我不再感觉孤独无助，在争取自由和自我解放的道路上，我精神上有峙山的陪伴。我已经做好牺牲一切的准备。我不要再待在这个家里，我要奋起反抗那些家规旧例，但现在还不能让任何人知道。

第十章

长辫拆散，发髻盘起

祖父卧床不起几日后，溘然长逝，享年八十五岁。这是家族里的大事。如他生前为他贺寿一样，成百上千的亲朋好友前来吊唁，表达哀思。只不过，这次大家都不着红衣，而是身穿白服，胸戴白花，招待宾客的宴席上也铺着白桌布。灵堂搭建起来，祖父的灵柩将在里面停放七周，丧事也要大办七周。全家人每日都须去灵堂守候，儿子儿媳和长孙整天不得离开，其他亲属可以自由来去。每当有宾客前来吊唁时，儿子们要放声大哭。若其中有女客随行，儿媳们也须随丈夫们一起哀号。客人络绎不绝。大家看不到灵柩，它被装饰起来，停放在供桌的后面。儿子们头戴白孝帽，身穿白孝衣，保持一个姿势，跪在灵柩旁的地上。他们不许坐在椅子上，也不许喝酒吃肉。供桌上方的中央处高挂着祖父的遗像，供桌上的供品则按时更换，如祖父生前享用的一日三餐一样。众多和尚在香烟缭绕中为祖父诵经超度。灵堂里，除了和尚的诵经声，便只有儿子儿媳们的哭声。墙上挂满了白色的挽联和裱在蓝色绒布上的金字挽幛。

双亲每天一早去祖父家，一直待到很晚才回我们自己家。有几次我也跟着一起过去，但作为孙女，我不必久待在那里。现在可是行动的大好时机。我竟然如此冷漠，如此无情！在双亲悲痛之际，再次伤他们的心。但这是我唯一的机会：双亲不在家，要至深夜才归，我有整整一天时间做准备，可轻易找到机会，穿过大门，离开住处，跑到大街上去，从此不再回来。晚上不会回来，夜里也不会回来，永远都不再回来。孤身一人走向外面的世界，奔向那个自由的世界。我决不能错过眼前这个时机，一旦错过，良机便不复再来。祖父的去世并没有令母亲过于悲伤，有一天晚上她从祖父家回来后说："我没有眼泪了，再也哭不出来了。"我听后心下对自己的行动就不那么自责了。

我天天给峙山写信，告诉她这个天赐良机，并询问她：我该如何逃出家？何日何时？逃出后去哪里与她见面？我也在信中向她保证，逃出时尽可能多带些钱在身上。可是，我自己没有钱，我的存钱罐里只有两块大洋。我日思夜想，伤透了脑筋，怎样才能搞到钱呢？此刻，我内心毫无恐惧，因为我已下定决心：就算出去后穷得没钱上大学，还可以靠工作挣钱养活自己，至少，我将是一个自由的人，一个不为家规所束缚，不被歧视，不被压迫的自由人。可是峙山不同意我的这个想法，当然她是出于好意。她认为，外面到处都是贫穷和寒冷，所有的斗士都是一贫如洗。我务必要随身带些钱，她可在其他方面帮助我。是啊，我还是得想法子弄些钱。我绞尽脑汁，思考对策。家里我这辈人中，唯一能有钱的是嫂嫂。可我能去找她借钱吗？她说不定会揭发我。不行，这个办法行不通。

有一天，我去灵堂时，在那里遇见七伯母。她对母亲说："这孩子怎么瘦成这样？她生病了吗？"我听后惊恐万分，难道七伯母看透了我的心思？好在母亲对她的话并未在意。

我终于想到了一个办法，不管怎样我得一试。有时候，父亲会让我吩咐仆人给银行打电话，让办事员取一两百元送到家里。若是办事员来的时候父亲恰巧不在家，我就可以代他在取款单上签字。我决定，待我出走之日，让仆人打电话给银行，要他们送五百元，然后我在单据上签字。这样一来，我就能搞到出走的盘缠了。我写信告诉峙山，说我能带五百元逃出家。她虽觉得钱并不多，但还是答应帮我，并要了我的身材尺寸。她想找人给我做一条裙子和一件上衣，这样我逃离家后就可以乔装改扮，以免被认出。

我们定下了离家出走的日子。那一天，峙山会在两点的电影开映前到一家电影院等我，她的座位是二排一号。其他事情待我们见面后再细谈。我写信告诉峙山，出走那天，我会穿蓝衣蓝裤，扎一条长辫。

最后的几天里，我几乎茶饭不思，夜不能寐。离家出走前的晚上，我给双亲写了一封信，信中请求他们原谅我以这样的方式离开家，但我必须走，因为我想上学。我请他们忘了我，将对我的爱转移到杏姐身上。被我迫不得已拿走的五百元权当是借款，希望将来我能够偿还他们。我此次行动的最终目的就是为了上学读书，此事与姐弟没有任何关系。我将《新民意报》编辑部的地址留作联系地址。写好的信被放进抽屉里，我一夜未眠。

出走的那天早晨，双亲如连续四周的每日一样去了祖父家，留在家里的是我们这些无须总跪在祖父灵柩旁哭泣的孩子。我现在无人看管，要在两点之前依计安排好一切。我需要勇气和沉着冷静。将近十点时，我吩咐仆人给银行打电话，让他们立刻送五百元过来。我现在变成了一个贼，一个强盗！我假装镇定自若，用僵硬的舌头费力地发号施令。话说出后，我自己都被吓得心在剧烈跳动。仆人依命行事，顺从地去打电话。按照惯例，钱应该很快就会送来，然后我只需在单据上代父亲签收即可。啊，父亲，他此刻正跪在祖父的灵柩旁痛哭。我真是一个贼，一个强盗！我本想做一个人，却要先从当贼开始！身为贼的我打劫之后，去找杏姐，昌弟正好也在她那儿。我对她说道："今天我必须要鼓足勇气做一件事，这件事是我深思熟虑后的决定，为了去上学读书，我别无选择，只能离开这个家。你们知道就好。很久以来，我都在和《新民意报》的一位编辑商议此事，她会帮助我。今天，确切地讲，再过几个小时，我就要离开这个家了。出去之后，我还要继续斗争。我求你们在家里帮我，告诉我双亲对我此举的态度和对策。姐姐，我也要为你斗争。所有我为自己争取到的权益，你都有份儿。我给双亲留了一封信，放在我的抽屉里。等大家发现我失踪后，你们只需去找到这封信，将它交给双亲。我还吩咐仆人打电话让银行送来五百元，我将代父亲签收。这样做不太好，但我需要钱，又没有其他办法弄到。我在为争取上学而斗争，为成为一个人而斗争！我不想再在家里被歧视，被压迫。我已经准备好牺牲一切。我不知道，将来是否还能再回到这个家，但我们肯定会重逢的。我已与峙山约好两点见面。吃过午饭，我就走。今后我们可以通过编辑部联系。”

我无比勇敢，可杏姐却为我担惊受怕。她紧盯着我的脸，看了好久才说：“你可一定要小心。万一你被双亲抓到，我们两个就都完了。你全都已准备妥当？你要明白，你一旦出逃，这就是咱家的丑闻，而我们是弱势。我真担心，从此你再也回不来了。我们何时才能重逢？”

“姐姐，我毫不畏惧。我离家出走是一件光荣的事情，我会登报披露此事，《新民意报》就是为此存在的。我不只是为你我二人斗争，而是为了天下所有受压迫的姑娘。”

杏姐觉察到我去意已决，她也无法阻止，便祝我一切顺利。昌弟完全赞同我的做法，愿尽全力支持。

我忐忑不安地等着钱被送来。已经十二点了，可送钱的人还没到。这次用的时间要比平常久许多，我不敢再让仆人给银行打电话催促。父亲不在家，没有急需钱的理由。我紧张难耐，却也只能等待。

午饭已摆在桌上，我虽毫无食欲，可还是得吃些，以免引起女佣的注意。送钱的人何时到啊？可千万不要两点之后才到，那样一切就都前功尽弃了。谢天谢地，午饭刚过，钱就送来了。可这都是什么样的钱啊！五百个一块面值的银圆，没有一张纸币。这得多沉！我根本不可能把它们全部带走。该死的银行，怎么能送这么一堆银圆来？或许是因为父亲以往都是用这些钱做日常支出，所以特意让银行每次送硬币过来。银行以为这次照旧,便出于好心花了这么久的时间来准备。老天爷啊，我该怎么办？我急需钱，本来五百块大洋也算不上大数,可现在我没办法全部带走。我思虑过后对杏姐说:“你看这些死沉的大洋，我根本无法全部带走，最多能拿上三百块，其余的两百块得留给你。你找个箱子把它们藏好，没人能想到钱会在你这儿。等我出去后，将来哪天需要用钱时，再想办法找你拿。现在我得走了,用人们都在吃饭，正方便我溜出大门，两点钟在影院和峙山碰面。姐姐弟弟，你们多保重。我们是在并肩战斗，只是我在外面，你们在家里。记得给我写信，我一定会给你们写信的。编辑部会帮忙转交信件。保重！”

我打了个小包袱，可以夹在臂下不被人察觉。包里装有一件厚实的夹衣，几件换洗的衣物，三百块大洋和峙山的来信。打好的小包全长不到三十厘米，宽也不过二十厘米，可是非常重，它是我去游历世界的第一个旅行包。杏姐悲伤地望着我，担心我在外面会因饥饿寒冷及其他困难而受罪。可为了能去上学，为了做一个人，我愿抛弃家里的锦衣暖食，去忍受外面的饥饿与寒冷。我将小包夹在左臂下面，右手紧紧攥着它，离开了自己的房间。我小心翼翼地走下楼梯，像个窃贼般四处张望，生怕被人发现臂下的小包。当我经过餐厅时，房门开着，我唯恐不妙，从门前一闪而过。所幸女佣们都忙着吃饭说笑，没人发现我。我迅速穿过房子正门走进花园，花园里没有任何人。紧锁的大门旁有一扇开着的小门，看门的老仆人大概趁着双亲不在家正在打瞌睡，我就这样穿过这扇小门，将大门及我家的院墙抛在身后，走到了大街上。

我平生第一次独自站在街上，这是我一直期盼的。我可以随意向左行，向右走，却两腿发软，根本迈不动脚步。我还从来没有一个人在街上走过，既不认得路，也挪不动步，但我必须向前走。我需要一辆人力车，可是不知道怎样招来。

恰巧此时有一辆朝我这个方向跑过来。我记起曾在窗口看见路人不问价钱抬腿上车，然后车夫拉着车子就跑起来的情景。现在，我也像他们那样直接坐上车，不问价钱，告诉车夫电影院的名字，并附加一句："快点！"我恨不得能飞起来。车夫立刻迈开大步，轻松地跑起来。我胆战心惊地坐在车上，只希望不要被人认出。（多年之后，我由峙山那里得知，在我出逃的当天，编辑部的一位男同事受她之托，一直守在我家房前注意动向。他看见我坐上人力车后，便骑着自行车紧跟在后面，以防事情起变故，可以及时通知峙山。）秋风轻拂着面颊，我可以自由地呼吸，可以舒畅地呼吸。外面真美好！外面就该是美好的！我刚刚逃离的那所房子就如牢狱一般。我逃了出来，我可不想再在监狱里待下去。

车夫很快就把我送到了"大光明"影院门口。我曾在这里被银幕上的卓别林逗得捧腹大笑，也曾在影院门口的空地上被人间最美的爱情画面所打动。今天，我再次来到这里，既不是为了消遣娱乐，也不是为了重温那路人动人的感情，而是为了找寻那盏指路明灯。峙山会指引我走上光明之路。

我买了票走进影院。里面空荡荡的，我立刻就在约好的位置找到了峙山。她站了起来，本人看着比相片中要瘦一些。

她热情地握着我的手，脸上洋溢着非同寻常的活力与善意。她微笑了一下，用略带颤抖的北方口音小声而清晰地说道：“同志，一路上还算顺利吧？我们的时间有限，现在我马上带你去一个熟人那里换衣服，之后你得坐下午四点的火车去北京。可惜我不能陪你一起去，但《新民意报》的主办人时先生会亲自送你去北京，到我的一个好友那里住下。时先生是一位非常正直友善的老先生，北京的那个好友是我们这些斗士的大姐。你放心，她会尽全力帮助你的。我得留在编辑部，我会继续支持你并给你写信的。你不能留在天津，这里离你家太近。我们一定要非常小心，不要让这场斗争功亏一篑。”

我专心听峙山的话，自然也会按照她认为正确的方式去做。我们走出影院，峙山挥手招来两辆人力车，让车夫送我们去中国辖区一个年长的普通老妇的家里，她已经为我做好了一身黑色衣裙。我麻利地换好衣服，如同一个战士披上战衣冲上战场。战斗已经打响！

右图：我所逃离的家是所监狱。

峙山打量着我说："这辫子不能留，我帮你绾个髻。不能让人认出你来。"她解开我的长辫，在我脑后盘了个髻。发髻取代了长辫，十五岁的小姐瞬间摇身变成了一个小妇人。我们都没来得及谈话，便又坐上人力车飞奔去火车站。峙山坐在前面一辆车，我跟在后面，她时不时回头看看我。时间刚好，时先生已到火车站。很多人都在等待下午四点的火车。峙山向时先生介绍了我："这就是那个小斗士。烦请您一路上好好照顾她。到了北京，您只需把她送到大姐那里就行。我已将情况告诉了大姐。"

谨慎起见，时先生坐在二等车厢，我坐在三等车厢。他会时不时过来看我。我才找到峙山没多久，几乎还没跟她说上几句话，就失去了她。分手告别时，她鼓励我说："勇敢些，祝你好运！"

火车开动了。三等车厢里拥挤不堪，根本找不到座位。到处都有人坐在自己的行李上，还有人站着。我挤进去，有好心的乘客让出半个箱子的位置给我坐。火车晃动得厉害，我双手紧紧抓着自己的小包，不敢注视车上的其他人。他们大多是农民、工人和商贩，还有要去城里寻做用人的乡下女人。我担心被认出，一直不敢抬头。这些人会怎么看我？这么年轻就嫁人了？这么年轻就开始守寡？或者是被人拐骗？这其实是一位千金小姐，是一个被追的逃犯，更是一个窃贼。不，他们肯定不会想到这些。他们大都低头不语，我也默不作声，怯怯地坐在人群里，低头深思。不知是出于疲惫还是思虑，这里没有任何人是愉快的。坐三等车厢出行的都是穷苦人，他们鲜有欢乐。

火车晃得我昏昏欲睡，可是我被沉重的思绪折磨着。两个小时前，我还在家，在家族堡垒的高墙后，如一个生来就被判处要顺从的囚徒般，被关在那个无名监狱里。

现在，我自己冲破了牢笼，成了一个自由的人，但还要继续为了最终的光明而奋斗，为了我的姐姐及其他千万个女孩的自由而奋斗。我感觉到了头上的发髻，只有已婚妇女才会在头上盘一个髻。从今天开始，我就与我的自由之争成亲，梳长辫的时代已成为过去，我也不再是千金小姐，也无须坐在那里，一针上一针下地刺绣。等待啊，失望啊，都不复存在。发髻取代了长辫，这也意味着，斗争取代了坐等，希望代替了失望。我不该久久坐等，我要站起来向前进，向前进。我不要总缅怀过去，而要展望未来，未来就始于今天。火车晃动着，但我的思想坚定不移。

时先生过来看我。周围那么多人，他无法太靠近我，只能远远地问我：“一切还好吧？”我答道：“是的，都还好。”他听后就走开了。

十月的天黑得比较早。火车由天津开到北京大约需要三个半小时，不久，四周就一片黑暗。这个时候，双亲应该回到家了。吃晚饭时，他们就会发现我消失不见，并开始四处寻找。他们肯定会大惊失色，我留给他们的信也会被发现。然后呢？他们会有什么举动？我能在北京顺利下车吗？时先生又来看我，并告诉我，我们马上就到北京，我只需静等着他来接我。

北京是我们的首都，我还从没有来过这里。今晚，我到了一个漆黑的城市，但是我很庆幸此刻是黑夜。我们急忙走出火车站。时先生叫了两辆人力车，吩咐车夫拉我们去大姐的住处。我很惊叹，车夫在黑暗里依然能看得清路。时先生和我都沉默不语。慢慢地，车夫拉我们进了胡同，这里比大街上还要黑。可车夫却熟门熟路，拉着车忽左忽右，忽右忽左，转来转去，终于到了大姐家门前。时先生用力敲门，一次，两次，三次。一个少妇手提灯笼，前来开门。天太黑，看不清她的脸，可她的声音听上去很热情。我隐隐约约见她微笑了一下,她为胡同及院子里的漆黑而致歉。“你们终于到了,我等得有些担心了。”她说道,“小心台阶。”她领着我们进到不足八平方米的屋里。

“时先生,好久不见!近来可好?峙山还好吧?她已经写信告知我一切情况。”她亲切地问候时先生。后者则回答道:“现在,我们就把这位小姐托付给您了!是的,托付给您!”

大姐因房间的狭小向我们表示歉意:“北京的房租很贵,我很难在大学附近找到便宜的房子。”

“这房子里只住着您一个人吗?”时先生问大姐,“我看屋外的院子还是很大的。”

“不,我不是独自住在这里。隔壁屋里住着一位女士。她是一家规模不大的女子职业学校的校长,已离异,单身一人住在这儿。”大姐解释说。

借着屋内煤油灯的光亮,我大概看清了大姐的脸部轮廓:一张和善可亲的脸。戴着一副眼镜,化着淡妆。她的嘴很小,说起话来眉飞色舞。我很高兴能被托付给她。

小屋子里的地上铺着青砖。仅一张桌子、一张床和一个衣柜就已将屋子塞得满满的。屋子中央有一个小小的煤炉。北京十月的天气已经很冷,必须得生炉子取暖。炉子上放着一口锅，里面在煮着东西。大姐问时先生，是否和我们一起吃些她煮的汤面。时先生谢绝说，他必须要走，他只在北京待一天，还有很多事情等着他去处理。辞别时，他祝我好运。自此，我再也没有见过他。

大姐马上开始招待我，为我端来一碗热汤面，了解了我家里的情况以及我将来的打算。我也得知，她原本家境殷实，但因父母感情不好而不愿留在天津待在家里，便来到北京，在北京大学做旁听生。她的籍贯在南方，童年时期曾在日本居住多年，日语同中文一样好。她三十出头，年龄比峙山及其他斗士都大，所以被大家称为“大姐”。

“大姐”人如其名，像一个真正的大姐般照顾着我们这些年少的斗士。她安慰我，让我不必为诸事担心，她会帮助我。她在北京交往广泛，认识很多人，其中也有知名教授，这些人都会全力支持我这个年轻的斗士。我们聊社会话题，妇女话题，一直聊到午夜。我欢欣鼓舞。

最后她说：“我们睡觉吧，明天上午我还有课，七点就要起床。你也累了，床有些小，但应该能挤下。”

我和大姐一起躺在小床上，我久久不能入眠，思绪万千。现在双亲应该已经确信，我今夜不会回去。残酷无情！颜面尽失！他们不知自己的女儿身在何处，今夜还能安然入睡吗？这个坏孩子，就这样从家里逃走，除了一个父亲闻所未闻的编辑部的地址，没有留下任何信息。他们会气得暴跳如雷，还是会在心里为女儿这种丧失理智的愚蠢行为而流泪呢？明天他们要做些什么？他们还得去祖父家里哭灵守孝，只是他们将比平日哭得更厉害，母亲也将再有眼泪。他们会采取行动抓我回去吗？明晚我应该能通过编辑部得到消息。那会是怎样的消息呢？我带着满脑的困惑，睡着了。

第二天早晨，我醒来时发现大姐已经起床洗漱。她对我说："我不吃早餐，但是你得吃些东西。我要出去一个小时，你在家里等着我回来，好吗？"

"不，大姐，我也不想吃早饭。我就待在这里等你回来。"我说。

"那你跟我去大学吧。今天有一堂公开课，听众可随便进入。课程主题或许对你来说无趣，但总比一个人待在屋里好。你正好借机感受一下大学的气氛，快起来跟我走吧。"

我害怕外出，更怕过马路。大姐说："这里离大学很近，路上也遇不到你的家人。不用害怕，他们不会到这里来的。人活着要勇敢些，你来北京可不能只躲在这个小屋子里。"

大姐言之有理，去大学的路可不是我家里的人会走的路。我立刻起床，几分钟就收拾妥当。大姐给自己略施粉黛，问我是否也扑些粉。

“不，不，我不想扑粉。”我连忙拒绝。记得在家时，外婆总对我说：“你一个小姑娘怎么不擦脂抹粉呢？稍微抹上些看着更漂亮。”可是我不曾听从。现在，我已离开家，就更不想到了外面反而开始化妆。

“脂粉很神奇，它能让女人变得年轻漂亮。”大姐边说边继续在脸上涂抹。在这一点上，大姐与峙山不同。峙山就不施脂粉，绝不屈服。我愿以峙山为榜样。

七点半，我们出门去大学。住处门前的胡同奇窄无比，难怪夜间这里那么黑。我们七拐八拐后，走上一条宽阔笔直的大路，这条路通向大学。北京凛冽的晨风扑面而来，我们飞步向前。

路上遇见一个男青年，大姐停下脚步和他聊了几句。我害怕不已，我自己是一个小偷，一名在逃犯，任谁都可以检举我。这个男青年就有可能成为检举者。男青年走后，大姐告诉我：“刚才那个男子是一个刻苦勤奋、成绩优异的大学生。他穷得常常只能吃酱油拌米饭。”

我立即对那个青年肃然起敬。当我们富人闲坐在家时，穷人却奔波在路上。我困坐已久，再也不要那样下去。我的思绪有一霎随那青年而去。

我们很快就到了大学。这里的一切都显得宏大、庄严、新奇。上公开课的教室在一个圆形阶梯上升式的大厅里，可容纳上千听众。今早人未坐满教室，差不多全是男生，只有几个女生坐在中间，我挨着大姐坐下。这节课是关于国民经济学的，对此我一无所知，完全听不懂，但我为自己能在这里找到一席之地而自豪。我的思绪又飘向家里。昨日，我尚在毫无生机的家族堡垒里。今日，恰是今日，我已坐在思想前卫的最高学府——北大的课堂上。虽然现在我只是来旁听，但如果我不离家出走，就永远没有坐在这里的机会。当我注视着为数极少的那几位女大学生时，不禁伤心起来。她们也有家，有父母，可是她们不必为上大学而逃离家庭，她们或许对自己的幸运毫不自知。此刻，我坐在她们之中，可身份却是一个窃贼，一个被追的逃犯。说不定明天我就会被抓获，然后被永远关在牢笼里。我触犯家规，违背双亲之命，伤害双亲之心，辱没家族名声，是一个十足的强盗！强盗！我做这一切，只是为了能去上学读书，其他的女学生则不必如此大费周折。谁让我生在一个富贵之家呢！母亲责骂我时经常说："你就该生在一个穷人家里！"那这些来上大学的女孩子都出自贫寒之家吗？可知识就是财富。经过学习，她们的精神无比富有，人们怎可再称呼她们为穷人？我宁愿做这样的穷人。

突然，讲课结束了。男女大学生们相继离开，大厅很快就变得空荡荡。大姐对我说："这节课或许对你有些难，而且也不怎么有趣。若是遇上生动有趣的讲课，整个大厅里会座无虚席。例如，上次那堂关于节育的大课就十分吸引人，找不到座位的学生都站着听。"大姐的求知精神令我钦佩。

我们回到住处。不久，一个男青年来找大姐，他看上去比大姐年少，大姐向他介绍了我。他当然会讲中文，与大姐却用日语对话。或许他们不想让我知晓谈话内容。我一句也听不懂，但我能察觉他们两人之间有些什么。至于具体是什么，我猜不出来。

大姐带我去一家小饭馆吃午饭，有很多大学生光顾那里。大姐在饭馆碰见很多熟人，每当他们互打招呼时，我就揪紧了心。我可是一名逃犯啊！我被认出了吗？有人在找我吗？没有，这怎么可能！我家里的人才不会来这个聚集了穷学生的小饭馆。我恢复了平静，但没有食欲。另外我也不想乱花钱，毕竟偷来的资金有限。

下午大姐要出门，她把我介绍给邻居，但我觉得现在最好不要随便与人聊天，便独自待在小屋里等大姐回来。北京的房子及院子让我想起儿时在武昌和扬州住过的中式庭院。隔壁院中种着几棵树，长得高过院墙。乌鸦哇哇叫着，或单只，或成群，绕树飞来飞去。从小屋里几乎望不到北京的天空。我一个人坐在床沿，静静等待。乌鸦的叫声唤起了童年的一段回忆。那是在某个黄昏，我找寻亲爱的外婆，可怎么也找不到她。她已经离我们而去。那时，在我家的院子里，也长着一些老树。童心被刺痛的我忍不住悲伤地哭泣，没有人来安慰我，唯有乌鸦哇哇地回应着我的呜咽。

三岁时，我哭着闹着让父亲同意我入家塾学习。此后十二年，我一直在那里研习。我聪明，但从不勤奋。父亲曾如此夸奖我的书法："字体有男子之风。"他也很赞赏我写的诗文，母亲则认为我心灵手巧，做出的绣品及其他手工活计都很精美。"她既然聪明，我们就不必再要求她勤奋。人不能过于完美。"母亲曾这样评价我。双亲的几个孩子中，我是最健壮的那个，几乎从不生病。算命的瞎子曾预测，我将

嫁入富有人家，多子多福。本来再稍等一些时日，这样的日子就能来临。但我不安分，总想说些做些出格的事情。父亲曾说我总是心猿意马，为什么就不能学着像姐姐那样娴静温良呢？我反倒还想鼓励杏姐如我一样，走出家门，去上学读书，同很多其他阶层的人们在一起，去看大千世界，去为国家，为人民，为全人类做贡献，而非只为自己的小家活着。我曾试图说服双亲，可他们对此完全不理解。我便不再奢求他们或多或少的理解，依着自己的意愿，偷偷离弃了他们。除了放弃双亲为我铺好的道路，我找不到其他办法来对抗他们。

我得只身走入并面对外面的世界。此刻，我独自一人坐在这个昏暗狭窄的小屋子里，感觉从未如此形单影只。没有家，没有父母，也没有兄弟姐妹，一切正如我所愿。

天色渐黑。乌鸦的叫声听着凄凉而悲惨。我没有哭泣。童年已逝，我亦蜕变成一名反抗家族与双亲意愿的斗士。我今后会成为什么样的人呢？双亲还爱我吗？他们会忘记我吗？

左图：我一个人坐在床沿，静静等待。乌鸦的叫声唤起了童年的一段回忆。

他们会原谅我，并允许我去上学读书吗？即便他们不原谅我，仍会来接我回家去吗？或者他们就任我在这世上四处飘游？我还能希望得到更多吗？大姐，请赶快回来，帮我挣脱这沉重的枷锁！

大门打开，大姐回来了，她后面还跟着那个今早出现的青年男子。两个人在院子里用日语交谈了很久，这屋子也实在是小得容不下三个人。晚上，大姐陪我在屋子里，没再外出。我们俩仿佛有说不完的话。夜里，我们照旧一起睡在那张小床上。

第二天一早，大姐建议我们一起出去找找，看是否有合适的女子中学允许我现在即可注册入学。我们坐上两辆人力车进城去。这是我第一次好好看北京城。多美的一座城市！宽阔的街道，百年古树，红墙绿瓦的宫殿气势宏伟。四处很寂静，车夫如溜冰般跑在平整光滑的路上。想不到，我能从家里跑出来，并置身在这样一个无比美丽的大城市。这个城市曾是千年古都，我孤身来到这里，要在这里大展宏图，要让古都为我喝彩。这一切本该只在童话里出现。我有权利享受这份美好吗？此时双亲并不知道我身在何方。我来北京是藏身，是为反抗双亲，我不能留恋这美景，我该闭上眼睛。

我们到了城里，找到两家女校了解情况，甚至还可以瞥见教室里的样子。这不正是我此次斗争的目标嘛！在这里上学的女孩子们看似并不必放弃她们的幸福。大姐曾做过老师，她轻声告诉我说："这里的大多数女孩子都不知道自己为何读书，她们没有自己的思想。"

"这真是太可悲了。"我回答道。我恨不得立刻选好学校，办理入学手续，这样我就可以住在学校，开始上课。大姐和我都很喜欢其中一所学校。大姐与校长商讨我的入学事宜。校长起初有些反对，毕竟冬季学期已经过半，但最后她还是同意招收我入学。接着，她取来又大又厚的报名簿，坐到椅子上，手握一支铅笔，问道："姓名？"我浑身打了个冷战。是啊，我该报什么名号呢？或者她已获知我的姓名，只是再验证一下？大姐与我迅速交换了一下眼神。我默不作声，大姐便回答说："她叫海冷娜。"

"是姓海吗？"校长问道。

"是的，海是姓氏。"大姐答道。

"这个姓儿可不多见。是满族人的姓吧？"校长追问。

"不是，是汉族姓。"大姐解释道。

校长将这个名字写入报名簿，说道："原来如此。大海之冷少女——海冷娜。”

当初那个英国女教师带我们阅读莎士比亚的作品时，为我起了个英文名“Helena”。我曾跟大姐聊过这件小事，因此她今天灵机一动，按着我英文名的发音将其拆解为三个汉字做我的名字。这样我们就不必告诉学校我的真名实姓。

“请您明天来交学费。”女校长叮嘱我。然后，我们就告辞离开了学校。啊，明天！明天我就可以上天了！但若想搭就上天的云梯，我只能用从家里带出的父母的钱财。回到住处后，我收到了一封来自天津报社编辑部的厚厚的信件，还是一封急件。信里装着一张报纸，上有父亲登出的启事：“自儿离家，母伤心至极，甚念。望见字速归。求学一事再议。父。”我的眼泪几乎要夺眶而出，但我硬生生忍住。坚持！坚持！不要软弱！不要软弱！除了报纸，信封里还有杏姐和昌弟写给我的信。他们在信里告诉我，双亲非常生气，以为我是因为爱情而离家出走。他们已经明确表示：“等她回来，一定得把门锁好。”昌弟还在信里特意提醒我说：“不要相信父亲在报纸声明里说的那些话。你一旦回来，将失去一切而重无天日。昨天晚上，我听女佣们讲：‘二小姐怎能做出这样的事情！这要是在乡下人家，她肯定会被活埋的。’千万不要回来！我们会继续为你通风报信。”峙山则写信告诉我，她已在报上披露了我的事件，以赢取公众对我的支持。

现在该怎么办？怎么办？

“你父亲在天津及北京的政府机关有关系吗？”大姐问我。

“当然有，而且关系很好。”我答道。

“那我建议你暂时不要去学校上学，最好先躲着别现身。这样你父母就抓不到你。”大姐说。

明天不能去学校了？是啊，老天怎么可能就让我这样轻易登上天呢！“大姐，我该怎么办啊？”我伤心地问道。

“我们明天要去学校撤回你的报名。你得通过报纸来回应你的父母。”大姐说。

“对，我要回复双亲：先答应让我上学，然后我才回家。”

其实我既想上学也想要双亲。但若两者不可兼得，那我宁可放弃双亲，选择学校。

当天下午，北大经济系的一位教授要来看望大姐。“他是一名激进派民主人士。”大姐很自豪，能在自己的小屋子里接待这位教授。教授到了，他身材魁梧，戴一副眼镜，唇上留着两撇胡子。大姐能够与教授侃侃而谈，令我极为佩服。对他这样一位激进派大学教授，我只能肃然起敬。站在他的身边，我感到羞愧。在我眼里，他如泰山般高大，而我不过像只小老鼠，逃离富贵之家后，四处觅洞藏身。这只老鼠痴想着，精神食粮重于米油之类的物质食粮。我内心极其崇拜这位教授，却不敢与他讲话。几年之后，这位教授为他的理想信念献出了自己的生命。他就是李大钊先生。

晚上，我开始写回信。我告诉杏姐和昌弟，自己已经离开天津，来到北京。不达目的，我绝不回家。给双亲的信将会登在报纸上。我请他们允许我去上寄宿学校，唯获准入学后，我才会回家；在给峙山的信里，我说自己在大姐这里感觉很幸福，我要坚持斗争下去。

第二天，我们走原路去了那所女校，只不过这次是去退学。昨天，我还在为北京城的宏伟和美丽而欢喜，憧憬着尽快选定一所学校。今天,我却要退学。我小心翼翼地缩着身子,以防被人认出，因此也无心欣赏沿路的美景。学校的门房及接待室里全都空无一人，我们等了一些时候，还是没有人来。那本报名簿还在桌子上放着，我们拿起来翻看，找到了我的化名。大姐不想多等。“怎么还没人来？我直接把你的化名划掉吧。”她真这样做了，然后我们就迅速离开了那里。当校长看到那个毫无解释而被划掉的罕见姓名时，她会作何感想？

此后我就躲藏在大姐的小屋里，期盼着天津的来信。每天我都能收到一两封信件和报纸。读者们竞相讨论我离家出走的事：一方支持我，另一方则反对，但支持者占多数。昌弟写信说："你得放弃回家的希望。双亲根本不同意你的要求，没有任何回旋余地。母亲甚至说：'贼走关门。'父亲也准备对我们采取严厉的措施。留在外面！回来对你太危险了！"

我悲哀地想，看来北京也非我的安身之地，我要跑得更远些。可是去哪儿呢？大姐知晓从天津传来的那些坏消息，也体谅我连日来无奈藏匿于小屋的处境，便一再试着安慰伤心欲绝的我，为我花费了大量时间。

一天晚上，大姐对我说："最近常来找我的那个男青年爱上了我。说起来有些怪怪的，自从你和我住在一起，他竟然还嫉妒你。今晚，杨小姐请我们两个去她那里吃晚饭，你在小饭馆见过她，她与她的大哥住在一起。虽然我不喜欢她的大哥，但觉得她为人友善。你不必害怕，我们两个一起去，你正好借此消遣一下。"

我和大姐相伴步行，穿过一条宽阔的街道来到杨小姐的住处。她与她大哥相对而居。她来自湖南，是北大的一名穷学生，但她读书很用功。为能来北大上学，她也曾同家里做斗争。北大是全国最高学府，是新文化运动的中心。那里的大多数师生都思想进步，为数不多的女生可称得上是最成功最坚强的女性，她们为了能与男性并肩坐在教室里读书，与旧传统进行了顽强抗争。

杨小姐在煤油炉上做好了饭菜。这应该是一个湖南穷学生的家常便饭：豆芽青椒炒肉丝和热米饭。我从来没见过如此简单的饭菜，但却吃得津津有味。逃亡以来，我第一次感到饥饿，内心很感谢杨小姐的盛情邀请。我对她心生敬意，愿意像她那样生活。

日历又翻过一页，这已经是第四天了，依然没有好消息。大姐说："峙山写信给我，觉得你该认识一下我与她的一个共同好友梁先生。梁先生是广东人，父母已双亡。他在通讯社从事英译汉的翻译工作，以此资助弟弟上学读书。梁先生人很好，有新思想新观念。结识他不是坏事，或许他能帮到你。我今晚有约，赴约之前先把你送到梁先生的住处，你可以在那里待着，晚一些时候他送你回来。他的住处就在附近。"

我听从大姐的安排，跟着她去找梁先生。与大姐的住处相比，梁先生这里家具齐全。可惜我们到的时候他不在家，他的弟弟招待了我们，说哥哥马上就到。果不其然，不一会儿，他就回来了。大姐一向擅长与人打交道，见了梁先生立刻熟络地面带微笑同他打招呼并介绍了我。他一边跟我握手，一边注视着我，他的眼神深邃、坚毅、睿智而富有表现力。还从来没有一位男性，握着我的手并直视着我的眼睛。我浑身感到一阵战栗，觉得自己像待祭的羔羊。梁先生看着很年轻，性格偏静，低沉的嗓音略带忧郁。他神态自如地与大姐聊着他们共同朋友们的近况，包括峙山及她的丈夫。我的情况他已有所了解，是峙山写信告诉他的。他问大姐："她年龄有多大？"

"虚岁十六，周岁十五。为方便出逃，她才盘起发髻。"大姐回答，接着问梁先生的弟弟多大了。

"他今年十九岁，我二十五岁。时间过得好快！"梁先生解释说，他母亲去世后，他们就来到北京生活，转眼已有五年。

大姐起身致歉，说自己要去赴约，烦请梁先生稍后将我送回住处。

"没问题，我当然会送她回去。你们是住在西门边上的小胡同里吧？"

大姐走后，我一个人留在两个男青年的居所。那个弟弟不爱说话，我便与梁先生闲谈，聊到很多话题，比如父母与叛逆期孩子间的冲突、世间的不公、男女地位的不平等、贫富差距等。我虽显羞涩，表达的思想观点却很激进犀利。梁先生赞同我的观点，但也让我了解了关于此类社会问题的一些其他看法。我大受鼓舞，却也知道不能久坐，便道别梁先生的弟弟，由梁先生陪着回住处去。房门在身后关上，我仿佛一下子陷入黑漆漆的汪洋大海。我从未在这么晚的时间独自在外待过，四周万籁俱寂，伸手不见五指，让人无法迈步前行，唯有“游”出去。可是，我不会游泳，便站在门口不动。梁先生已经先行几步，消失在黑暗里，令我找寻不见。他有夜行的经验，自然可以找到自己的前行之路，而我不能。显然，他发现我并未随行其后。黑暗中，我听见他说：“夜间，北京的胡同黑得厉害。我来帮你，好吗？”

他返回来，看见我还站在房门前，便拉起我的手，提醒我路面不平，要慢慢走。的确，这里的路不好走。路面曾因下雨变得泥泞不堪，又经车轮碾过，留下深深的车辙。寒风吹过后，地面被冻得坑洼不平。梁先生牵着我的手，带着我在这片黑海里向前“游”。我心里觉得幸福而甜蜜。不管这世界有多黑，道路有多难走，只要有他拉着我的手，我都不会觉得害怕。他想带着我往光亮处走。不，不，他就是我的光！我愿这世界没有尽头，黑夜不会过去，这样我们俩就可一直两手相牵。我不想要天亮，一旦天亮，我就又孤单单不知该去哪里躲藏。在这样的人生道路上，又有谁会牵起我的手，带我走下去？此刻，就算世界末日来临，我也心无遗憾。梁先生一路并不作声。或许，他由我的手感受到了我的软弱与不安？

突然，前方出现一条光线充足的大街。梁先生松开了我的手，这里已经不像胡同里那么黑，我可以自己走了。现在，我们可以叫人力车载我们回大姐的住处，也可以走着回去。梁先生提议步行，我自然也愿意如此。我们慢慢走到大姐的房前叩门，大姐出来为我们开门。她感谢梁先生费心照顾我，邀请他后天晚饭后来住处喝茶。梁先生欣然接受了邀请，告辞回家。大姐问他："您要坐车还是走着回去？"他答道："我走着回去。今晚的夜色很美。"我多么想再同他一路慢走呀！即便是在黑暗里，夜色依然美得令人着迷，这皆是因为他就像光一样，照亮了我的四周！

双亲依旧坚持不答应我的要求。昌弟写信告诉我，双亲觉得我很傻，以为用五百元钱就可以在外生存。等我把钱花光，自然就回家去了。

双亲显然很有耐心，可我不行，我想尽快开始新生活。既然自己不敢去学校上课，那就离开北京，继续逃跑。若有必要，也可以离开中国。我找大姐商量：“我不想藏着等了。对与双亲的谈判，我不再抱有希望。”

大姐思索着：“去哪儿呢？我听说，有一个组织近期要送一批大学生去苏联免费留学。我们要不要去了解一下详细情况？”

“去，我们一定要去。”离开中国的想法激励着我，我们动身去找这个组织。组织所在的小办公室里人来人往，生机勃勃。一名男办事员告诉大姐，我们来得太迟，船已满员，过几天就出发了。大姐又试着问道：“不能再加一个位置吗？”

“可惜不行，这艘船已经超员。”男办事员回答说。

又是一无所获，我还得接着等。可很快，大姐就要离开北京去南方。我们无论如何都要找到解决的办法。

隔天晚上，梁先生如约来找大姐喝茶。屋里唯一的小桌子有一边靠墙，一边贴着床，只剩两边可以坐。我们三人围桌而坐，桌上摆着大姐冲泡好的茶及买来的甜点心。桌旁燃着煤炉，炉火温暖了整个小屋。梁先生叙事扣人心弦，大姐又是那种可以让任何人都愿与之敞开心扉的人，因此，这样的聊天本会使我受益匪浅，但偏偏，如今大家为安排我的去向而头疼不已。大姐即将离京，我不能一个人待在北京，毕竟与双亲的谈判很可能将是一场持久战。现在怎么办呢？依着我激进的性子，我本不再期待双亲的妥协让步，欲继续一走了之。但梁先生不认同我的想法，他深知人因缺钱而遭受的贫穷、不公等苦难，不愿让我轻率地断绝同我富贵家庭的关系，孤身一人在贫穷的苦海里沉浮。

“最好还是等你的父母出于爱而准许你去上学，那样你就能从学习中获得更多。人没钱就不能专心上学读书。为找一份工作挣钱糊口，很多年轻人不得不放弃学业。我认为，你该继续等下去，以观其变。至于你的栖身之地，我觉得你最好不要住在私人家里，而是住在类似基督教女青年会这样的团体里。等将来你的父母找到你，你重回家中时，他们也会就此放心。”

大姐认为梁先生的想法很有道理，对我说道：“我有些关系！明天我去大学找胡适教授。他与你同乡，也是安徽人，我求他帮帮你，或许他能推荐你去基督教女青年会。太好了！明天我就去办。”

办法找到了，虽然不尽如我意，但我也难以反对。随后，我们就开始聊其他话题。已是深夜，外面的胡同里传来小贩叫卖柿子的声音，听上去很凄凉。

大姐一向好客，立刻起身说:“我出去买几个。”不一会儿，她就带回四个大大的硬如石头的冻柿子。“这怎么吃啊？”梁先生问道。

“小贩说，只要把柿子泡进凉水里，它们就化开了。”大姐解释说。

“我看未必。”梁先生有些怀疑，“这得要很久才能化开。我觉得还是用热水泡比较好。”他把冻柿子放进炉子上的热水壶里，等到柿子变得半冻半化时，我们把它们捞出来吃得津津有味。这是我在北京度过的最美好的一晚。从此，我再也没有机会与大姐和梁先生同桌共坐。他们两个如哥哥姐姐般照顾帮助着我。转瞬即过，梁先生起身与我告辞，说他还会帮我，尤其当我一个人在北京的时候。我倒是想经常去找他，征求他对来自天津的消息的看法。“还有啊，”他补充说，“你若是日后能够住进基督教女青年会，记得不要用你的真名，用化名即可。不要说姓周，改姓为钟。不叫‘铮’，更名为‘静’。”

大姐将梁先生送至大门口，返回屋中，称赞道："他考虑得真是周全体贴。现在我大可放心留你一人待在北京了。"

我却知道，自己与梁先生将来不会经常见面，或许根本就不会再相见。

第二天一大早，大姐就去大学找胡适教授。中午，她喜气洋洋地回到住处，给我看一张便笺，上面有胡适先生的签名。大姐讲道，胡适先生说，他非常愿意帮助这样一个勇敢无畏的小老乡，立刻写了便笺，请女青年会的主事人为我安排一个房间。

下午，大姐带我一起到女青年会找会长商谈。女青年会处处显欧洲之风，一位漂亮的高个子女士接待了我们。大姐与她寒暄几句，便将胡适先生写的便笺递给她。她接过去边看边用山东口音说："啊，是胡适先生介绍来的。嗯，需要一个房间？我得问问秘书，是否还有空房。要得急吗？"

大姐答道："是的，非常急。我后天就要启程离京，之后这个小姑娘就得独自待在北京。她在这儿人生地不熟的，您若能安排她明天搬过来住就太好了。"

"明天就搬来？我们只有两间客房。我想，眼下房里可能都住着人。等一下，我们看看怎么办。"

女秘书进来说，一间房里住着一个姓周的女大学生（竟与我同姓！），她三天后搬走；另一间房里的是位长居者。会长思索片刻，小声同秘书商议着。我只听清她不断重复的一句话："可她是胡适先生介绍来的。"最后，会长好意问我："你介意先同周小姐同住三天吗？等她搬走后，那个房间就归你一人住了。"

我连忙表示不介意。大姐也不住地向会长致谢，感谢她的好心好意，让我明天就能入住。"你的姓名？"会长问道。

"钟小姐，钟静。"大姐代我回答。告辞时，会长说："没问题，她明天就可以搬过来住。"大姐再次表达谢意，并告诉会长，她明天下午送我过来。

借胡适先生的鼎力相助及会长的好意安排，我终于找到了下一个栖身之地，可我一点儿都高兴不起来。首先，我得继续等待双亲的决定，而他们看来是想要通过耗时间来取胜于我；其次，大姐走后，我会十分想念她。对我来说，她的意义远不止于姐妹情。今后，我又将孤身面对一切困难。虽然梁先生主动提出，让我有困难就去找他，但我有些害怕去见他。我并不是害怕他本人，而是害怕面对他的那个自己。我对他一见钟情，与他接触越多，越为他的才能和魅力所折服。这太危险了，我不允许自己爱上他，所以我要关闭心扉，今后不再与他见面。我将在北京单枪匹马，孤身作战！

不难想象，我的搬家简单得不能再简单。我又把小包夹在腋下，和大姐一起从她的住处坐人力车到女青年会。只是，这次的心情比当初逃离双亲家时还要沉重。在女青年会，大姐陪我进了我的房间，帮我安置好一切，然后便向我道别，并祝我一切顺利。我难过得只想哭泣，就像站在马路中间不知所措的小孩子一样放声大哭。可是，我不许自己哭。我已下定决心，要凭一己之力斗争到底。大姐走了，我一个人坐在房间里。很快就是黄昏时分，简直孤独寂寞得令人难以忍受。吃晚饭时，会长将她的五六个女同事介绍给我。她们都很亲切友好，但举止行事相当西化。会长是从美国留学回来的，其他几个同事也都一直与美国人共事，她们的英语都讲得非常流利。饭菜是中式的，餐桌却按西式布置。每人面前放一个盘子，开饭前，她们都先低头做祷告。我不知此时该做什么说什么，便只是默等她们祷告结束，这是最简单省事的办法。再说，我现在心情沉重，满脑子里都是关于斗争的各种想法，根本提不起精神见生人并与之聊天。我在这里是最年轻的，脸上未施脂粉，头上还盘着髻。我猜，她们大概会谅解我的行为的。

自第二天起，我基本足不出户。除偶有特殊情况，我几乎没离开过女青年会。每天，我都待在自己的房间里，只有到饭点才出去吃午餐和晚餐，但从来不去吃早餐。我的室友周小姐每天都回来很晚。她是医科大学的学生，常常要去医院实习，我若能像她一样就好了！

当有人喊她去接听电话时，我总以为她们找的是我，吓得心脏怦怦直跳。但我马上想起来，自己已更名换姓。

三天后，周小姐搬走了，留我一人住在这个虽小却温暖的房间里。我觉不到丝毫寂寞，每天有大量信件需要回复，还要给报社寄去我的文章和诗作，另外还得动脑筋思考斗争策略，我忙得不可开交，哪还有心思在意所居房间如何。如果不是因肚子咕咕叫，我都没兴致去餐厅吃饭。所幸，大家并没期待同我拉家常。除了进餐厅时的“您好”以及离开时的“再见”，我不多说一句话。慢慢地，青年会的女士们自然很好奇，这个寡言少语、为人谦恭的女孩子整天都在忙些什么。有一次，我甚至听到她们聊天时提及胡适。我知道，肯定是其中一个告诉另外一个：我是胡适介绍来的，应该没什么问题。或许，她们也希望我能跟她们聊一聊胡适这个人，可我依然保持沉默。我根本就不认识胡适，既未与其谋面，也不曾阅读他的大作。我只是听父亲讲，他是个文学叛徒，其他情况我一概不知。可是我不能让她们知道这点。这种时候，沉默是最佳选择。

我竟然收到了这么多来信！有时甚至在半夜，还有仆人敲门给我送急信。找我的电话更是天天都有，梁先生也会打电话来询问我的近况及来自天津的消息。有时，他来电话的时候我正在餐厅就餐，所有人的目光就都会转向我。梁先生也会给我写信，他的字体极为漂亮，文风也很诗化。每次收到他的信，我都很开心，把来信读了一遍又一遍。有一次午饭时间，大家还坐在桌前吃饭，一个仆人进来说有位先生在大厅等着要见我。立刻，大家都盯着我看，让我觉得难为情，脸也有些发热。这位先生肯定是梁先生。虽然我内心也很需要他，眷恋他，甚至爱他，但此刻我倒希望他不来看我。

我去大厅和梁先生打招呼，除了他已知的来自天津的坏消息，我不知还该与他聊什么。因此，我们相互问候之后，我坐立不安，也不敢与他对视，盼着他能尽快告别离开。他显然对此有所察觉，很快就起身告辞。从此，他再也没来过，但依旧打电话并写信给我。我也继续暗恋着他。

当天晚上，女士们比平常更加关注我，她们的眼神分明在说：我们在等着看呢。可是又没有人前来问我，只听见她们聊天时提到“年轻男子”，然后就看见她们的目光又瞟向我。

我继续沉默不语，这是最简单的应对方式。

对我，她们也没什么好指责的。平常，我几乎从不外出，除了有一次被大姐的邻居邀请去她家吃晚饭，结果因穿得单薄而着了凉，夜里就开始生病。还有一次，我必须要去拜访两个广东籍的女教师，她们是峙山写信介绍给我的。回来的路上，我差点昏倒在人力车上。我没有想到北京的冬天会如此寒冷，自己既没戴围巾帽子，也没穿棉衣棉鞋，被冻得蜷缩着身子，仅靠呼出的热气来暖和一下胳膊和双腿。我感觉自己后脑勺的神经已经痉挛，头开始发麻，血液好像也不再循环，冰冷的身体都在萎缩。我不知何时才能抵达终点，终于，路到尽头，人力车停下了。我从车里跌落下来，如同一根从树上坠落到地上的断枝。我的胳膊几乎动不了，手指也被冻僵了。付完车费后，我像一具复活的僵尸般慢慢挪进自己的房间。这两次经历教训让我清楚地意识到，自己仅有的夹衣实在是太单薄，晚上不宜再出门。白天，我若是想透透气或者稍微活动一下，便出青年会的正门沿着胡同走，再从通向金鱼胡同的另一个入口返回，如此而已。我不敢走远，就像一条金鱼，只能在鱼缸里面转悠。否则，若是被行人认出来，我可怎么办？我躲在自己的房间里。在这里，我可以自由地思考未来，随意地哭笑，尽情地遐想。

《新民意报》上满满都是大家关于我出走的讨论。另外，它还分别刊登了双亲、家塾先生、我及读者写的诗歌。先生用笔名发表了一首名为“小鸟”的哀歌。他在哀歌里嘲笑我连一只小鸟都不如。小鸟长大后尚知反哺，来回报母亲的养育之恩，而我却径自离开母亲，都不告知去向。我写了以下这样一首诗来反驳他：

是谁不识甘同苦，
小鸟诗章骂不仁。
我执断肠来问汝，
世间谁是无情人？

母亲的诗中写道：

鞋样将来比短长，

针针犹自为儿忙。
谁知汝志真坚决，
求学心诚不念娘。

父亲也写诗一首：

求神问卜何能复，
都道归来十五前。
弹指今朝已十五，
依然骨肉未团圆。

我还记得，自己在一首诗中写道：

寒风刺我着单衣，
午夜挑灯坐许时。
有志不因难苦退，
女儿一样似儿男。

双亲想慢慢耗着，等我花光钱。可是，就算要受冻挨饿，我也绝不会屈服！

圣诞节来临。这个节日对我没有任何意义，家里从来不过圣诞节。可基督教女青年会的女士们非常重视圣诞节。有些人回家团聚，其余留下的则精心装饰一棵圣诞树，并准备在大厅里举办庆祝活动。这些信奉上帝的女信徒不想让我这个寡言的女孩子在平安夜还独自待在自己的房间里，吃午餐时，会长告诉我，我应该在平安夜到大厅里同她们一起庆祝节日。我表示谢意，但婉拒说，自己没有合适的礼服，因此不能和她们同庆。其实，我没有任何庆祝的兴致。可女士们一致坚持让我参加，哪怕就穿平时这身衣服也可以。盛情难却，我不得不答应和她们一起过节。

这是我平生第一次看见圣诞树，过圣诞节。大厅里的圣诞树上装饰着各种灯烛、彩花、玩具、星星，十分美丽。烛光闪烁，充满了节日喜庆的气氛，但这些并不能照亮我灰暗的内心。女士们一首接一首地唱歌，一个接一个地玩游戏，大厅里一片欢声笑语。可我一如平常地沉默着，偶尔出于礼貌笑一笑，女士们一定觉得我很神秘。我很感谢她们关心我，让我和她们一起过节。若是我一个人待在房间里，尤其当听到外面的阵阵笑声时，肯定会感觉寂寞孤独的。

圣诞过后，春节将至。报社的所有编辑及梁先生一致认为，我最好在年前能同父母达成协议。没有任何人支持我继续一个人在社会上飘荡。有人写信说："生活本就不易，若是再没钱，基本就办不成什么事情。因此，请您还是与您的父母好好商量，争取让他们准许您先去读女子中学。毕业后再去读大学，甚至出国去留学。这世上的穷学生已足够多，您完全没必要将父母的财富弃之不用。世道艰难，自己去挣钱更难，人道主义的帮助毕竟少之又少。试着与您的父母再好好商谈吧。"最后，报社的马主编建议我向父母提三点条件。若是他们答应条件，我就马上回家。条件如下：

允许我和杏姐去女子中学上学，中学毕业后去读大学，若可能，读完大学后可去国外留学；

允许我和杏姐婚姻自主；

双亲须立即送杏姐去女中上学，以此证明他们同意上述两个条件。另外，他们可自由指定一名证人，并当着证人的面，在此同意书上签字。一切办妥后，我就会回家。

我昼思夜想，我从不把钱当回事，对它的价值也完全没有概念。可是，无父无母、无兄弟、无姐姐的日子的确有些让我恐慌。钱，我总归是能想办法挣到的。可父母姐弟，我到哪里去找？找得到吗？因此，回家算是个良策。鉴于此，我同意向双亲提出条件，让他们做出抉择。

双亲答应了所有条件，立即送杏姐去天津女师参加入学考试。马主编在来信中描述了杏姐去女师报名的场景："当你姐姐去天津女师报考时，全校都轰动了。通过我们报纸的连续报道，女师的校长及五百名学生全都知道，你是如何为争取权益而与父母做斗争的。包括校长在内的所有人都很好奇，欲一睹你姐姐的风采。我当时也在场。当然我去那里并不是出于好奇，而是事出有因。校长是我的连襟，我请他务必录取你姐姐入学。他这个人原本非常严厉、刻板、保守。设想一下，假若他坚持不肯接收你的姐姐，那会怎样？不过，好在这次他听取了我的意见，破格录取了你的姐姐。你姐姐由一个女佣陪同，坐马车到学校参加录考。虽然我至今尚未有幸见到你本人，但你的姐姐看着很瘦削，梳一条长辫。她被带入学校礼堂应试。由于招考季节已过，里面当然只有她一个考生。好多女生都挤在外面，扒着礼堂的四扇大玻璃窗往里面看，她们每个人都想瞧一瞧你姐姐长什么样子。我相信，等到你去学校报到的时候，那四扇玻璃窗会被挤破的！想想也是，能有几个富家女子会想到为求学和自由而去抗争呢？录考为期两天。现在，你姐姐已经通过了考试，年后就可以去上学了。另外，校长还特意告诉我，你姐姐的英语和中文科目的录考成绩都是‘优’。”

胜利看似就在眼前，可我总还不能确信，双亲会真的这般理解我。我相当确定，等我返回家时，我和双亲之间必定有很多矛盾。为防患于未然，我又加上一个条件：我回家后，双亲不可再旧事重提，更不可责骂于我。不管怎样，我不是凯旋的斗士，只是一个想留住双亲的女儿。

我开始准备回家。我曾拜访过的那两位女教师中的一位姓唐，她本要回家，正好可以陪我去天津。为纪念杏姐、昌弟和我三个人的协作，我定做了三枚银制胸针。红底色的胸针上面刻着“牺牲”两个字，我想借此表达一种想法：一个人为了实现自己的目标，必须要做好牺牲一切的准备。我突然想起，母亲很喜欢吃北京特有的一种糕点，便去买了回来。唐小姐一直都在帮我打理回家前的事宜，离京前一天，她还来女青年会帮我支付账单，她真是一个好人。

我在女青年会吃最后一顿晚餐时，会长突然对在场的其他几位女士说：“女士们，我们竟然不知，有一位年轻的女斗士一直以来和我们生活在一起。她就是钟小姐！钟小姐原本姓周，是安徽名门望族周家的二小姐，也是胡适先生的老乡。她的父母曾不公正地剥夺了她上学读书的权利，通过顽强的斗争，现在她终于赢得父母的同意，可以去上学了。明天她即将离开我们返回家中，让我们向她致以最高的敬意，并祝她前程远大！”

我没想到会长会有这样的讲话，脸变得绯红。肯定是唐小姐昨天来女青年会时，将真相告诉了她。我内心很感谢会长，尤其是她允许我在这里住了两个月之久。她对我说：“现在我彻底明白，你为什么一直沉默少语。若是我们能早点知道真相，或许还能帮上不少忙呢。”我由衷地笑了笑。我已经有很久没有如此自然而舒心地笑了。

第二天早上八点，我与唐小姐在火车站碰面，一起去天津。不久之前，我在黑夜里逃到北京，完全没能一睹北京火车站的全貌。今天，我在白日里重到此地，感慨万千。我不必再提心吊胆，怕被认出。即便是在这里遇上哪个亲戚，我也只需说：“我坐车回家。”梁先生应该不会来车站送我，尽管我很想再见到他。我已在电话里向他告别，他祝我今后学业有成，并承诺继续给我写信，信会寄到编辑部。

火车启动了，慢慢驶离我的逃亡之地北京。我回头久望着渐渐远去的城市，直到它消失不见。我的思绪留在了北京。除了那黑暗的小胡同，我还不曾好好领略这座城市的美丽。小胡同里所萌生出的情愫与爱恋，必将被我铭记于心。北京和梁先生在我心里融为一种爱，我想念北京愈多，爱慕梁先生就愈深。我把心留在了北京，将爱随身带走。这份爱会赐我力量，去战胜一切困难；这份爱会给我希望，以待有朝一日，重游北京，再与梁先生相逢。这是我心中的秘密。女斗士回来了！她虽已夺取一条斗争之路，但这条路上依然荆棘遍布。她的事业未竟，仍需努力。

很快，火车抵达天津。和哥与他的一个同学已在站台等候。再次见到亲爱的和哥，我很高兴。待我与唐小姐告别后，和哥向我介绍身边的那位同学："这是黄先生，他是父亲指定的证人。我们先去候车厅吧。"和哥仅讲这短短几句，再无他言。我问和哥，是否一切都如我所期待的一样。和哥让我大可放心，说双亲答应了我所有的条件。杏姐已经去学校念书。父亲去安徽老家安葬祖父，只有母亲在家等候我的归来，她会对我既往不咎，让我只管安心回家。和哥跟我说话的语气就像一个亲切的小父亲，他或许本想斥责我："你为什么要这样做？"但他什么都没说。黄先生点点头，证实和哥所说属实，我不必担心害怕。之后，两人相互告别，和哥带我坐上马车回家去。

二小姐回来了！“她出走的时候是个窃贼、强盗，现在却以胜利者的姿态凯旋，还不许我们说三道四。这样的事情只能发生在城里的大户人家。若是换作乡下，怎能让她活着回来？”家里的用人们心里想。他们睁大双眼注视着我，但没有一人敢说话。

下车后，我径自向母亲的房间走去。当我进屋时，她正坐在梳妆台前。场景如此熟悉，竟似我从未离开过一样。我扑通跪倒在她面前。这个身着黑衣黑裙、头上盘着髻的小家伙可怜而谦卑地跪在地上，等着母亲发话。母亲说道：“起来吧。”我站起来，抬眼看到母亲已泪流满面。母亲只有伤透心时才会流泪。而今，我伤了她的心。她不再讲话，我帮她拭去眼泪，说：“母亲，不必伤心。我不是回来了嘛。我这样做，只是想上学而已。离家后，我一直待在北京。那些曾帮过我的人都是正经的好人。俗话说：看子身上衣，便知母之性。您看，我穿得如此朴素，这就说明，我没有学坏。我回来前，一直都住在基督教女青年会里。您可以向那里的女士了解我在京的情况。”

母亲叹了口气，说："去让用人准备午饭吧。"

我从母亲的房中出来后，便去找杏姐和两个弟弟。"你怎么瘦小成这样？"杏姐见到我，吃惊地说。我转了个身，以便杏姐可以仔细地打量我的裙子和发髻。我像一个刚从战场上归来的小战士一样，开始向她讲述自己离家后的种种经历。我真想说："你们还没见识过真正的人生，可是我对它已深有了解。"我讲啊讲，讲了一切，却有意隐瞒了我深藏心底的那份爱情。我重又回到家中！吃午饭时，我已换上与杏姐一样的装束，如从前一样，头上梳一条长辫，身下穿一条长裤，就好似一切都没发生过一样。母亲又与她的两个女儿和一个儿媳同桌共餐。

一切都和以前一样。吃饭时，大家都保持安静。饭后，我们照旧去母亲的房间小坐。我像个诚实的使者一般把杏姐代为保管的两百块大洋及我从北京带回的剩余费用悉数交还给母亲，没有偷留一块。母亲未置一词，她问和哥："电报你打了没有？"和哥回答说打了。我晓得这电报是发给谁的，也知道它所为何事。这时，一个女佣进来，代表家中所有用人向母亲表示谢意，感谢她给大家发放了"喜钱"。我明白发"喜钱"的缘由。可怜的母亲，您的内心是多么高兴啊！

晚上，母亲同我们一起玩牌。每个人的面前都有一小摞硬币，这样一来我们玩牌只赢不输。今晚是除夕。因为祖父的丧事，家里不过年。母亲在心中静静地欢庆，我则期待着新年来临，那将是我新生活的开始。

第十一章

妇女运动者

天津女师录取我是顺理成章的事情，录考也只不过是走走形式而已。我的到来自然在校园里引起了巨大轰动。杏姐和我成为身穿校服的五百名女生中的两名：蓝上衣，黑裙子，黑皮鞋，脖子上系着领结。女师位于中国辖区，离家很远，因此我便央告母亲，允许我们姐妹俩住校。对于我这个失而复得的女儿，母亲当然是有求必应。父亲从安徽回来了，他看见我在兄弟姐姐们中间，对我说："你回来了。"现在他确认，自己的亲骨肉终于又回到他身边。晚上，他跟我们说："莲的这种行为不允许再发生。"我很怕他接着会说些重话，可他没再说什么。

女师很大，我和杏姐不认得这里的任何一位女学生，可她们对我们俩却甚是好奇。幸亏马校长派了一个高年级的唐姓女生陪着我们，不然我会倍感无所适从。唐姓女生就像我们的姐姐一样，悉心帮助我们，带我们认识熟悉整个校园。学生宿舍是四人住一屋，我和杏姐分得一间屋里的两个床位。早晨七点，学校的钟声一响，所有学生必须起床收拾。八点钟开始上课，直到十点钟才下课，下课后有十分钟的课间活动，同学们要到操场上去做操。我还从来没有做过类似这样的体育活动，很快，双颊就变得像苹果一样红扑扑，而杏姐的脸色却没什么太大变化，用同学们的话来说，她像朵白花。做操时，我学会了唱一首儿歌："一二三四五六七，你的朋友在哪里？在云南，在广东，在湖北，在江西。你的朋友在哪里？"

做操结束后是校监五分钟训话时间。校监是位寡妇，个头不高，鸭蛋脸，眯缝眼，小嘴巴。她虽年有四十，却满面红光。我们做操时，她就站在一旁监督着。等我们一做完操，她就马上站到高处的台阶上，开始训话。她大概不知该如何提高自己的声调好让五百名学生都能听见她的讲话，便扯着嗓门喊叫，声音又高又尖，非常刺耳。可越是如此，学生们就越听不清她在说些什么。她满脸通红，眼带怒意，嘴角紧绷。她喋喋不休地教训这些女孩子，就好像她们做了蠢事一样，天天都是如此。她对女孩子们总是不满意，常常对她们发火。当她训话时，大家很少注意听她在讲什么，很多学生都在交头接耳、窃窃私语或者低声嗤笑，反正那么多学生，她也不可能全都监管到。

上学第一天，我根本不习惯她说话的腔调，所以听不懂她在讲些什么。唐师姐告诉我，校监在说关于羊毛围巾的事情。有些女生总是把围巾两端向后甩，搭在背上，而按照校规要求，围巾两端只可垂在胸前；另外还有几个女生上课时做编织，这也是不允许的。校监穿着跟学生们一样的制服出没在校园里，大家总能在任何一个角落、任何一个瞬间看见她，真是如影随形。有时，她也会藏在自己的办公室里，透过窗户监视着大家。

晚上八点至十点是晚自习时间。这之后，大家都回各自的寝室，没过多久就会熄灯。学校的伙食很差，房间里很冷。除了生物、物理和数学，其他功课对我来说一点儿都不难。几天之后，杏姐染上风寒，必须得回家休养。在寻找光明的路上，我这个斗士又将独行了。真是所遇非所求啊，我还需多多历练。

杏姐在电话里告诉我说，她寄给了我一封信，可是两三天过后，我并未收到此信，便去找校监，询问她是否有我的信，因为她也负责收发信件。我其实很不乐意去找她，我不愿看到她那总是一脸不满的样子。看到我，她先是摆出一脸严肃，然后立刻变成一脸怀疑，说道："是的，这里的确有一封给你的信。可是，我现在还不能把它交给你，因为你的家长委托我检查你所有的来往信件。这封信两天前就到了，但我一直没抽出时间拆开检查内容。"

我浑身哆嗦，心如刀绞。我双亲竟如此看待我！校监竟也这样看我！为了我的将来，为了我的事业，我强压住心中那爱的萌芽，可最终我得到了什么？只有误解和鄙视。若是此刻我手里有面镜子，我定能在里面看到一张发青发白的脸。我的两手变得冰凉，可我仍然说道："请您将信给我吧。我可以当着您的面拆开，让您看看，到底是谁写给我的。"

校监把信递给我，我打开信给她看杏姐的落款。"现在，您是让我把信带走呢，还是您要继续留着它？"我冷冰冰地问她。

"你拿走吧，我这样做，只是受你父母之托。"她干巴巴地回答。

我拿着信回到自己的宿舍，躺在床上，开始哭泣。

我们女师附近就是达仁女子小学。马主编受邀兼任那里的校长，而且峙山也在那里教课，因此我想去那里找峙山，并借此拜访马主编。虽然我与他已有多次书信来往，却一直未曾谋面。我们学校的学生若想外出，必须要经校监准许，并在离校及返回时做登记。我天真地以为自己也可以得到此等待遇，便去找校监，请她准许我离校两个小时。由此，我却又给了她行使权力并向我使脸色的机会。她一脸狐疑地说："你不可以离校。你的家长嘱托我，只许你在周六晚上和周日离校回家。很遗憾，我不能给你放行。另外，你想请假去哪儿？"

我心中升起一股怒火，恨不得立刻揍她一顿，可是我不能，她还等着我的回答呢。我大声说道："去哪里？去达仁小学找熟人。您能给我两小时假吗？"

"不行，绝对不行。"她涨红了脸说。

我知道，她不喜欢达仁女子小学。因为马先生是一位进步的思想家，是妇女解放运动和社会改良的先驱。他的身边聚集了很多像峙山这样的文人志士，大家齐心协力，摒弃千年来固有的旧式传统，以现代的教育模式来培养女学生。他的连襟，也就是我们女师的校长，一向反对他的革新观念。

这些我都有耳闻。想到她终归不会放我离校，我就索性继续气她：“我的双亲不理解我，还情有可原，毕竟他们受的是旧式教育。可像您这样一位现代女性，有幸获得了文凭，做了一名教师，本该成为我们学生的榜样，却站在我双亲那样的老派一边，帮着他们来压制我。这让我实在难以理解。难道您不清楚我为什么反抗双亲而离家出走吗？我就是为了到学校这里，不再受父母或者他们的替代者的管束。我从未做过玷辱名声的不光彩的事，您本该支持我，帮助我，反对我那专制的双亲。”说着说着，眼泪几乎要夺眶而出。但是，此刻不容我暴露自己的软弱。

校监的脸唰一下子变白了：“只要你在学校里寄宿，我就得管。除非你不住在这儿，我也就不必做这劳神的事儿了。去跟你的父母说说吧。”说完，她便转身看向另一个刚进门的学生。我离开她的办公室，去给马先生和峙山打电话。以前，我只能通过书信和他们联系；现在，我也能借助电话听到他们的声音。

本以为寄宿能给我带来更多的自由，可现实让我看到，住校还不如在家好呢。于是，我决定走读。我不必再同双亲抗争，只告诉母亲：学校的伙食很差，房间很冷。她立刻说：

“那你就搬回家中住吧。”儿女们都住在家里，母亲会更放心。

从此，每天早晨，我和杏姐坐着家中的马车去上学。等到下午放学，我们再由马车接回家。我从第一天起就利用这大好机会，中午不吃午饭，带着杏姐跑去达仁女子小学。这种逃跑的感觉以及与友人短暂的相处增加了我的喜悦。马先生英俊高大，戴一副深色眼镜。他说话时，嘴边总有一丝讥讽的微笑。他当然有权利去嘲讽别人，与他同时代的大多数人都不能理解他，更不会赏识他。相反，我对他却极为尊重、钦佩和感激。在那里，我还认识了其他几位女教师，其中有日后的周恩来夫人和鲁迅夫人。若是哪天马车不能来接我们，我们要自己坐人力车回家时，我们就先去达仁小学和大家畅谈，然后才回家。我们可以对母亲解释说，路很远，人力车夫要跑很久，母亲便不再过问。可惜，这样的机会极为难得。

我渐渐把自己几门弱科的功课补了上来。我的国文成绩一直都是班里最好的。老师每次发还我们的作文时，他都指出，我的作文写得最好，大家都该以它为范本。这令我感到有些难为情。他的称赞非但未让我感到骄傲，反而使我有些悲哀。我不由得想起父亲曾说过的话：在学校里可学不到国文。我对女师的教学质量开始感到失望，我还该在这里学满四年吗？我到底能在这里学到什么呢？假若我不在这里学，那我又该去哪里呢？想到这些，我不禁忧虑起来。

一天，我们班上的戴同学去世了。她知性聪明，极具人格魅力，可惜大病五日后便离开了人世。同学们都十分伤心，大家商议后决定为她办一场追悼会，邀请她的家人及包括校长在内的全校师生来参加。由于我的国文是班上最好的，老师推选我来代表全班同学致悼词。我有些发蒙，自己连演讲都从未听过，现在竟然要在众人面前发表讲话。况且，老师上午通知让我发言，而下午两点追悼会就要开始了。我本想推辞掉这项任务，可是同学们齐声赞成老师的提议。无奈之下，我只得打电话请教马先生。他在电话中鼓励我说："不必担心。我帮你写稿，过一个小时派人给你送去。你只要把稿子熟诵即可。演讲时，你要放慢语速，吐字清晰，注意音调的抑扬顿挫，还要用眼睛留意大厅里听众们的反应。一个差劲的演讲者要么说话语速快，声音小，要么就声嘶力竭，而且还只盯着坐在他面前的那一个听众看。别害怕，勇敢些。"

马先生是个经验丰富的演讲家，他对我的一席鼓励立刻使我镇定下来。午饭过后，我在十二点钟收到了马先生写的发言稿，然后就躲在一个僻静的角落，用心背诵。我本来记性就很好，因此倒也没用多久就将稿子熟记于心。下午两点，追悼会在学校礼堂准时举行，包括校长在内的五百多名师生以及戴同学的家人全部到场参加。组织筹办此次追悼会的国文老师首先讲话，他讲得极为出色。接着便轮到校长发言。谁能想到，我们的校长竟然如此腼腆。他走上讲台，面对众人却说不出话来，好似情绪过于激动所致。他几乎要哭了，最后勉强小声说了几句，便急忙走下了讲台。

看见堂堂一个校长都是如此，我不免又开始想象这讲话的难度。现在，该我上台了，我紧张得心跳加速。可是，开弓没有回头箭，我像赴刑场一般，决然登上了讲台，手里并未拿稿子。刹那间，一切于我都变得无所谓，心中唯有一个念头：“不要在乎别人怎么说，我只管站在台上，平静下来，开口演说。”这是我平生第一次站在大众面前，我绝不能怯场，不然就会在最初这短暂而重要的精神战中败给台下的听众，如校长刚才那样黯然下台。台下那么多双眼睛和耳朵本是冷漠无情的，可当我平静地开口讲话时，它们的主人也渐渐安静下来，开始凝神细听我的致辞。这点立刻被我察觉，我开始全力以赴来征服听众。上台前，我已将稿子背得烂熟，现在只要缓慢自如地把它说出来即可。我讲话时嗓音洪亮，如海浪般一波波向四周散去，由近及远；我不时扫视着台下的听众，目光从前排到后排，从左侧到右侧。当我讲到一半时，礼堂里开始回响起一阵掌声。我受到了这成功的鼓励，讲话时愈加镇定从容，落落大方。当我结束致辞时，满堂掌声雷动，我开心极了。这段悼词也涉及了妇女解放和男女平等的问题，我为自己能在大庭广众之下传播这种思想而感到高兴。追悼会结束后，很多人纷纷来向我表示祝贺。

第二天，国文老师当堂表扬了我。自此，我便作为班代表，为同学们处理解决各种问题。我是一个能干的班代表，有一次，我带领全班同学去找校长，请他允许我们组建一支童子军，可惜他没同意。

我不喜欢学缝纫，在家已经练够了这项技能，索性不再去上缝纫课。我不但自己不去，还怂恿全班同学都不去上。“让我们投票来表决吧。表决权是人类最基本的人权。我们同男人一样，也拥有这项权利。”我大声宣告。这样一来，大家全票表决，都不再去上缝纫课了。图画课也同样被我放弃了：“我不想画画，随便一个女孩子都能画画，这有什么好学的。”我要完成的任务可完全不同于画画，可要比它大得多！

教缝纫课和图画课的两个老师去校长那里告了我的状。

一天，校长来到我们班上，说：“我曾留学美国，在此任职也已有三载。我手下管着十五个班级，但没有一个班像你们这样不安分，整天要求不断，欲求不满，总是做些出格之事。从今天开始，我要求你们以其他班级为榜样。遵守纪律是必要的，你们也不例外。”他讲话时，眼睛一直看向我。

我对这个女师越来越失望，很想转学到其他学校。可全天津除了我们女师，就只剩一家美国教会创办的中西女子学校，这学校也不适合我。南开中学虽声名远扬，可那里只收男孩子。我打算向南开中学的张伯苓校长递交一份请愿书，恳请他也为女孩子敞开这所学校的大门。张伯苓博士同时也是南开大学的校长。我把自己的想法告诉班里的同学们，她们中的好多人都交口称赞，积极签名。有几个同学还认识中西女子学校的女生，结果那里的女生听说后，竟也有几个愿意加入请愿的行列。这样一来，我们一共有十二个女生参加请愿。

我起草了请愿书，马先生帮着修改润色之后，十二个女生在上面签了名，然后我们就把信寄给了张伯苓校长。

几天过后，张校长邀请我们去商谈请愿事宜。我有些吃惊，我不怕写信，但真要让我去跟一位大名鼎鼎的教育家面对面，我还真有些发怵。见面后，我该说什么呢?

这一天终于到了。参加请愿的女生们选出五名代表去见张校长，我是其中之一。另外还有一名代表黄同学，她是我们几个里年龄最大的，而且工作过，知道怎样与社会上的人打交道。我们便推举她为此次会谈的发言人。

下午，我们到了南开中学，张校长在他的办公室接待了我们。办公室极大，放有一张长桌和一张写字台。张校长是山东人，身高足有一米九。他面色和善但也带几分威严。他看书写字时会戴上一副眼镜，同人说话时便将它摘下。

大家围着长桌就座后，他就直入正题，说他看了我们的请愿书后，个人认为我们的想法非常好。只是，我们既然已经在读女师了，为何还要递交这份请愿书呢? 他对此有些不解。

他见我们几个都默不作声，便继续说道:“你们不必害怕，也不要想着我是高高在上的校长，尽管说出你们的想法，我愿闻其详。是你们中的哪位同学写的请愿书啊?”

黄同学说出了我的名字。张校长注视着我，称赞道:“写得极好。”

我没说什么，毕竟黄同学是我们一致推选的发言人。她迟疑片刻，便坦率地说出我们的初衷：我们更想到如南开中学这样的典范学校上学读书。如若他能同意接收女生，或者再建一所类似南开中学的女校的话，我们在座的几个及其他众多女生都会感激不尽的。

听完黄同学的解释，张校长脸上露出灿烂的笑容。他唇边带笑，和蔼地说道："你们的想法很好。只是我到哪里去筹钱建校呢？你们了解一下就会知道，维持一所中学和一所大学的经营有多么难。随着学生人数逐年增加，南开中学早就需要扩建。可由于我们缺钱，缺地，这事一直未成。男中尚且如此，我又能到哪里找一块地皮建女校呢？你们也该晓得，南开中学和大学的存在全拜几个社会名士的善举所赐，他们一向鼓励支持对年轻人的新学教育。南开中学的前身本是私立家塾，我曾在那里教书。多亏了几位热爱教育的士绅的鼎力相助，我才能够在十三年前创办南开中学，并于三年前建立了南开大学。我们学校在资金上一直捉襟见肘，有时甚至分文皆无。为此，我们一直在苦苦斗争。可是，你们也能看到，这些年来，我们还是办成了许多事情。筹钱是很困难的，但我们从来不怕困难。面对的困难愈大，我们就会愈斗志昂扬。我常说，太容易做成的事情就会显得无趣。一旦我们树立了自己的理想目标，便只会认真做事，向着目标前进，从不因遇到困难而感到失望以致消沉。现在，我很高兴，你们委托我去筹建南开女中。我与你们想法一致，也觉得天津应该有一所优秀的女校。你们有这意愿，我也有这理想；你们虽没有钱，却给了我勇气。我们要共同努力去实现这个目标。我相信，成功会属于我们的！我计划先在这附近租间教室，其余的事情，且行且看。我也会努力去筹钱。你们可不要忘记，你们交给我这么沉的一副重担，还把我向前推了一步，因此，你们也要支持我。为了大家的女中，让我们一起来奋斗吧！”

他让我们留下了各自的姓名和联系地址。我们满怀着由他给予的希望，高高兴兴地离开了南开中学。

我继续达仁小学的秘密之行。

峙山总是很忙，不仅忙女性解放，还忙社会公益活动。我追随她的理念，认为这世上不仅有女性需要帮助，劳苦大众亦是如此。我甚至和峙山一起去做义工。我利用自己从学校或家里偷得的那点时间去找峙山，然后我们俩再一起去贫民区，敲开每家房门，或问他们是否愿意到学校上免费课学些技能，或看他们有什么需要我们帮忙的地方。并非所有受访者都欢迎我们。毕竟，我们是陌生人，就这样跑上门来，不求回报地提供帮助，这令他们难以置信。天下哪有这样的人！有一些贫民听完我们的询问后，甚至什么话也不说，直接将我们关在门外。

峙山对我说：“跟这些人谈话不太容易。他们不理解我们的想法，也不信任我们，我们要有耐心。”

沿着狭窄的胡同，我们挨家敲门询问。我们想深入到劳苦大众之中。有一次，我为二十名妇女上课，解答她们关于妇女问题的疑惑。我没戴手表，也没有教课的经验。起初，我有些难为情，不好意思说话。但慢慢地，我开始侃侃而谈。等我意识到该停下来的时候，两个钟头已经过去。这期间，那些穷人家的妇女一直都在安静地倾听。

峙山将我纳入妇女运动联合会，我们一起为女性的自由、平等和独立而战。我们派了请愿者去北京，向政府议会递交请愿书。峙山冲我笑着说：“其实你倒应该去北京。”她这样说，是因为她知道，我父亲是政府的一名议员。峙山是我少

右图：妇女运动者。

妇女解放

年时期所见过的最睿智、最沉稳、处事最果断勇敢，而且也最乐于助人的一位女性。我对她极为钦佩，甘愿追随她的脚步，服务于劳苦大众。

我每天都照常回家，从不在外留宿，只是偶尔会晚回去一些，可我总能找到借口搪塞母亲。回家后，我还得接着研读国文，写诗作文。父亲对我要求极高，他说："既然你有意将来去上大学，那么现在就该好好研习国学。国学是重中之重，你可不能因为上学而耽误了对它的学习。"这样一来，我就不得不天天学国文到深夜，但我的心思仍然在妇女运动上。

母亲从来不问我学校的事情。她巴不得这世上根本就没有女校的存在，这样我就可以乖乖地待在家里了。对于女校，她毫不关心。她觉得"女孩子"和"学校"根本就不能相提并论。只有一次，她问我："学校的伙食怎么样？那里有什么可口的特色菜吗？"

实话来说，学校的伙食很差，主食很少有米饭，大多时候都是小馒头。一张饭桌上只放几盘小菜，却有八个人来分食。可是，我能告诉母亲实情吗？当然不能。我回答说："有。学校食堂有一道用土豆丁做的汤很好吃。"自我告诉母亲这话后，家里的餐桌上就常常出现土豆汤。家里这道土豆汤的味道自然是学校食堂稀薄的土豆汤所不能媲美的。

放暑假了。我不打算假期后再回女师上学，虽然那里的所有人，包括校长，都对我极好。校长觉得我爱出风头搞事情，但由于我学业出色，他也就无话可说。另外，我曾请求双亲为女师的图书馆捐些款，他们就以我和杏姐的名义，把我出走时没带上的那两百块大洋捐了出去。他们或许不想让这些钱勾起不好的回忆，这是该被诅咒的钱。如果没有这些钱，我就不会离家出走。俗话说，破财免灾，那就破财吧。校长为双亲的慷慨行为所感动，看我的眼神也与之前大不一样，就连校监对我的态度也变得友善起来。真是有钱能使鬼推磨。我觉得在女师可学的东西实在太少，我想转学。

我告诉了母亲自己要转学的想法。对此，她自然是难以理解："起初是你嚷嚷着要上学，现在让你去学校了，你又说在那里学不到东西。你父亲早就说过，学校里没什么可学的，尤其是国文。可你不听。现在，你又想去哪里呢？要我说，外面的学校全都一样。"

我反驳道："不是，学校可不全都是一个样子，也分好坏优劣。天津的女校都不甚好，我们得去其他城市找找看，比如上海。那里女校众多，我们肯定能找到一所好的。”

一想到上海，一座我孩童时生活过的城市，一座江南风韵的城市，一座国际化的大城市，我便一刻都不想留在天津。若是能在上海求学,那我就不必天天回家。这是何等的自由！幸运的是，彼时和哥正想换大学，他当然喜欢去南方就读，而母亲每年都会回扬州老家。因此，和哥帮我求情说：“母亲，我有一个主意：您不如带我们三个一起去上海，以便我们能在当地亲自去找心仪的学校。若是找到了，我们三个就留在那里上学；若是找不到，我们就返回天津，而您可以自上海接着去扬州。”

母亲一听到去南方就很兴奋，她无法抵抗这个诱惑，答道：“好，我带你们去上海。若是在上海找不到你们满意的学校，你们就老老实实地回天津待着！我一个人去扬州住上几日。”母亲告诉了父亲我们的出行计划,父亲对此毫无异议。

在一个阴沉沉的秋日下午，我们三个大孩子陪着母亲搭乘津浦火车去上海。火车愈驶近南方，我心中的某个念头就愈强烈：坚决不再回天津。到了上海，我要在上学之余，积极投身于公益活动。峙山曾跟我说过，上海有很多穷人、不幸的工人、海员和妇女。我们有大量的工作要做，去帮助他们脱离苦海。这当然也是我的分内之事。

夜里，火车停在徐州换机车。想当年，我们从上海去天津时，也曾在徐州过夜，那个黎明时分保姆拖着我踉跄疾走的情形犹存记忆。我们那时匆匆奔向北方，迎来的却是死亡。而今，我拖着母亲奔向南方。北方我不想待了，那座家族堡垒的围墙既已被我冲破，我便再也不想回到那里。我要去南方，去迎接新生活。火车的汽笛长鸣，车身缓缓开动。等到天亮，我们就会看到南方的风景：黑土之上是绿油油的田地，农妇们头戴大斗笠，光脚在田里劳作。我油然萌发了回乡之感，不由得想起母亲写的一首诗：

一村过去一村来，
茅屋颓萎半户开。
云树苍茫天地合，
英雄自古出蒿莱。

母亲是一位诗人，而我却是一名妇女运动者。

我们住进上海的一家旧式旅馆。旅馆里散发着阵阵潮湿发霉的味道，到处都很昏暗。一楼有一个大厅，每日被出租做婚庆活动的场地。上海的雨天总是比较多。自我们来到上海，老天就在我们住处的窗前织起道道雨帘，不曾中断。母亲不打算去拜访在上海居住的亲戚们。她觉得，由着自家孩子来上海找学校这样的事情，也只有她这个亲生母亲能做得出。若是被家里的亲戚们晓得，人家不只会笑话我们孩子，更会对她这个做母亲的指指点点。因此，她绝不会在这个时候去看望亲戚。

外面的雨一个劲儿地落着，可我们必须得出去找学校。去哪里找呢？因为我对基督教女青年会有极好的印象，于是给母亲出主意说，可以去女青年会打听一下，或许这次它也能帮到我们。我们坐上出租车去女青年会，一位女信徒接待了我们。我撺掇母亲去跟人家讲：我们来此是为了了解，在上海哪里可以找到一所好的女子学校。那位女信徒有些吃惊，思索片刻后问道："您是从哪里来的？"

"天津。"母亲答道。那位女信徒一听，竟然叫出声来："什么？从天津那么远的地方来的！天津没有女校吗？"

怎么不想听什么，这个女信徒就说什么呢！她这几句话就如一盆凉水浇在我的头上，我马上就能猜到，母亲回头私下里会如何责怪于我。这个扫兴的女信徒！我立刻代母亲答道：“天津的女中不是特别好。您能不能将上海较好的女校地址告诉我们呢？我们将不胜感激。”

女教徒说道：“当然可以。我知道一所女校，它是上海最好的女中。虽然它不在市中心，但绝对是所好学校。”

她给了我们学校的地址，我们坐车回到旅馆。雨依然下个不停。

母亲对我说：“你看看，这事情办得有多冒险！就连女青年会的人都感到惊讶，我们怎么会从那么远的地方跑来这里找好的女中。谁会做这等疯事！你冷静理智些吧。我们住在天津，就该去上天津的学校。你不能总是将住处换来换去，否则别人会觉得奇怪，人家会笑话我们的。当然和哥换大学的事情另当别论，尽管我对此事也有异议。不过，在我看来，各处的女校都是一样的。反正，女孩子迟早都要嫁人。”

我求母亲在做决定之前，好歹带我们去参观一下那所全上海最好的女中，反正我们已经来到了上海。母亲答应了。

第二天，我们包了一辆车去那所女中。女中坐落的位置虽偏，但校园美似公园。草坪被丰沛的雨水浇灌后，显出一片碧绿与安然。校舍是欧式建筑。不难看出，这是一所基督教会的贵族学校，与我所要找的学校大相径庭。我要找的学校必须是中式的、大众化的，同时还要具备进步的女性解放和社会改良的教育理念。

在我们同女校的校长交谈之后，母亲允许我和杏姐来学校待上几日试读。校方要看看我们俩所掌握的知识，尤其是英语，是否能跟得上他们的课程进度；我则要搞清楚，这所学校的女生是否有进步的思想。当天下午，我和杏姐就带着简单的行李住进了学校。第一晚，我们俩得睡在一张床上，同寝室里已经住了两名女生。学生们不必穿统一的校服，脸上或多或少还化了妆。食堂的饭菜非常可口。这里处处都能听见大家在讲英语。晚上，我和几个女同学聊天，想借此了解她们对学校的看法。

一个女孩子说："哦，这里很好呀！伙食不错，也能很好地学习英语。学校里信教的女士们也对我们非常友好。虽说学费有些贵，但还是很值得的。"

另外一个女生对我说："但如果你不是基督徒，那在这里可能会不太受尊重。"

最后，有一个女生听了我的想法后，表示了对此的理解，并说道："你会失望的。这里的女生除了整日想着如何穿衣打扮和学会讲一口流利的英语外，脑子里没有任何其他想法。

就连老师都不会对女性解放和社会改良感兴趣，你又怎么能奢求那些女学生会有这样的见解呢？”

我大失所望：“这太可悲了。这里到处是苦难与不公，有那么多事情需要我们去做！真的就没有人想到这些吗？你来这儿多久了？”

“再有半年，我就毕业了。毕业后我要回湖南老家。”那个女生答道。她本面容姣好，脸上却也化了妆。

住了一晚后，我与杏姐便决定不留在此校上学。一早，我们就回到旅馆。母亲看到我们虽有些惊讶，却非常高兴。我又开始请求她让我们去找一家非教会女中试读。天津女师的体育老师曾将一位住在上海的女老师的地址给我，说我若有事可以尽管去找这位老师帮忙。母亲拗不过我的再三央求，只好陪我们去拜访这位老师。可是我不晓得，她竟然也是一位体育老师。我们和母亲一起去了她所供职的学校，可惜，她不在那里。我们看到操场上有很多女孩子在跑啊，跳啊。我在心里默默祈祷，但愿她们不要跳得太高，跑得太快，不然母亲看了会被吓坏的。学校的人给我们找来那位女老师家的地址，我们依地址寻到她家。她和她的先生招待了我们。她的先生看到我身体健壮，双颊红润，马上就建议我去学体育。我讨厌体育，向他讲明了我对自己理想学校的要求。听完之后，他们夫妇说道："我们懂你的意思。可是，在这方面，中国还需要做很大的努力。女中本来就很少。相对来说，教会有更多资金来办女校。"

我真是沮丧至极！告别女教师后，母亲决定，和哥留在上海去读他已经找好的大学，我和杏姐则返回天津。我一则寄希望于张伯苓先生的允诺，盼他尽快建立女中；二则也想念峙山与马主编等好友，便同意回天津读女中。

母亲的心情大好。她准备带我们一起去扬州，和哥却说："母亲，您心里只惦记扬州，只晓得要去扬州，这太没新意了。附近还有杭州，您还从来不曾去过西湖，为什么就不想去看看呢？离我开学尚有五日，我们不如趁机去杭州游西湖吧。这样也不枉您此次的上海之行。"母亲欣然同意。

坐火车从上海去杭州只需几个小时。我们到达杭州时，正值初秋的一个午后。母亲选了正对西湖的一家客栈住宿。西湖的风景真是美若童话。尽管我心情沉重，满怀失望，还是禁不住对秀丽的西湖风光赞叹不已。它仿佛一幅生动美丽的画卷一般，在我眼前缓缓展开。这样漂亮的画面原不可能日日看见，我们现在却天天身临其境。难怪人说："上有天堂，下有苏杭。”更有诗曰:“欲把西湖比西子，淡妆浓抹总相宜。”西湖好似有千张面孔，每时每刻都在变换着自己的容貌、肤色和神情，越变越美。若是只到大家惯常所说的西湖十景去走马观花，那未免太以管窥天了。

西湖的水浓稠似油，光滑如缎，碧绿若翡翠。绿色的山丘环绕着西湖，湖上有几叶零落的小舟，远望着好似蜻蜓点水般浮在水面上。晚上，我们坐在客栈的阳台上，欣赏着有名的西湖夜景。西湖与客栈之间有一条宽阔的街道，路况极好，可以通行汽车；另外还有一个小公园一直延伸到湖岸。天色渐黑，有些船上亮起了彩色的灯笼，这样一来，湖上的行船就比白日里更清晰可见。空中飘来一阵婉转悠扬的笛声，悦耳清心，令人沉醉。皎洁的月光洒落在如镜的湖面上，好似一位佳人在揽镜自顾。如此良辰美景使我不由得梦想起爱情，我就这样带着好梦安然入眠。

第二天早晨，我们打算出游。和哥手里拿着旅游指南小册子，安排着我们出行的路线。他话不多说，却每每总能将我们带到景色优美的地方，绝不让我们走半点冤枉路。要知道，我们可只有五天的时间游览杭州。每天一大早，我们就离开客栈，或乘船，或坐轿，游山逛景。无论我们去哪里，选什么样的路，母亲都跟随着。只是她需拄一根拐杖，慢慢行走，因此常常落在后面，我们就停下来等她。午饭我们总是到寺庙里去吃，我还从来没吃过如此美味可口的饭菜！寺庙的窗前有一片竹林，菜园里种着各种蔬菜，和尚用挖来的竹笋和采摘的蔬菜为施主们做成一道道香甜可口的斋饭。这里窗明几净，处处安宁祥和。一向不喜与客人搭讪闲聊的母亲此时却与和尚们相谈甚欢，想是因为他们有着与那些客人所不同的面孔与见解吧。饭后，和尚为我们端来香茶。如果说寺庙的斋饭是极品的话，那么，品过这里的香茗之后，我就再也不愿喝别处的茶了。和尚取泉水煮茶后，用盖碗盛茶水奉上。茶水入口后，令人顿觉神清气爽，身心皆被净化，将一切希望与失望、进步与落后、今日与明日、生与死全都抛诸脑后。

除了龙井香茶，还有一个小插曲也令我终生难忘。我们去花港观鱼，待我们找好桌子就座后，店里的伙计送来茶水和一盘干巴巴的点心。和哥看后，脱口说道："这点心看着怎么硬邦邦的。"伙计听到后答道："茶是给诸位客官喝的，点心却是用来喂鱼的。"我们哈哈大笑。

回去的路上，我坐在轿椅上，傍晚的阳光还火辣辣地晒着我的后背。进入市区前，我们要经过一条条窄巷。巷子里香气缭绕，住户们都大敞着家门，行人可以望见他们院中央的主楼以及所设的佛堂。佛堂里摆放着佛像，佛像前燃着熏香。一些女人坐在门旁，手里拿着玫瑰花环，嘴里念念有词。在商业区，除了卖丝绸的，还有卖剪子、菜刀、扇子、小核桃、笋干及菊花茶等各类杭州特产的商铺。看见这些，我不由得想起那几个常在天津我家门前叫卖的南方小贩。我们回到客栈，个个精疲力竭。晚饭过后，我们就又坐在阳台上观赏西湖夜景。客栈楼下的街上，有个流动小贩挑着小炉子在卖烘炒的南方坚果。坚果有白色的外壳，可果仁却是绿色的。烘炒的热气夹着果仁的香味随风而上，飘向二楼我们的阳台，勾起了我们的食欲，勾出了母亲的思乡之情。这样的气味，这样的坚果，唯在江南才可以闻到见到。母亲总说，这种零食不健康，从来不许我们吃。可是，在今夜，她自己也忍不住派人下楼去买给大家吃。那炒过的果子好吃极了。

欢乐恨时短。眨眼间，五天已过。和哥说："母亲，您得让人在湖边盖座房子。这儿多美呀！您说是不是？"

母亲微笑着轻声答道："我们可没钱来这里盖房。"我已经很久不曾见母亲如现在来到南方这般开心了，和哥与我亦是如此。我们本就是南方孩子，只有回到南方，我们才能如鱼得水。杭州的一切都是那么美好，那么祥和，我们大家都非常幸福。多亏和哥出了这样一个主意，也幸亏母亲同意了他的提议。唯令我遗憾的是，和哥将留在上海求学，而我和杏姐须跟随母亲回天津。

第十二章

马蹄嗒嗒响

我不想再回天津女师上学，张校长承诺兴建的南开女中尚杳无音信。我便同母亲商量：“要不然，我们去北京找找看吧。”但母亲对此完全置之不理。我天天缠着她央告，直到有一天，她不耐烦地答道：“我已同你父亲商议过。你父亲的意见是，假若你愿意，可以去香港上学，但杏姐不能与你同去，她留在天津继续读那所女中。你父亲听说，香港有一家极好的女校。正好你有一个堂姐出嫁后住在香港，到时候可以照应着你，好让你不会觉得太孤单。”

我一点儿也不喜欢父亲的这个主意，向母亲解释说，香港的女校肯定和上海的教会女校一样，对不信教的学生绝不会好生对待，我在那儿会觉得很难受的。

母亲大概已经受够了我连日来的纠缠，忍不住讥讽我道：“那你入教呀。入了教，你就可以舒坦地在那里待着了。”

我有些激动，觉得母亲变得对我漠不关心，因为平日里她是绝不允许自己的女儿信上帝的。我辩驳道：“绝不！我明明是中国人，为什么要信基督教？这是洋教，是西方人的政治宣传工具。他们用它来压迫、改变中国人，好使中国人屈从于他们的统治。无论如何，我都不会去这样的女校上学。中国就不该让这样的学校存在！香港非中非西，它的土地虽是中国的，行政上却是英国的殖民地。假若我真的想学习和在中国所学不同的东西，倒不如直接去欧洲或美国呢。”母亲沉默着，没再说什么。

第二天，我又以同样的问题去打扰母亲：“我该去上哪所学校呢？”是去北方，南方？还是到东部，西部？是留在中国，还是远赴欧洲？我提了种种想法，只不提去香港一事。最后，母亲说：“我知道，你认为自己的国文和英语已经超出女中学生的水平，你不过是想多学些东西。你父亲说，南开大学的创始人严范孙是他的好友，他可以给此人写信，请他去与大学的校长谈一谈，允许你们俩去那里做旁听生。大学里肯定有你想要学的。假若这事办成了，就不许你再跟我提换学校的事情。”

我接受了双亲的这个安排。假若真能去大学里听课，那该多好！父亲的信的确起了大作用。南开大学的校长正是我之前已经认识的张伯苓博士，但是，我找他请愿之事万万不可让双亲知晓。张校长允许我和杏姐作为旁听生去学校听课。由于我俩尚未中学毕业，我们需同其他在校生一样去上课并参加各科考试。一年之后，假若我们成绩合格，便可补考入学测试，然后注册成为正式的大学生。这样一来，我们就不必浪费一年的时间。旁听生的学费是正式生的两倍。有人因此指责张校长，说大学不该向金钱势力低头，凭什么富人可以旁听，穷人却不行。张校长则反驳道：“假若有钱人家多给我们送几个旁听生来，那我们就有更多的资金供大学使用。我们需要资金，应该同有钱人多打交道。”

上学第一天，张校长让我去见他。他对我说：“我听说，你很活跃，还是个积极的妇女运动者，一心要将中国妇女从千年旧传统的桎梏中解放出来。我很赞成你的这个观点，也认为妇女应该得到解放。你知道，我们大学是华北第一所接收女生的高校。我这个人并不守旧，一向认为人的观念必须要顺应时代。但我想格外叮嘱你几句：你到我们学校是来旁听学习的，所以一定要好好努力，好让自己能够留下做正式生。我知道，你的这项权利来之不易，你非常勇敢，我相当看重你。只是，从现在起，你须全心读书，不要再想着去解放妇女，也不可参加工人运动。这对你很重要，你唯有先上好学，才有资格谈条件。我得告诉你，大学里也有纪律。我希望你能安心学习。你能向我保证做到这点吗？”

我除了连连说是，再无其他话可以答对。

开学后，我们每周有三天由马车送去南开大学上课。我们只选了四门课：世界史、政治学、国文和英语。我们上课时，马车就在学校里等候。一个小时后一下课，它又载着我们回家。除了国文，其他几门课程都用英语授课，对我来说很难。大多数教授都是留美归来的，或许用英语传授他们当初用英语学来的知识，对他们更容易些，但这却大大增加了我理解上的难度。他们讲美式英语，还夹杂着各自家乡的口音，湖南籍的教授所讲的英语听起来与江苏籍教授的英语就大有不同。另外，对我来说，世界史和政治学是完全陌生的领域，我不得不用功学习。校长给了我来这里读书的权利，而我自己也不想再回女中，因此，我把全部心思都放在了学习上。现在，我再没可能跑到达仁小学。它所在的位置恰恰与大学相反，远在城市的另一端。至于峙山，我也难得见她一面。她活得并不轻松，在她斗争的道路上困难重重。一来，她身体极差；二则，她微薄的收入难以维系她和丈夫及孩子共同的生活；三则，她所从事的事业在当时实属革命行为，她不得不迁往南方隐蔽起来，以保全生命继续战斗。她也认为，我该先安心在大学学习。

大学里有三百名学生，其中女生仅有十来个。我在这里有些不习惯，那些男青年总让我感到困扰，我不敢注视他们。上课时，我千方百计避免坐在男生旁边，不然就会局促不安。大多数时候，女生们都扎堆坐在第一排。假若有女生因晚到而不得不坐到男生中间时，其他女生就觉得她无比勇敢。若是有女生与男生交谈，那么我就会觉得她是大无畏了。除了杏姐和我，其他女生都来自教会女校，她们听起课来毫不费劲，我俩则吃力得很。尽管如此，我们还是大胆参加了冬季学期的期终考试。我很幸运，通过了三科，杏姐只过了一科。这样的考试成绩激励着我下定决心，要好好学习。同时，也令我鼓起勇气，再去与母亲商量我的下一个计划。

“母亲，我们的学校位于河边的村落里，环境幽美，利于静心学习，可是离咱家太远，让我们住校吧。我们可以每周六中午回来，在家待到周日晚上再回去。这样我也能多选几门功课，等到夏天就能去参加入学考试了。”善良的母亲答应了我的请求。自新年伊始，马车就只在周末接我们回家。

南开大学的校园面积极大，学校的建筑都是欧式的。除了极个别走读的，大多数学生都住校，三个女生住一间寝室。我的室友是杏姐和范同学。范同学虽长相一般，却能讲流利的英语，人很勤奋好学，不苟言笑。她是广东人，家中只有父亲。她高度近视，有一只眼近乎失明，戴着一副厚厚的眼镜。在学习方面，她心无旁骛，一心读书，绝对称得上是我的榜样。假若她在课堂上被提问，却没回答上来，那么她的脸必会羞得通红，那晚她是绝不会入睡的。但是，范同学往往都能答上。她总是埋头读书，但凡有与学习相关的讨论，她都积极参与。对于那些与学习无关的闲谈，她则敬而远之，也不发表意见。假若大家说起爱情，那她更是躲得远远的。能与范同学成为室友，让我感到很幸运。我选学的七门科目几乎与她的一致。

我去找系主任凌博士，问他我是否有可能参加暑假之后的入学考试。凌主任既是一个枯燥乏味的男人，也是一位极其严厉的讲师。他问我：“你这学期选了几门功课？”

“七门。”我答道。

“等到这学期期终考试时，假若你这七科全部考过，就可参加入学考试。我是说，全部七门，没有任何一科不及格。”他用不信任的眼神盯着我，边说着上述几句话，边打开了房门。他这个人总是这么急匆匆，我只好离开他的办公室。“全部七科，全部都得及格！”他那干巴巴的话语留在我的脑海里，挥之不去。

范同学是正式生，我是旁听生，杏姐则是特例旁听生，她的学费比我的还要贵一倍。我有规律而勤奋地上着学，从不旷课，每晚都去图书馆自习。我完全按照课程表来作息，生活规律得好似一台精准的钟表，就连舍监都说：“我们女寝根本就用不着钟表，周同学就是咱们的表。”每晚十点差一刻时，学校的钟声会提醒大家该就寝了。十点钟准时熄灯。当范小姐和我安静地躺在床上时，左右寝室的女生们则聚到走廊上，那里的灯整夜都会亮着。她们有的在走廊上写未完成的作业，有的在洗漱，有的刚从其他寝室回来，有的要接着聊天，有的则想继续看书。这样的喧闹总要持续上一阵，大家才陆续回寝室躺下安歇。有时，也会有几个学生继续留在走廊上静静地看书，我们称她们是“搭夜车的”。假若临近考试，走廊上“搭夜车”的人数就会有所增加。我从不“搭夜车”学习，最多熬夜加入她们的讨论。大家讨论的话题五花八门，涉及世界局势、生活哲学、未来前途、婚姻、家庭、友谊、爱情，还有男性，但没有一个女生如我这般激进地反对传统礼教。她们大多表示不想结婚，其中几个甚至连男朋友都不想结交。我不认同她们的这种想法，她们就笑着打趣我说："既然我们都不想结婚，那周同学就可多结几次婚，多交几个男友。"

"我倒没这样想。我只是觉得你们的想法有违天性。"我辩驳道。

"但天性并非全是好的。"一个女生说。

"天性都是好的，传统礼教摧毁了这些纯真的天性。你们真的不喜欢男人吗？自然不是，只是世俗与传统不许你们去接触男性。面对错误的传统，你们胆怯，不敢抗衡，只好在这里说自己并不喜欢男人。"

那个女生也毫不让步，说："我觉得住在尼姑庵里就不错。我为什么要喜欢男人呢？"

我思索着说："你来上大学，就是为了将来可以去尼姑庵里住着吗？你根本不想想自己的责任与义务吗？你本该去帮助普通民众。你嘴上说，自己不喜欢男人。但这恰恰表明，你其实是很想爱他们的，只是没机缘。然后你就用‘不爱男人’这样的理由来说服自己。这样做是错误的，这完全是自欺欺人！”

我一说完，那些女生便齐声大笑着喊道：“小舟喜欢男人！”

“小舟”是大家对我的昵称。起初，同学们按着我们的姓氏，称杏姐为“大周”，称我为“小周”，而“周”恰与“舟”同音，后来大家就索性称我俩为“大舟”和“小舟”。当时流传这样一种说法：大舟静静停泊，小舟忙碌行驶。这是因为在大家看来，杏姐性格文静，而我则活泼开朗。

大舟的身体有恙，不得不暂时中断学业。她时时头疼，最后被送去北京西山，到伯父的别墅里休养。我一个人留下继续上学。在学校里，我很幸运地交到两个好朋友，她们是王同学和于同学。王同学是四川人，于同学则来自黑龙江省。王同学算是师姐，已在大学待了两年，于同学则同我一样是名新生。她们俩都很漂亮，对我也非常友好。直到有那么一天，她们俩似闹了别扭，相互不再说话。我搞不清楚其中的缘由，只看见于同学那伤心的眼神。终于有一天，她告诉我说：“小舟，你晓得，我很喜欢也很崇拜你。但是，王同学待你更好，而且她是师姐，可以给你更多帮助。我不怎么喜欢这所大学了，我决定去北京上学。假若你今后去北京，要记得你有一个好朋友在那里。”说着说着，她的眼睛湿润了。

就这样，于同学离开了南开，王同学成了我在校的唯一好友。她对我关怀备至，甚至照顾我的饮食。我们常常一起结伴去散步，路上她向我描述她的家乡四川的美景。王同学读书不如我用功，当然她也不必如此勤奋。我很想在夏季学期期终考试时考过所有七科，这样就不用再等一年才可注册成为正式生。王同学虽然晓得我的这个想法，但仍然抱怨我感情冷漠，缺乏诗意。晚上，她常常等着我从图书馆回到寝室，好跟我再聊上半个小时。每晚，图书馆还没开门，门前就已站了很多好学的学生。经常都是那同一拨人，时间久了，大家见面也都相互认得。

期终考试结束后，我在凌主任的脸上看到了满意的笑容，因为我通过了所有七科的考试！凌主任允许我暑假过后同新生一起参加入学考试。假若我也能通过这场考试，便可注册成为二年级大学生，和范同学同级。我的成绩也使双亲脸上露出满意之色，并由此同意我放假后继续在学校里待一个月来补习物理、化学和数学，还准许我去北京看望杏姐。

在一个多雨的午后，我来到了伯父的西山别墅。杏姐已得了消息，早就盼望着我的到达。我按响门铃，一个女佣前来开门。我与她相熟，所以看到我后，她喊道："二小姐！您能来真是太好了！"

"我姐姐怎么样了？"我问她。"她还好，毕竟她的身体不能跟您比。"她边答边引着我穿过漂亮的花园去杏姐的房间。杏姐早已站在房前的台阶上等着我。看见我，她真心地说道："祝贺你通过考试，成为正式大学生！"

"谢谢！谢谢！姐姐，你的身体好些了吗？"

"自从我到了这里，已经好了很多。"杏姐答道。她容光焕发，见到我非常高兴。平时，没有人来看她，更别提在这样的阴雨天里。我们姐妹俩又可以共居一室了！我将在这里住些时日。女佣准备了美味佳肴，我狼吞虎咽，吃了许多。杏姐在旁边像个小母亲一般温柔地照顾着我。

外面还在下着雨。花园里的树木郁郁葱葱，却也遮住了透向屋内的光线，令房内更加昏暗。饭后，我们只能待在房内闲聊。我要说的实在是太多了！关于大学，关于考试，关于同学，还有其他等等。我接连不断地说了一通后，问杏姐："你这儿有什么新鲜事？说来听听。"

她说："山上能有什么新鲜事呢？要说新鲜事，只有一件，我的金表丢了。"

"太可惜了！是父亲送给我们的那块表吗？除此之外，没什么别的新鲜事吗？"我再次问道。

杏姐迟疑片刻，有些难为情地说："我本想问你一件事情。我也不知道是否该问。假若我问了，你别生我气。我只是想听实情。你说，你爱梁先生吗？"

她的问话令我有些吃惊，我的思绪开始回到梁先生身上。

在同双亲做斗争的最艰难时期，我认识了他。归家之后，我们俩也未曾中断书信往来。我一直期望，有朝一日能与他重逢。有一天，我正在宿舍里待着，有人告诉我说外面有人找。出去一看，来人竟是梁先生！这是何等的惊喜啊！我真的不知道，自己是否应该为此开心。自北京一别后，我有太多的事情要与他诉说，也有很多话要问他。我本想对他热情友好些，结果却不知该说什么，也不知该怎样表达自己内心的欢喜。另外，大学的监管如女中的一样严格。女生宿舍有给女访客准备的接待室，却没有给男访客的。或许当初建校舍的时候没有想到这点，更许是他们有意而为。我陪着梁先生绕着校舍走了几百步。他问我话，我就回答。假若他不问，我便默不作声。我怎能表现得如此无聊，如此不亲切，如此冷淡呢！这点连我自己都能察觉。这样一来，梁先生肯定不会久留的。果然，他很快就告辞离去。我很伤心，对自己刚才的态度极其不满。当我沉思着走回宿舍时，在路上遇见了监察员康先生。他问我："刚才来的那个男青年是谁？"

我惊叹于他的警惕，不得不实言相告："那是梁先生，曾是南开中学的学生。"

康先生盯着我看了一会儿，没再问话。他已在校做监察员多年，脑子里记得所有学生的姓名和面容。他不能承认，自己竟然没认出梁先生。

难道我不想和梁先生去村里散散步，去看看那座小塔，然后租乘一叶小舟在河上轻划至那芦苇丛吗？可这都行不通啊！因为我们大学是天津第一所接收女生的高校，所以校方的监管格外严格。对于年轻人来说，村里及那条河是最浪漫的去处，因此校方的耳目也延伸到那里，以防学生做浪漫之事。

当杏姐去北京时，我把梁先生介绍给她。慢慢地，他们俩开始会面，也常有书信来往。杏姐回家过年时，曾跟我说起，梁先生喜欢上了一位有夫之妇，但不让杏姐将此事透露给我。我听完后，表面上佯装无所谓，内心却像被针扎过一样痛。

看来，我暗恋已经太久。我本以为，我可以独自默默地吟唱这恋曲，并能一直唱下去。唯一值得欣慰的是，他并不想让我知晓此事。为什么？或许他并未觉得我对他是无情无义的。

而今，我再次来到北京，首要之事便是满怀希望去找梁先生。见到他，我心中的喜悦自是难以言表。他带着我去中南海公园，和我一起沿着美丽的湖畔漫步。我静静地走在他身旁，一直默不作声。突然，远处传来一阵悠扬的小号声。号声触动了我，心中浮起几多伤感，不由得想起自己的童年。儿时曾听过的号声一直都埋在我的心间，我忍受不了这凄厉的号声，更害怕听到它。我开口说道："小号声总是让我伤心难过。"

梁先生一向对诗歌和美学造诣颇深，这时他也感慨道："是啊。小号吹出的乐曲是有些哀伤。"

我们在一张长椅上坐下。梁先生开口说道："你要去看你姐姐。那你是否知道，她恋爱了？"

我大吃一惊："不知道。她爱上谁了？"

梁先生微微一笑，说："我。"

我难以相信："不，这不可能！姐姐病了，人在病中时，难免会有些敏感。她是不是对你过于友好了？尽管姐姐是个善良的人，但我不相信她会爱上你。”

梁先生向我保证自己没有撒谎。他说，他已经收到好几封杏姐写给他的情书了。他笑了笑，我便不再说一句话，眼望着他，有些出神。

现在，我得回答杏姐的问话，她想知道实情。有实情吗？实情不是一成不变的。应该实话实说吗？现在说实话又有什么用呢？在这样一个晚上，杏姐拖着病体，鼓足勇气向前来看望她的我提了这样一个问题，我怎能使她更加伤心呢？我回答道：“不，我不爱他。”

杏姐的眼里放出喜悦的光彩，这的确是我能送给她的最好的礼物了，她接着说道：“那么我就可以爱他了。”

“他也爱你吗？”我追问道。

她犹豫了一下，说：“这个我还不知道。事情本来是这样的：梁先生是峙山的好友。两年前，峙山介绍梁先生与你认识时，本希望你能同他成为恋人。可你待他一直都很冷淡。他告诉我说，上次他去南开大学找你的时候，你的冷漠使他绝望。峙山也认为你并不爱他。可是，我深爱着他。”

我的心里越来越凉，不禁问道：“姐姐，可梁先生不是正在爱着一个有夫之妇吗？”

杏姐笑道："没关系。大家都说，这个女人不过是和他玩玩而已。除了梁先生，她还有一个朋友。这段关系不会长久。总有一天，她会抛弃他的。"

"哦，哦，是这样啊。姐姐，那你就去试试吧。"我只能如此说。我得去睡了，只是今夜不再有梦，我的梦已经破灭，杏姐的梦尚可继续。"我终究是要走向世界的，会遇上许多如梁先生一样的青年才俊。"我在心中这样安慰着自己。同时，却为杏姐担心，怕她感情受挫。

和杏姐相聚的短短几日欢乐而愉快。我们常常出游，有时徒步，有时以驴代步。我们俩依然是无话不说的好姐妹，好朋友。分别时，她对我说："等我病好后，就回天津继续上大学。这样我们俩就又可以在一起学习，生活。"

我答道："好的，姐姐。我盼你快快痊愈。"

杏姐那戴着眼镜的清瘦而白净的脸庞，以及她那慈母般无言的爱，令我永生难忘。

回到天津后，我就开始忙于备考。一定要通过入学考试！假期里的校园与上学期间大不一样，只有少数学生出于各种私人原因待在学校里。例如，有一个男生受家长所迫早早成亲，他并不爱他的太太，假期便借故留在学校不回家；另有一个学生家境贫寒，又来自外省，无钱回家；还有一个学生是孤儿，除了学校，无处可去；更有一个学生爱上了一名女生，因这名女生假期留校，他便也留在学校。女生宿舍有四个留校的学生。双亲允许我假期留校一个月来补习备考，只派马车每周六来校接我回家，周日再让车夫驾车送我回校。

本来是三个女生共住一间房，现在，我们这几个留校的学生可以各自独居一室了。每周，我都会将自己的房间重新布置一番，变换着房内仅有的一张床、一张桌子和一把椅子的位置，练习着自己的艺术品位。其他三个女生常常进城去，或看电影，或下馆子，或拜访亲朋，只有我总待在学校里。上午，采矿系的男生王学长会在教室里帮我补习三个小时的数学、物理和化学。这三门课程于我是未知而艰难的，王学长完全是出于对我的敬佩和爱慕而做此事。我感激他对我不遗余力的帮助，便格外用功学习。可是，我不爱他。我已将全部心思都放在了学业上，发誓有朝一日要走出去看世界。而且，我心里一直还装着梁先生。每天上午，王学长陪着我在阅览室里刻苦攻读；阅览室外面，工人们在忙着干活儿，他们得趁着放假美化校园。张校长曾说过："我们的大学要不断扩建。"

下午，暑热难挨。我待在安静的寝室里，把房间的窗户遮住，让自己好好休息一下。等到四五点时，女生宿舍里就又听到女孩子们的笑声与叽叽喳喳的说话声，其实我们不过只有四个人。吃过晚饭，我们一起去林荫大道散步。平日里，在这条路上可以遇见许多相熟的同学，大家都相互点头微笑致意。可现在，这里几乎没人。即便偶尔遇上一位，也是不相识的。有时候，我们会在林荫大道碰见王学长。我常冲他微微一笑，其他女孩子的目光立刻盯在我脸上，可是我不做任何解释。

有时，我们会遇见校长坐着他的包车来去。看见我们，他那严肃的脸上总会露出笑容。平时，上课或者图书馆开门的钟声响起时，大家在林荫大道上尚未走完一个来回，可也不得不抓紧时间去图书馆占一个好位置。现在，放假了，不再有钟声催促我们，我们也无须慌里慌张。大家慢悠悠穿过大桥，沿着小路信步走到村里去。有时我们会买一些蔬菜，在电炉子上炒个小菜，换换口味。如此溜达一圈后，我们慢慢走回宿舍。因着一下午阳光的炙烤，房内依然有些闷热。大家便不进屋，齐齐坐在宿舍门前的台阶上，享受着室外晚间的凉爽，欣赏着当空的皓月。那时，女生宿舍前面有两片池塘，里面长着一些荷花，曾有一个女生不小心失足掉了进去。月光照在池塘上，四周一片静谧，大家敞开心扉，促膝长谈。后来，那两片池塘被填平改建成两个网球场。曾有多少次，那一封封来自男生宿舍的情书经女生宿舍的校役交给了收件人。对于陷入爱河的学生来说，这在当时是最好的能让他们躲过尴尬的监控，得以大方而自在地向心仪之人表达爱慕的渠道了。我也曾多次收到这样不贴邮票的信件。

我们几个会一直在外面坐到深夜，直到周围万籁俱寂，唯听见宿舍左边的河水在潺潺流动时，大家才会进屋歇息。第二天一早，我便又坐在阅览室里，等着热情的王同学来给我补习。

每天，太阳东升西落。每夜，星星在月亮时有时无的空中闪烁。漫漫夏日如此周而复始。很快，一个月飞逝而过。入学考试就在眼前。

入学考试在南开中学进行，共持续两天。我答题毫不费劲，常常提前交卷回到家中。一次，父亲说："你考试时不可着急，要仔细考虑，认真答题，不该早早交卷回家。"我向他解释说，自己一看题目就知道答案，不需苦苦思索。果不其然，我通过了考试，成为一名正式生。我再也不必害怕看系主任那张呆板无趣的脸和他那不信任的眼神了。

冬季学期开始时，经过长时间休养的杏姐返回了大学校园。她并不想参加考试，因此依然做着特例旁听生。我们俩又和范同学住在了一起。杏姐选了几门课程，但只是出于消遣，并不把学业当真。当我在图书馆埋头苦读时，她在练习吹笛子。

一到周六，还未至中午，家里派来的马车就停在女生宿舍前等着我们。深知我极不愿见到这辆马车的同学会跑来告诉我："你的囚车来了。"上完最后一节课，十二点钟，我和杏姐收拾妥当，踏进"囚车"。我当然更想待在图书馆里，用这安静的周末时光来学习。但是不行，我们必须得回家见双亲。到家之后，我们便被双亲像小孩子一般管起来。在他们眼里，我们全都是长不大的孩子。母亲可能会特意吩咐厨房给我们做几样可口的饭菜，但她从不提及。吃午饭时，饭桌上无人说话，一如儿时的规矩，母亲也不问我们任何问题。饭后，我们照例会去双亲房中。我们不敢说话，双亲也不询问。他们只想看到我们，一如儿时。哪怕只能在周末见我们一会儿，他们也觉得安心踏实。对于他们，最为重要的就是我们能健康地成长。离开双亲的房间后，我们还得写国文作业。每个周六下午，我们都得作一首诗，写一篇短文。双亲对我在大学里学的知识毫无了解，认为那都是在浪费时间。五点钟，完全像以前那样，女佣给我们送来零食。可为什么我竟不再有儿时那样的好胃口了呢？

有一回，我打开点心罐子，发现里面的点心都已发霉变质，心里突然感到阵阵感动与难过。想来是当我们住在学校尚未回家时，母亲将别人送来的及她自己买来的点心按照惯例给我们分好，我和杏姐的那份就被女佣放进罐子里存着。时间久了，点心未被及时吃掉，自然就发霉坏掉。这一块块变质的点心却让我深深感受到母亲对儿女们的爱心。以前，当我们还是小孩子时，她满怀母爱将点心分好，也知道，我们肯定会欢喜地将它们吃光。那时的我根本就见不得有点心在那里，一旦看见，定会吃得连渣都不剩。而且，我吃完自己的那份之后，还意犹未尽，接着向母亲讨要。而今，母亲依旧像从前那样给我们分发她准备的爱心零食，可我们却已长大，既没了时间，也没了对这些吃食的偏爱。我们的兴趣已移向别处，对于它们，母亲既不了解，也无法给予。这一罐变质的点心使我看到，她对我们的一片爱心不再被理解，她对我们的期望也不会被实现。

我在学校里从不吃早饭，只有周日在家才吃。吃完午饭，就像过去的五年、十年、十五年里做过的一样，我们去双亲房中小坐，依旧沉默不语，父亲偶尔会问问关于我们的事情。下午，我们要温习国文。等到快五点，我们再踏进双亲的房间，向他们告别。父亲会问，马车是否已备好，我们是否带上了诸如咸蛋和熏鱼这些家里自制的吃食，因为他知道学校的伙食并不好。得到确认之后，躺在摇椅上抽着烟斗的父亲便会发话："好了，你们走吧。记得周末再回来。"母亲则抚摸着趴在她膝上的猫，几乎不说什么，反正父亲把该问的都问了。我和杏姐便离家出发，赶在学校开晚饭之前回到寝室。假若上课的日子适逢节假日，双亲就会极为高兴，因为这样一来，他们不必等到周末就可再见到我们。

一进入冬季，待我们周日回到学校时，天已变得漆黑。由家至学校的路很长，坐马车到女生宿舍门前，差不多需用一个小时。车程的后半段会沿河前行。夏天，河里长满了荷花，河上有小船行驶。冬天，河上结了冰。冬季的白日如此短暂，在近五点就悄然而去。返校的道路漫长而狭窄，还没有灯光照明。四周静悄悄的，只听得见马蹄踏地的嗒嗒声。车身随着道路的颠簸而摇晃着，坐在车上的我和杏姐都默不作声。

马蹄嗒嗒响，唤起我心中上千个哀伤的回忆。以前，我们也曾坐着这辆马车去陶园游玩。那时的路可不像现在的这条路这么漫长。全家人一起坐在车上，兄弟姐妹四人挨挨挤挤，夹坐在双亲身边。而今，这辆马车只载着姐妹两人，穿过狭长幽暗的道路，到大学那个男女平等的小世界去。“为什么女人要走男人的路呢？这样到底有什么用呢？”双亲对此至今不能理解。老天既造了男人和女人，就是为了让他们各走各路，各司其职，从而使人间和谐。只有我才像个疯子一样，执念于此。若不是因为我，杏姐就会安生地待在家里。可是，我自己到底又想要什么呢？为什么我就不能在家学习呢？我自然晓得答案，因为我想去看大千世界，我想去为全人类服务。今日，我虽然还得乘这辆由双亲调派的马车，但在未来由我选就的道路上，将不再有这马车的位置。双亲以为，他们总可以借由马车在大学里寻到我。事实上，他们也的确这样做过。

一天下午，女生宿舍的校役告诉我说，门外有人找我。会是谁呢？我迅速跑到门口，看见双亲站在那里。可怜的双亲啊！他们这是来突击检查吗？不，他们不必这样做，我现在是一个勤奋、安分守己的女大学生。我立刻喊来杏姐。我们该在哪里接待双亲？尤其是父亲。母亲的话立刻打消了我们的顾虑，她说："这里有两个包裹，一个你们留下，另一个是给你们弟弟的。我和你父亲还要去河边散步，然后我们就回家。你们俩这周六会回家的，是不是？"

"我们周六当然会回去。可是，母亲，你们不想在我们这里坐会儿吗？"我略带疑惑地问。

母亲答道："不了，你们忙吧。"

"不用我们陪你们去散步吗？"我追问道。

"不，不用。我们走得慢，而且也不想走太远。"母亲对自己的女儿们自是有什么说什么，也替她们想得很周到。我和杏姐便陪着双亲走到下一座桥前，他们拐向岸边，那里停着家里的马车。我和杏姐则返回寝室，打开一个包裹，里面有煮鸡蛋、熏鱼和一些甜食点心，这些东西肯定都是母亲精心准备的，她还是像拿桑叶喂蚕宝宝一般来喂养着我们。家里已有三个孩子上了大学，双亲可以时不时到学校看看他们的这三个孩子。但我很清楚，自己已经选了一条与母亲截然不同的道路，也决心在这条道路上一路走到底；我晓得，这条路会让我与双亲渐行渐远；我也知道，今后不会再有马车载我回家，也不会有马车送双亲来看我。我要出去看世界，越走越远；我要去探究生活的真理，越深刻越好。母亲本以为，我这个年龄的女孩子就该安守妇道，做个贤妻良母就好。现在，她却要来大学校园找寻自己的女儿，并继续爱着她们，即便她们有了另外一个身份：女大学生。母亲心中肯定认为，读大学至多不过会将我们的婚期推迟几年，终有一天，她的女儿们还是得坐在花轿里，被抬到婆家去给人家做儿媳。唯如此，她才算尽了自己做母亲的责任。我则确定，上大学只是我选的路的开始，而非尽头。

打开的包裹在桌上放着。我什么都吃不下，心里惦记着刚刚离去的双亲。想是父亲在家中提议出来散步，母亲表示了同意，然后二人便齐声说道：那何不去大学里看看孩子们呢？此时，他们俩应该肩并肩，漫步在河岸边，身边没有子女跟随。或许会有小船划过，或许岸边的水草还会引得母亲诗兴大发。

天色渐暗。我猜想，双亲大概已经回到家中，疲惫不堪。吃晚饭时，由于两个女儿不在家，饭桌上应该只有嫂子陪着母亲，嫂子是不会在吃饭时向母亲询问散步的情形的。在学校的我们也到点该吃晚饭了。女生们纷纷回到宿舍，有喜笑颜开的，也有愁容满面的，可大家都胃口极好。没有人发现，曾有人来看望过我，也没有人察觉我的缄默不语。熏鱼还在桌上，我突然不寒而栗。终有一天，不会再有人给我送来熏鱼，母亲与我也将极少见面。尽管如此，我仍然要继续前行。

马车摇晃着，马蹄踏地嗒嗒响着。我收回了思绪。迄今为止，坐在我身旁的杏姐一直追随着我。我却害怕，自己有一天也将会失去她。她身体羸弱，而我选的道路又不见尽头。这条路上，最终只会剩下我孤身一人。马蹄踏地的嗒嗒声撕裂了我的心。终于，这声音消失了，马车停在了女生宿舍门前。我和杏姐下车进了寝室。可怜的马儿不得休息，须立即原路返回。所幸回程车厢已空，减轻了它的负重。那个来时因自己的万千思绪使马儿额外负重的女孩子坐在寝室里稍事休息，以便让自己攒些力气再去图书馆埋头苦读，并借此忘掉自己的父母与家人。

就这样，伴随着那马蹄的嗒嗒声，一周结束了。每周都是如此。我的心一次次被那嗒嗒响的马蹄声撕裂!

第十三章

弹奏月琴的青年

大学的课程对我来说不再艰深晦涩。我不仅顺利通过了第一及第二学年的各科考试，而且还作为优秀生获得了安徽省政府发放的奖学金。双亲也不必再为我支付学费。

我又开始投身到政治活动之中。峙山已不在天津，她穿梭于上海与广东两地，忙于工人运动。我最后一次见她，是在病榻前。她的先生正在为她熬粥。我给她带去一些钱，那都是我平日积攒下的。峙山对我说："两个人能幸福地生活在一起，仅有爱情是不够的，还要有金钱的支撑。非常感谢你的雪中送炭，我以后会想法子把这钱还给你。不久，我就又得离开天津。我所从事的活动极为冒险。我们会再相逢的！"

峙山的离去对我是极大的损失。那些同她一起走街串巷、挨家挨户敲开陌生人的家门，询问对方是否需要我们救助的日子留在我的脑海，成为美好的回忆。

在此期间，全国上下掀起了一场抗日运动。事件的起因是在上海的一次民主游行中，一些中国的大学生被日本人杀害。全国高校的学生闻讯后便一致要声援上海大学生。大家纷纷上街游行，并开始在学校里罢课，我们南开大学的学生们也参与了这场运动。我与同学们一起走上街头，手里挥舞着小旗子，高喊着:“打倒日本人！坚决抵制日货！打倒侵略者！打倒帝国主义！”我们白天上街游行，晚上则聚在一起，讨论是否该罢课。要知道，校方可是坚决反对学生的罢课行为的。我向来以思想激进而闻名于校园，因此当其他女生默不作声时，我却在讨论集会上积极赞成罢课，支持示威，并严厉指责那些不赞同罢课的同学。我还参演了一出话剧。话剧在南开中学上演，观众多达上千人。我在剧中扮演一个抗日女学生，因在街头发表抗日演讲而被日军射杀而亡。观众为我的表演报以雷鸣般的掌声。

学生们到市政府门口示威，一众警察赶来干预。学生们有的被抓捕，有的被打伤。双亲并不知晓我参与了学运，因为我既没被抓，也没受伤，周六一如既往地回到家中。

夏季，双亲决定假期带我们去江西庐山度假，父亲继承了祖父在那里的两所别墅。自从哥哥成婚后，嫂子每年都给双亲生下一个孙儿，他们年龄尚小。双亲商量后，便让嫂子与孙儿们留在家里，我们陪双亲前行。大家一起到南京后，我们五个孩子与父亲先去庐山牯岭，母亲则独自去扬州老家小住几日，之后再去牯岭同我们会合。我们与母亲在浦口分手，然后和父亲及两个仆人一起，继续南下九江。船在江上行，沿途风光无限。我还记得自己那时作的一首诗：

滔滔大水东流去，
汩汩孤怀系俗愁。
一幅江山图不得，
夕阳红在远山头。

在九江弃舟登岸后，我们需乘轿去坐落在山顶的别墅。坐在轿子里，大家有一种顺着云梯一步一步被抬到天上仙界的感觉。

母亲不在，父亲有些不能应对自如。他不知该如何把众多房间分配给我们五个孩子，总是对仆人不满，还要再寻一个厨师来。父亲小时候曾多次来牯岭度假，因此他不与我们一同出游，只是吩咐仆人给大家叫来几顶轿子，由轿夫抬着我们出去游玩。就这样，每天一早，我们由仆人陪着，乘着轿子离开别墅，直到下午才回来。父亲会问我们，当天都去了哪些地方游览。听完我们的回答后，他还会给我们讲讲那些地方同祖父有关的故事。

庐山景色奇秀。山间条条瀑布飞流而下，似从天降；如人面般的崖壁不屑一顾地注视着渺小的我们，有些岩石陡峭的地方让我心惊肉跳，生怕轿夫脚下打滑跌入深谷。牯岭峰上，常常云雾缭绕，好似仙境一般。

当母亲终于来到庐山时，我们四个上大学的孩子因为不愿长时间同双亲待在牯岭，就借口“学业要紧”准备回天津，以便能多些自由。这样一来，唯有最小的椿弟陪着双亲，他们在庐山住够两个月才会回家。双亲派一个仆人护送我们回天津，我记得当时在回程路上曾作诗一首：

十日匡庐一望中，
笑余何故去匆匆。

名山记取幽奇处，

不问他年逢不逢。

到家了！一个只有我们四个孩子，没有父母大人的家！可即便他们不在，家里依旧秩序井然。家中的老仆们依然按照双亲的严规厉则行事，只有看门的老头在中午会比平时睡得久一些，反正也无人来访。双亲给车夫放了假，假若我们能坐车出去逛逛该有多好呀！哪怕只有一次。可是，我们不能。拉车的马儿当然不能出卖我们，可车夫会向双亲报告我们的行踪。年轻的女佣们忙着做针线活，那都是母亲出行之前留给她们的。母亲最信任的老仆们替她监视着我们，她们巴不得能发现我们背地里做了什么坏事，好等母亲回来向她禀报。总之，我们唯一能找到的最大的自由便是给同学们打电话。尽管这样，我们还是很高兴能先于双亲回到家中，做整所房子的小主人。等双亲带着椿弟由庐山回到家时，我们几个也要开学了。我期盼能尽快重回大学校园。

在双亲的眼里，椿弟是所有子女中头脑最聪明、长相最俊秀、身体最羸弱、情绪最敏感的，当然也是最令他们疼爱的一个。对我而言，昌弟才是所有兄弟姐妹中最有活力，也最能给我支持的那个，可惜他最终成为双亲和校方的牺牲品。他就读南开中学时，因各方面都极出色而跳级，年仅十八岁就入读南开大学。命运让他在入学不久就爱上了一位王姓女生。王姓女生是比他高年级的同学，同样也深爱着他。为了爱情，昌弟无视校规，率性而为。他每天都同王同学在校内或校外约会。当我们每个周日都乖乖待在家里时，他却一大早就偷偷骑上自行车溜出去了。等双亲起床时，他已经结束幽会回到家中。

就这样过了一段时日，昌弟倒也安然无事，直到有一天，我被张校长叫去谈话。他对我说："周日早上七点，凌主任亲眼看到你弟弟和王同学在教学楼的台阶上接吻。你弟弟的这段恋情早就众所周知，大家都颇有微词。作为大学生，这是一种坏行为。你弟弟很聪明，成绩也极为优异。希望你能好好劝他，改正自己的行为。今天的谈话就只当是一次警告。我十分希望他能听从你的劝告，好自为之。"

对于校长的警告，我感到非常吃惊。是的，大学里是有一条不成文的规定，允许男女学生间私下里互传情书，却绝对禁止他们正大光明地谈恋爱。我不宜去干涉阻止昌弟，心里就恨极了凌主任，恼怒他为何起那么早！但我还是找到昌弟，转达了校长的警告。他向我保证，今后会更加小心行事。

可是，我仍然不断听到学生们议论昌弟，那些议论对昌弟完全不利，听着也令我极不舒服。我只得再找昌弟，劝他收敛一些，他却一笑了之。几天之后，我再次被校长叫到了办公室，他说："之前，我已经跟你讲过你弟弟的不良举止，可他并不曾改正。今天，我警告最后一次，他必须要改改他的行径，绝对不可以这样下去。其余的我不再多说。"

说这番话时，张校长的脸色变得越来越凝重。我连忙向他保证，一定会再去找昌弟好好劝说。然后，我便离开了他的办公室。

热恋中的昌弟完全被爱情遮蔽了双眼，根本听不进校长的警告。没过几天，昌弟不得不离开学校！我们两个都未想到会有这样的结局，昌弟这次被吓着了，他不敢让双亲知晓实情。正逢夏季学期即将结束，昌弟却天天待在家里，不去上学。他对母亲说，自己不再喜欢这所大学，想待暑假过后转到其他大学上课。一般来说，父母看到自己的孩子待在家里，只会感到满足。可这一次，母亲竟然对昌弟的解释起了疑。很快，她就从车夫那里获悉，昌弟因同女生谈恋爱而被学校开除！这是怎样的一桩丑闻啊！但母亲不敢声张，生怕父亲得知此事。她只得允许昌弟去北京找和哥，以便在那里尽快找到一所可以让他注册入学的大学。学校里的一些同学告诉我说："事情发展到这个结局，也是因为你弟弟一向恃才傲物，没人肯替他讲好话而致。"校方继续监视着王姓女生，直至她因期终考试不及格而不得不退学为止。

放暑假了！昌弟去了北京，住在和哥那里。王姓女生的家也在北京，两人还是常常见面。昌弟本想找所大学继续学业，可是他须出示南开大学的证明信，北京的这些大学才肯让他注册入学。然而这证明信恰恰是他所缺少的，他只有被开除学籍的通知。昌弟只好留在北京，瞒着双亲，开始找工作谋生。

我的期终考试又考得很好。双亲准许我去北京待上些时日，好去看望我的好友王恩龄。数月前，她不幸得了肺结核，现正在西山疗养。

父亲正巧因公去京，便在出发那日的早晨，带上我一起去坐火车。我和父亲都坐一等车厢，只是我坐得离他远些，以便他能与同行的熟人交谈。四年前，当我从家里出走时，万万想不到今天会与父亲一起前往北京。到了北京，父亲带我去火车站的一家西餐馆吃了可口的午饭。饭后，当我坐进人力车时，父亲向我投以极其信任的眼神，只问了一句：“你现在去看好友，但过几天就回家了。是吧？”

我答道：“是的，父亲。几天后我就又会在家里了。”

告别父亲，我并未直接奔向西山，而是先去和哥那里看望昌弟。昌弟不在，和哥告诉我，眼下，昌弟很难找到一所愿意接收他的大学。所幸，他还能暂居在和哥这里。

我还要经历一次痛苦的别离。那个曾热心帮我补习功课，使我得以通过入学考试的王学长已经毕业，并将在这个夏季远赴美国。两年来，我们已成为好友，所以我赶在他出发前，来北京同他见上一面。假若我能与他同去美国留学，那该有多幸福！可是，现在就去请求双亲准许我漂洋过海去美国，这样的念头我想都不敢想。等到两年后，我大学毕业，再试着去找双亲商量此事。告别时，我和王学长彼此约好，将来要在欧洲或美国相见。

我在西山的一座寺院里找到了好友王恩龄。她正在躺椅上晒太阳，好似一只生病的蚕蛹。除了她，那里还有几个病人。他们全都静静地躺在那里，等待着生死判决。

恩龄是位诗人，虽然病入膏肓，但见到我，就娓娓而谈，描述她家乡的美丽，梦想着有朝一日能重回故里。她希望能落叶归根，在家乡峨眉山上走完自己的一生。我默默地听着，脸上带着微笑，心里却在流泪。晚上，她睡在一顶露天的蚊帐里。月光洒在她憔悴而消瘦的脸上，令我产生了错觉，恍然以为她不再醒来。她几乎不能行走，一旦下地走路，她的心就跳得厉害。有一次，她勉强同我走到大殿里五百罗汉的像前。我在心中恳求他们，哪怕其中能有一个悲悯恩龄，救她一命也好。尽管恩龄咳嗽不止，可她依然面带微笑。她的声音嘶哑，两腿沉重得迈不动步，走路需要由我搀着才行。我就这样留在西山，陪着恩龄过了一天又一天。我陪她吃饭，陪她聊天，我们倾心聊着各自在生活上遇到的问题，像当初在南开大学里一样。或许不久，她将不再属于生者的世界，却依然对生活有着几多烦恼。

一天晚上，恩龄对我说："明天我哥哥和他的一个大学同学要来这里待三天。之后，他们就要去法国留学。我给他们预订了对面的房间。"

"我认识你哥哥。他是学国民经济的，对吧？另一个是谁？也是我们大学的学生吗？"我问道。

恩龄告诉我那个男生的姓名，可是我对这个名字完全没有印象。管他呢，反正明天就可以见到他，进一步认识了解他。

第二天，他们来了。我确信自己曾见过他，至少面熟。他以前在学校的音乐会上演奏过月琴，是个英俊潇洒的青年。

采矿系的王学长已经去了美国，眼前的这两个同学也将去法国。我有些百感交集。暑假过后回到学校，我会想念恩龄、昌弟、王学长及眼前这两位同学，尤其会思念弹月琴的那位。我开始变得沉默，并若有所思。吃午饭时，恩龄随口说："要是你能和他们俩一起去法国留学就好了。还是去问问你的父母吧，或许他们就答应了呢。"恩龄就是这样只替他人着想，毫不考虑自己。她难道没想过，若是我也走了，今后还会有哪个同学来西山看望她？她又加上一句，"等我痊愈后，我就去法国找你们。"

"假若真能这样就太好了！"我附和着，心里却不敢奢望，觉得这是完全不可能的事情。我该怎样跟双亲提起此事呢？我还有两年才能毕业。不用去说，我现在就能确定自己绝对会铩羽而归。

晚上，吃过饭后，恩龄睡在室外，我坐在她的床边。悦耳的月琴声从隔壁房内传来，使我心醉。恩龄说："可惜我不能陪你到处走走。明天，你和他们俩到山里四处转转吧。山里的风景很美。"恩龄就是如此善良。

接下来的三天里，白天，我和两个男生去山里四处游玩。晚上，我则全神贯注地偷听那个男生美妙的琴声。

那个弹奏月琴的人啊，
扰乱我心，迷乱我爱。
我是一叶小舟，
却向往着那无边无际的大海。

那个弹奏月琴的人啊，
是否知晓，我放弃了一份爱；
是否知晓，逢场作戏非我所愿；
是否知晓，我的挚友正在望乡台。
如若你知晓这一切，
又岂会拨动琴弦？

那个弹奏月琴的人啊，
带上我，去你所去的那方，
带上我，去领略异国风光，
毕生的爱伴随着你飘荡。

那个弹奏月琴的人啊，
如若你不能带我去魂牵梦绕的异国他乡，
那么，
请别再远行，留下来吧。

那个弹奏月琴的人啊，
扰乱我心，迷乱我爱。
我是一叶小舟，
却向往着那无边无际的大海。

我最后一次见昌弟是在西山。他前来看我，人已经瘦得皮包骨头。尽管有来自家里及学校的重重困难，在他的脸上却找不见丝毫愁容。他告诉我，自己现在在一所孤儿院教课，可以挣些生活费。昌弟是我们几个孩子中长得最漂亮的，他的面庞通红，长睫毛遮盖下的黑眼睛里总是流露出梦幻的色彩。他咧着不大的嘴，笑着对我说："一切都会过去，我能找到出路。"他的勇敢却令我担忧。昌弟其实是我们几个当中身体最不好的。在家时，他就一直靠着药物和补品来维持身体。现在，他既已决定要自食其力，那么就得挣钱给自己买食物，当然也需想法子搞到药品和补品。可是，他肯定还没想到这些，坠入情网的他置自我健康于不顾。

昌弟和我告别时全然不知，我已暗下决心，要回家向双亲全力争取去法国留学的机会。带着这样的决定，我离开了西山。进城后，我找到了梁先生，将自己的计划和盘托出。他完全赞同我的想法，说："根据你家的情况，你的确该远走高飞。而且，你还应尽量利用家中的财力去出国留学。"他接着说道，"假若你的女友王恩龄已经病入膏肓，那你还是要小心一些，最好不要再去看望她。"

梁先生的这种想法令我有些反感。让我对自己将死的好友弃之不顾，这实在有悖我做人的原则，更何况正是这个好友点燃了我出国的念头。我只不过要抗争双亲，恩龄则要同过早降临的死神相斗，尽管她也晓得，自己在这场斗争中并不会取胜。

我如喝醉酒般，晕乎乎地回到了家中。我迫不及待地向杏姐、嫂子和椿弟讲述了出国的想法。他们全都连连摇头，认为这是不可能实现的事情，他们说："你自己去跟母亲说吧，我们可帮不了你。"看来，我只得硬着头皮自己去同母亲商谈此事。

第二天吃过午饭，我们照旧去双亲房中小坐。待大家相继离开后，我独自留下，鼓足勇气对母亲说："母亲，我已经在大学里上了三年，而且如您所知，我的成绩也非常好。现在有两个家世良好的男同学要去法国留学，我想跟他们同行去巴黎，到那里上大学。等两年或三年后，我再回来。母亲，想想，这可是一个好机会。"

母亲听了我的计划，大惊失色："什么！去法国！你这边大学里的学业怎么办？再过两年，你就可以毕业。你想现在中止学业，实在是太愚蠢了！"

母亲说得没错。可是，我的一个好友去了美国，一个好友即将死亡，昌弟回不来，那个弹奏月琴的男生也不会再出现在校园里，这样的大学生活只会使我伤心。我当然不可告诉母亲这些，只能向母亲解释说，两年之后，我可以拿到毕业证，可到那时，我也长了两岁。如果那时再出国留学，等我回国，年龄肯定太大，大得都嫁不出去了。而现在，正好有两个青年才俊与我结伴前行，这实在是难得的好机会。我说啊说啊，母亲的心则不住地颤抖。最后，她打断了我，说："别再说了。你父亲是不会让你去国外的，至少现在不许。你就安心在学校待到毕业吧，到那时我们再谈此事。"

我早就知道，不可能仅凭一次谈话就能将母亲说服。我得一次又一次地来缠磨母亲。于是，从第二天开始，连着好几天，我在吃饭时、吃饭后、午时及傍晚，都不让她安生。我一直试着与她单独谈话，平生以来，我与母亲从未讲过这么多话，从未单独相处这么久。眼下，母亲自是不愿跟我待在一起，那我只能找其他机会。我甚至开始在吃饭时提起此事。她说："船上有老鼠，你见了肯定会害怕的。谁不知道，你一向害怕小动物。再说，你还从来没有坐船出过海，你会晕船的。"

母亲的这几句话给了我勇气，由这些话可以听出，母亲已经开始设想我远洋旅行将遇到的困难。我马上辩驳道："不会，远洋邮轮上是不会有小老鼠的。我或许会晕船，但这不妨碍我去国外。那么多人坐着邮轮来来回回都不曾出事，这又怎能难倒我呢？"其实，我心里确实畏惧汪洋大海，害怕自己会晕船，也担心船上真会出现老鼠。

紧接着，我便央求母亲去跟父亲商量一下，就好像她已经默许了我的计划。后来，母亲的确同父亲说了此事。一天，她告诉我："你父亲不同意你孤身一人去国外读书，除非和你的未婚夫同去。"

我笑了起来，仍然大着胆子说："假若未婚夫穷得没钱出国，那该怎么办？再说，人若是订了婚，哪还有心思好好学习呢？因此，还是单身更好。再过两个月，我那两个男同学就要启程。我不可能在这么短的时间里找到一个相爱的人订婚呀。母亲，请您一定好好劝劝父亲，出去读书的女生最好不要订婚。"母亲则解释说，假若我在国外不是孑然一身，而是有未婚夫在身边照应的话，父亲会比较放心，这样对我也好。对此，我自然表示反对，说两个同学会照顾我，而且我想留洋回来后再考虑订婚的事情。母亲摇摇头说："若是你不订婚，你父亲是绝不会放你走的。你真的就没有个看得上的？"

假若女儿订了婚，那她就属于未来的婆家。这样，母亲所要尽的责任就会少去许多。但我晓得，这只是双亲的借口而已。他们其实是舍不得与女儿长时间分离，也不想让女儿远去异乡。

我去学校，找到尚在宿舍的同学们，讨要计策："我若想去法国留学，就得先有一个未婚夫。你们说，我该选谁呢？"

女孩子们听后，纷纷取笑我说："你的父母怎会有如此奇怪的想法！"可她们果真开始在男生里帮我挑选，看看是否有合适的。她们每想出一个，我便挑出他的一堆毛病。我们开心逗趣，哈哈大笑，笑出了眼泪。待我回到家时，还是没寻到未婚夫。看来，我得接着去烦扰母亲。其实，我此时的真实想法完全可以用一首诗来描述：

那个弹奏月琴的人啊，
请成为我的未婚夫郎！
让我与你，
共赴遥远的异乡。

那个弹奏月琴的人啊，
请成为我的未婚夫郎！
只为能带我离开这个地方。
你的爱，仍可以自由飞翔。

那个弹奏月琴的人啊，
请成为我的未婚夫郎！
一切仅仅停留在纸上，
你心依旧，我心深藏。

那个弹奏月琴的人啊，
请成为我的未婚夫郎！
这只是一场戏，
舞台上的我，
为你倾心神伤。

那个弹奏月琴的人啊，
请成为我的未婚夫郎！
哪怕只是片刻而已，
当往事成烟，
我会把你的柔情珍藏。

可是，弹月琴的那个人现在在何处呢？我跟他压根儿就没说过几句话。

我加紧缠着母亲，总能找出新的理由来说服她。比如，出门在外，我会小心谨慎，也会勤奋节俭。我可以坐三等舱，这样就能省下许多钱。有时，母亲会厉声呵斥："别再说了！"有时，她则一声不吭。

我去找七伯母，请她去劝说母亲；我去找曾给母亲治病的留英归来的大夫，恳请他去找父亲为我求情。这俩人也的确影响了双亲的决定。一天下午，母亲对我说："假若你一定要出国的话，你父亲只允许你去英国的爱丁堡大学读书。当然，你最好还是留在这里，哪儿都别去。你自己再好生想想吧！"她的嗓音有些颤抖。听到她的这番话，我欣喜若狂。只要能出国，管他是去英国还是去法国呢，反正都是外国。母亲不得不渐渐放弃自己的女儿不会出国的希望，不得不接受并适应即将失去女儿的现实。她心里有些自责，怪自己怎么生了一个我这样的女儿。她不再试图去弄明白，为何儿子已被命运之神夺走，女儿又受外面世界的引诱，也将离她而去。这到底是怎样的一个世界啊！

"都一样的，母亲，英国也很好。我可以和那两个同学一起坐船去巴黎，再由巴黎去爱丁堡。两年或三年后我就回来了，母亲！"

我的双眸闪闪发光，简直不能相信这样的好运。以后直到现在这个年龄，我才终于明白，双亲内心对我的疼爱比我所能领会到的要多许多。母亲本是一个不愿表现出自己痛苦的人，但是，从那日之后，母亲的脸上便布满了哀愁。

她问我："这次远行，你需要带些什么东西呢？要带上足够的衣裳。你想几时出发呢？"

"九月份。我得问问那两个同学，出行前还需要准备哪些东西。"

我不忍心再看母亲的愁容，匆忙离开了她的房间。我去向杏姐报喜："我要去外国了！去英国！父亲已经同意！母亲也同意！"我心花怒放，只笑个不停。杏姐盯着我，眼神里满是惊叹、佩服与羡慕。我问她："我是否该再去同母亲说说，让你也一同出国呢？"杏姐断定，这种尝试毫无意义，索性也不打算去试。嫂子和椿弟被我成功的喜讯惊得瞠目结舌。

第二天，七伯母来家做客。她已经晓得我将出国远行。为促成此事，她也曾为我说了不少好话。我看见母亲坐在七伯母身边，一言不发，神色悲伤。七伯母试着劝慰她："人就该出国去看看。假若可以，我也很想去呢，可惜我们都老了。莲儿这孩子既聪明又健康，她必须出去。出洋的轮船可不像我们平常所见的那种木船，它大得好似一座高楼，里面的设施与物品应有尽有。船上的饭菜也精美可口，唯一的缺憾就是乘客几乎全是洋人。你可不要让孩子坐三等舱。以前，我去日本的时候，买的是头等舱的票。那样的经历实在是值得体验！”

母亲没说话，她的心肯定在颤抖。马上就又要失去一个孩子，做伯母的怎能还支持这样的行径？母亲恨不得对七伯母说："毕竟要远行的是我的孩子！”但她最终还是保持缄默。

七伯母转身看着我说："你比你的兄弟姐姐都要勇敢，你将来必定非同寻常。你需要准备一个大大的铁皮行李箱，多带一些衣服。英国的天气与这里很是不同。”

我除了连连称是，也不知还能说些什么。

第三天，母亲找出很多漂亮的绸缎，那都是每年过年及我过生日时，祖父、祖母、两位伯母和母亲送给我的。她请裁缝到家里来，让他用这些衣料为我做些衣服。我还从来没有一下子得到这么多新衣服。这些衣料本是母亲为我出嫁而准备的，现在女儿却要一个人去国外，它们无缘成为嫁衣。就连常被唤到家中来为我们制衣的裁缝也不能理解，为什么要给一个去国外的姑娘做这么多衣服，而这个出自高贵家庭的姑娘又为什么要被送到那个满是洋鬼子的外国去？

在这期间，恩龄的哥哥改变决定，不去法国，而去美国留学。但他的那位同学和另外一个男生还是按原计划，于九月份启程去法国。我当然不会告诉母亲这些。再说，双亲也不会对此感兴趣，他们从来没有问过我口中所说的与我同行的两个同学的情况。

我请求母亲允许我和杏姐在我启程前去北京待上几日，以便同那里的几位熟人告别。母亲很爽快地答应了。自我做主的日子近在眼前，双亲也无法继续监管我，那他们又何必不准我的北京之行呢？

杏姐说："假若你不在家，我今后无论去哪里都会不方便。双亲不会准许的。"她的脸上露出失望和伤心的神情。为什么老天没有给她一副同我一样健康的体魄？否则，她就可以和我一起出国。没有我做伴，她一个人也不想再去大学上课。我要赶在自己出国前帮她找到另外一种新生活，可怎么找呢？

和哥有一个从中学就相交甚好的刘姓同学，和哥非常喜欢他，想把他介绍给杏姐认识，希望他们俩能相爱。这样，杏姐就不必被双亲许配给某个和哥并不相识的人。我自然全力支持和哥的计划，一定要带着杏姐一起去北京。到了北京，我们不仅认识了刘先生，还见到了他的朋友黄先生。四个人很自然地就结成了两对：杏姐和刘先生，我和黄先生。和哥有意为杏姐和刘先生牵线搭桥，我和杏姐自是心知肚明。刘先生和黄先生或许也已知道这点。至于我和黄先生这一对，因为大家都知道我即将远赴国外，所以并没有任何想法。不管有无目的，我们四人在一起非常愉快。整整一个星期，每天从清早到深夜，我们都待在一起。刘先生活泼机智，黄先生稳重友善。刘先生在杏姐的身上找到了自己性格上缺失的那一部分，黄先生发现与我也可取长补短。大家其乐融融，仿佛各自真的找到了相配的另一半。假若杏姐能爱上刘先生，那自是最好不过。可是我对黄先生则没有过分亲近。我不许自己爱上任何人，因为我很快就要出国。去国外念大学是我的夙愿，没有哪个青年，也没有哪种爱情可以留住我。难道我不曾与黄先生在西山畅谈人生至天明吗？难道我不曾在清亮的月光下与黄先生在北海公园的湖面上划船吗？难道他的眼神不似大自然那般迷人，难道他的话语不亲切动人吗？只是我的心坚如磐石，难以打动。令我欣慰的是，杏姐和刘先生好像真的很是投缘。

好友王恩龄的病情一直未见好转，因此她离开了西山，返回家中，希望身体在回家之后能好起来。然而，这不过是绝望中的一线希望而已。医生允许她下山，因为他知道，恩龄得的是不治之症。她的母亲对她痊愈也不抱任何希望，只想让女儿在离世前的最后这段日子里待在自己身边。恩龄知道她即将死去吗？不，她一直没有放弃希望，就如每个垂死之人的想法一样。我当然也不想她死去，总期盼着会有奇迹发生。我去她家向她告别，是的，向即将离开这个世界的恩龄告别。

她的母亲让我进了她的房间。以前，恩龄可是一个美少女：体形丰满，脸蛋如鲜红的苹果一般水嫩，双颊红润得似涂了淡淡的胭脂，大大的双眼之中总是充满了感情。现在，躺在床上的她却皮包骨头，骨瘦如柴。当我进屋时，她眼里溢满了泪水。我坐在床边，内心有些感慨。本来令我萌生了出国念头的是她，可不能同我一起经历启航与归来的恰恰也是她。但我只是告诉她，双亲已准许我去英国读书，我非常感谢她。她听到这个消息后，先是非常高兴，然后就流下了热泪。泪水滑过她发烫的双颊，她叹道："我的情况很不好。对于医生，我已感到极其失望。现在，我只想在家静养，看看自己的身体是否能有好转。当然，每天我都得打针。至于这能不能起效，大家都不好说。我不知道，我们是否还能再见面。你要去那么远的地方，一待就是几年。我还能活到你归来的那一天吗？"她哭了起来。

我好言安慰着她，即便自己都不相信那些话。"耐心些，你总会好起来的。将来，你也可以去欧洲，我们可以在英国或法国相聚。现在，你要安心养病。我想，你还是应该回山上去疗养，毕竟那里的空气要比城里的更好。”

恩龄笑了一笑：“我肯定还是要去山上的。不过，回家来待上几日，借此换换环境也不错。”她握起我的手，送给我一枚翡翠玉戒指作纪念。她还请我记得给她写信，告诉她我在旅途中及英国所经历的一切。热泪又开始顺着她发烫的面颊流下，我听见她喃喃低语道：“从今往后，再也没人来看我了。我祝你一路平安顺利！你得走了。”

这是一次永别！我迅速起身往外走，不想让恩龄看到我已泪如雨下。走到门口，我大声说道：“答应我，你一定要再去山上休养。勇敢些，你肯定能痊愈的！”

她将头转向我，费力地向我微笑着，摆了摆手。门在我身后关上，我就这样永远地失去了我的挚友恩龄。

我心情沉重地去找梁先生告别。他祝我前途似锦，并赠诗一首。诗的结尾写道：“小舟啊，虽然你将穿越大洋，在我眼里，你依然是那个小姑娘。再见，我的小姑娘！”

刘先生去了香港，他家在那里。黄先生则去了上海。当我和杏姐回到家时，她已坠入爱河。

第十四章

小舟风中行

“这个孩子早晚有一天会把家里搅得天翻地覆，她离我们远些，或许也不是坏事。她在家里，对其他的孩子来说就是个坏榜样。让魔鬼去找魔鬼吧。”据嫂子讲，这才是双亲最终同意我出国的真实原因。原来如此啊！我现在相信，生活中确实没有什么是不可能的。只要双亲肯出资让我去国外读书就行，至于原因，我不想深究。

法国邮轮“安歌”号将于九月二十五号由上海启航。我和那两个同学计划在九月二十一号坐船从天津去上海。大学正值暑期，因此我只能同为数不多的几个同学道别。她们都向我表示衷心的祝贺。

在女生宿舍里，一个女生对我说：“小舟，我还从来没遇见过哪个人，像你这样一再试着要离家远走。你为什么要这样做呢？一个没有家的人是不会幸福的。我们就照父母的意愿做好了。我自己就从不与我的父母作对。况且，看来你的父母并不像你常说的那么顽固守旧，他们现在不还是准你出国了嘛。不管怎样，你的确是一个勇敢的姑娘。我祝你在国外一切顺利！”

另外一个女生说："你的父母是有钱人，他们能让你更容易地实现你的目标。我的父母就没钱送我出国。"

又有一个女生说："小舟，你的勇气可真是非同一般。当年你离家出走时，报纸上刊登了你写给你父母的诗，你的诗写得极好，我读后都哭了。你真是位不凡的诗人。你和你的家庭本来是强硬对立的，可你却能在这么短的时间内取得这么多成就，真是不简单。你将来肯定会影响我们女性世界的。我很佩服你！"

一天下午，我正在学校。我们年级里最聪明、最勤奋、最优秀的学生李同学来找我。他一向自傲得很，平时极少理睬其他学生，因此他的到访令我感到莫大的荣幸。那天下午，他甚至提议同我一起去划船。他的热情令我惊讶，他的尊重令我开心。他请我与他保持通信，我由衷地答应了。

我去向张校长辞行。校长说："能有机会去国外留学，这是好事。你这个勇敢无畏的姑娘，这回又赢了你的父母，好厉害！你想修读政治学，是不是？在当今中国，只有极少的女性涉足这个领域。好好学吧，将来为我们国家的政治和社会问题寻到解决良策。"说完，他又补充道，"随我来，我要给你看一样东西。"

我们步行了几分钟,来到一栋大楼前。校长告诉我说:"这就是你曾请求我建立的南开女子中学。我们会把当初来请愿的十二个女孩子的画像挂在礼堂的墙上，你们在请愿书上的亲笔签名经装裱后，也将被悬挂在礼堂里。遗憾的是，女校的第一个开学典礼正值你启程之日。不然，我们将非常高兴在开幕式上听到你的演讲。今年将有三百名女生在这里上课。我们还会继续扩建。南开的精神在于：向前进，没有不可逾越的障碍，没有不可承受的困难。带着这种精神，你会实现自己的目标的。你是南开女生的榜样。我希望，你将来能获得更大的成就！"

辞别校长，我去见我的国际关系学教授。过去的日子里，我曾上过很多次他的课。告别时，他叮嘱我说："留在巴黎上大学吧。那里的政治学专业是极好的。"我回答说，自己会尽量争取留在巴黎读书的。

我还去拜访了我的英语家教。听说我将去她的家乡，她喜形于色，告诉我说："英国的阴雨天很多，你一定要带上雨衣和雨靴。"说完，还带着我去她的卧室，找出她的雨靴给我看。我在心里窃笑，一来我并无计划在英国久留，二则我也决不会穿这种样式的雨靴。另外，父亲还让我去拜访了英国驻天津领事馆的领事夫人，她给我写了一些推荐信，以便我在伦敦办事时使用。

所有曾在我离家出走，与双亲抗争的日子里陪伴过我的朋友都祝福我前途似锦。唯有峙山因在广东参加地下运动而无法同我告别。

距离我出行的日子愈近，母亲也愈添愁容，那种哀伤是难以形容的，就好似她在思索：我为什么要生这个女儿呢？假若她是个儿子，该有多好。可是我的几个儿子都没有像她这般勇敢有闯劲。一个女孩子家，现在竟要去外国。绝不能让别人知道她的母亲是谁。我可不许她带上我的照片，出去给外国人看。事到如今，全都是我的错，不懂得该怎样好好教育这个孩子。她大概野性天成，不服管教。所以，现在她不再留在我身边，也算得上是好事。可她毕竟是我的孩子，我是她的母亲。我至今搞不清楚，她这样的性格到底是得了谁的遗传，我们家里本没有人如她这般。只能说，她是个例外，凡事都有例外。现在，她要走了，那她何时能回来呢？她又将怎样归来呢？在我看不见她的国外，她会不会就不再做傻事了呢？她原本是个理智的孩子，并不笨。唉，生女儿总是令人不幸的，更别说还生了这样一个女儿！没人能拦得住她。即便我现在阻止她，终有一天，她还是会出走的。如今世道变了，那些报社及世人肯定会再次支持她。她那么聪明，学习成绩也好，为什么就不能安生地在国内的大学里好好学习呢？她哪里得来的勇气，竟要去外国读书？我倒要等着瞧瞧，她最后能做成什么。唉，这都是命啊！我得相信，她命该如此。可是，我心里难受啊！我不该也不愿再去想这些。随她去吧！这就像人都会死一样不可避免。我要好好活着，等着看我的这个女儿将来会有怎样的出息。

我再三向母亲保证：我会谨慎小心、节俭勤奋，我不会沾染欧式的坏习气，也不会穿欧式的服装。我只会心系中国，学好外语。“母亲，你尽可放心。我去外国，不是去学他们的洋做派，而是为了了解西方文明，以便将来报效祖国。到那时，你自会为我骄傲的。我绝不会做蠢事。”我不停地这么说。

有一次，当我又跟母亲信誓旦旦时，她打断我，问道："你先同我说说，昌弟到底在大学里干了什么蠢事？我听说，他已被学校开除，缘由竟是为了一个姑娘。这姑娘怎么样啊？我还听说，她岁数比昌弟还要大。瞧瞧你弟弟做的蠢事！万万不可让你父亲知晓此事。"

我没想到母亲对昌弟的事情了解得这么多，一时惊得目瞪口呆。肯定是车夫在大学里得了消息，回家后告诉她的。我安慰母亲说："这不是什么大不了的事情。昌弟并没有格外迷恋这个姑娘，只是有几个没教养的学生，出于嫉妒，捕风捉影地制造了一起丑闻。昌弟为人有些恃才傲物，因此出事时，也没有朋友站在他这一边。整件事情根本就不算什么。"

母亲则严肃地说："你难道不知道，他们两个是恋人吗？我可是有证据的。"

她会有什么证据？我当然不敢过问，便答道："这个姑娘的家世良好。虽说，她比昌弟大一些，可也没那么糟糕。就如我说过的，您不必把这事当真。过上一些日子，昌弟的心思就会冷淡下来。现在，我们不可火上浇油。假以时日，一切都会过去的。"

母亲有些激动，说："假以时日？那是多久呢？你真是一个孩子，什么都不懂。假若再给他一些时日，说不定他们的孩子都要出生了。”

我听了哈哈大笑：“孩子？这绝无可能。关于这点，您不必担心，事情进展得可没这么快。最好的办法就是我们都不要去干预此事，过段时间，昌弟自己就会醒悟。这个时候，无论我们做什么，都只会有害无益。”

我极力哄劝着母亲。她没有作声，想是不愿同我继续谈论此事。我知道，昌弟的轻浮之举给了她沉重的打击。五个子女中，母亲最爱的就是昌弟，一直对他寄予厚望。算命先生也曾说过，昌弟将来必会成为大富大贵的高官。母亲不愿他这么早就结婚成家。她本想，可着自己的心意为昌弟精挑细选一位新娘子。反正，和哥和大嫂已经生了四个孩子，她不需急着抱孙子，正好有足够的时间来找一个令自己满意的儿媳妇。她对昌弟未来的新娘充满了期望，绝不容许昌弟私订终身。现在，发生了这事，父亲对此还一无所知，母亲只能独自承担苦痛。她在我启程之前问起此事，或许想着还能从我这里打听些细节。我走之后，就再也没有人会告诉她了。我自是希望，我对母亲的这番说辞能帮到昌弟，心里却非常替他担心。无论是大学、双亲，还是他的健康状况，都在和他较劲作对。

我远行所需的行李箱已经备好，很重。启程前两天，杏姐和大嫂陪我去一个大市场买些小东西。我们走过一个算命摊子，听到算命先生在吆喝："算命测字，百验百灵！"大嫂说道："你听听，有算命的！你马上就要远走他乡，不如让这人算算你的前程如何。我劝你去算一卦。"

我笑了。其实，我根本就不信这些所谓的命运先知。我坚信，我的未来只会掌握在自己的手中。但为了不使大嫂扫兴，我便在算命先生的对面坐下来。他打量着我的面相说道："憾哉憾哉。坐在我面前的怎么是个女儿身！这副运相本该属于一个男儿！来日，他将为统帅啊。"我心中不由得暗笑。他问我，"你是不是就要去远方？"

"是的。"我答道。

他继续说道："你有一副慈悲心肠，还很有佛缘。二十五岁之前最好不要结婚。你至少有十年幸福，十年！"

我们离开了算命摊子，我忍不住笑出声来。大嫂责怪我道："命不可不信。别笑了！"

大嫂请我和杏姐去一家装修现代的茶馆喝茶。大家坐定后，她对我说："你这一去，至少得有三年。等你再回来时，家中肯定会有很多变化。只是，我们现在无从得知啊。”

“是的，肯定会有变化。”我答道。但是，由于我满心为即将到来的出国行而兴奋着，并未细思，家中到那时究竟会有怎样的变化。

离启程尚有一天时间。我分别去拜望四伯母和七伯母，向她们辞行。四伯母一如既往地板着面孔说：“我们周家出了你这样一个优秀的女子，可以像男人一样出洋留学。这真是一件好事！你要记着为我们周家光耀门庭啊。我祝你一路顺风！”

当我同七伯母告别时，她竟微微落泪。她取出一条带坠子的金项链，亲手将它戴在我的脖子上，说道：“我的孩子，如今你真的要走了！这条项链会保佑着你平安归来。你还是个孩子，凡事要多加小心留神。别忘了，你早晚都得嫁人。因此，不要只顾着读书，也得看看自己身边是否有合适的男子。另外，我还是觉得，你不该坐三等舱。”她一直将我送到大门口。对这位伯母，我心存万分感激。

启程前的最后一晚，我在家里度过。吃过晚饭，我同杏姐、大嫂和椿弟一起去双亲房中。就如我还是个幼童时，如我还是一个小姑娘时，如我还是少女时，如我离家出走前及归家后，如我十九年来一直做的那样，去双亲房中。我们都站在那里，不怎么说话，父亲则与母亲闲聊着什么。我以为，在我离家前的最后一个晚上，双亲会说些关于我旅行的事情。明晚，我就不在这里。可是，没有任何人提及这个话题。过了差不多三刻钟，我和嫂子、姐弟像往常一样离开了双亲的房间，但我还想向双亲告别。怎么办呢？明天早上五点，我就得出发。我不想那么早去打扰他们，可也不好意思单独去见双亲。

思考片刻后，我派女佣去禀告他们，说我马上去与他们辞行。女佣一回来，我便走进双亲的房间。两人如平常一样待在他们的房间里：父亲半躺在摇椅上，吸着旱烟；母亲则端坐在她的椅子上，那只猫却没有趴在她的腿上。他们是在等着我来辞行？还是更希望我会在最后一刻放弃远行的决定而不来告别？可我到底还是来了。父亲开口说了一句："是啊，明天一大早，船就要去上海。"然后，他就默不作声了。母亲起身从柜子里取出一个小首饰盒，里面放着一枚钻戒。她把钻戒递给我，说："你戴上试试，看看是大还是小？"我将戒指戴在自己的无名指上，正合适。母亲接着说道，"你留着它吧。我希望，你的意志能如这钻石一般坚强，你的才智也如它一般闪亮。你想象不到，分别对我来说有多难。只要想起你们当中的一个要远离于我，我的心就会战栗。我完全不能想这些。”她的声音开始发抖，眼中也泛起了泪花，可她强忍着不让眼泪流下来，继续说道，“如今，既然你已决定不订婚而独自去外国，那么我请你一定要把心思放在学习上。等你回来后，我们再一起考虑你的婚事。”说到此处，母亲讲不下去了。

父亲接着说道：“直到现在，我依然反对你去国外念书。只是，你意已决。你不是说想学医吗？这次你去英国，便可去大学里读医学。在外国的大学里，也就是这些应用科学还能让人学一学。要说起最好的文化，那还是我们中华文化。我禁止你在国外做三件事：坐飞机、游泳和开车。这些活动都太危险，你万万不可去尝试。”说完，他又取来几本国文书籍，让我随身携带，反复阅读，“古代的贤人智者已将生活准则和处世哲学记载下来了，我们后人只需熟读即可。”父亲接着又口授了祖父生前写的一首诗，并告诉我，这首诗已被英国人翻译成英文，说不定我能在英国的图书馆里找到它的译文。最后，父亲递给我两份支票，一份六百元，用以支付我在上海三天的费用；另外一份则是一本旅行支票。这么多钱！我向父亲承诺，一定会把在上海没花完的钱寄还给他。然后，我向双亲深鞠一躬，做最后的告别。父亲站起来，深深地凝视着我。他不再说什么，我却知道，他心里肯定在想：我的这个孩子呀，如今是这个样子。但不知，我何时能再与她相见。等到我们重逢时，她又会变成什么样？这是她想要的生活，我不能阻止她。

母亲的心在颤抖，眼睛和嘴唇也在抖动哆嗦，可是她忍住不哭，只说了一句："走吧！凡事小心！"该说的她都已说过。

我没有立刻走开，为的是能够再看一眼父亲和母亲。几年来，我一直与他们抗争作对。可恰恰就是他们，牺牲了自己的感情，成全了我的意愿，许我去外国读书，给了我最大的幸福。至我归来，不知还要几年，他们唯有耐心等待。家里又少了一个孩子，母亲自然试着用假想来安慰自己：女儿并不是去外国，她只是坐船到上海而已，或许最远到香港就返回家来。她以前嚷嚷着去上海读寄宿学校，最终不还是回天津了吗？母亲是多么希望我尽快回家啊！我正欲悄声退出双亲的房间，父亲又开口嘱咐："你到上海后，就给家里写信。等到了法国，要记得给我们发电报。"他送我到门口，唤来一名仆人，吩咐他去通知车夫，必须在明早五点备好马车。

我回到自己的房间，给杏姐看母亲送的戒指，杏姐很是吃惊。在这最后一晚，大嫂和椿弟都待在我和杏姐的房间。从明天开始，杏姐就一个人住这间房。我们想最后聚在一起，聊聊家事、双亲和将来。可惜，这次缺了我亲爱的和哥与不幸的昌弟。我们本想聊到黎明，至我启程的那一刻。可到了午夜，大嫂止不住困倦，只得向我致歉，说她不能送我去码头了。大嫂一走，杏姐就讲起了她与刘先生的爱情，我很是为她高兴。我走之后，她将孤单一人，找不到人去吐露她对刘先生的爱恋。刘先生在香港，我应该能见到他，到时正好从他那里打听些什么。

将近两点时，杏姐也坚持不住了，说："我不陪你去码头了。现在离五点还有些时间，你也躺会儿吧。"

椿弟对我说："我肯定要送你去。我先去睡一会儿，等到五点钟再起来。"

杏姐祝我一切顺利后，便躺下睡去。我却怎么也睡不着。要放弃的有太多，即将经历的也会有无数。时间一分又一分地过去，我静静地等待着：等待时钟敲响五下，等待启程时刻的到来，等待彻底的解放，等待奔向一个全新的世界，等待新生活的开始。我迷迷糊糊刚要睡，女佣进来叫我起床。

我并未叫醒杏姐，就这样告别了她。没有我的陪伴，她将会多么寂寞！

椿弟来了。我们俩一起下楼，坐着马车到了码头。这是我最后一次听那嗒嗒的马蹄声，但这次，它却带我奔向自由。

船将在一个小时后起航。我订的是一个单人舱。不久，那两位同学也上了船。陪那个弹月琴的男青年一起来的是三位穿着讲究的女士。椿弟和我在甲板上待了一会儿。在这最后一刻，我不知该对他说些什么。家里的几个孩子中，他年龄最小，个子最矮。椿弟的脸和身量都很小，母亲笑说，椿弟都不像是她的孩子。他微微一笑，说："今天你要出行，将来我会追随你。我坚信，过几年，我会去找你。咱们俩会在欧洲或美国相见。"

我答道："我也盼着呢。我觉得，双亲既已许我离开，那么将来准你出国，也不该是什么难事。我等着你，咱们再见时肯定是在外国，而不是在中国。"

时间到了。椿弟下船后，站在码头上，仰着头冲我笑。船身移动，慢慢驶离了港口。椿弟一个人站在码头上，我一个人站在甲板上。他的身影变得越来越小，我依稀看得见他身后静候的马车。过一会儿，马车只能带他一人回家。我感到高兴，再也不必看到那停着的“囚车”，不必看到那拉车的马儿，也不必听那唤起我万千愁绪的马蹄声。渐渐地，椿弟和天津港口都消失不见，我所能看见的，只有一条地平线。它告诉我，我的家就在那里。家里面还有诸多争端：和哥力争把自己的妻儿都带去北京居住；昌弟还在为自己的爱情和求学而抗争；杏姐要为能嫁给意中人而努力。椿弟虽年少，但等他长大之后，肯定也免不了为很多事情去斗争。所有的子女都在和双亲抗争。我越过了那条地平线，是孩子们之中最幸福的那个。我已同他们脱离开来，但昌弟和椿弟应该还能见到我。

船越开越快，我感觉越来越不舒服。我和那两位同学寒暄之后，便进了自己的船舱躺下休息。母亲的话应验了：“你从来没坐船出过海，你会晕船的。”

我没去拿早餐，也放弃了吃午饭。我躺在床上起不来。这种感觉似曾相识，就像是在经历地震。记得小时候，我家的房子突然震了一下，我们这些小孩子迅速跑到母亲那里，她安慰我们说：“不用怕，只是地震而已。一会儿就过去了。”果不其然，地震很快就结束了。可今天船上的这场地震不会很快过去，我也不能再跑去母亲那里寻求庇护，因为我刚刚离开了她，执意要漂洋过海到外国去。我的脑子里一通天翻地覆。我不知道，是该睁着眼还是闭上更好。一股难闻的气味折磨着我的鼻子，那是大海的腥气以及轮船的机油味。我一心向往着大海，盼望着坐轮船，现在却根本受不了它们，它们比我更强大。太丢人现眼了！母亲为我的旅途准备了一些香蕉。此刻，它们就放在我的面前。可就连它们的味道，我闻了也觉得不好受。为什么要坐船去上海？不是也可以乘火车去吗？那两个同学选坐轮船，只是因为船票便宜，而我想与他们一起，便也买了船票。我伤心而绝望地躺在床上。此刻，我唯一的愿望就是不要有老鼠出现！当我透过门缝，看到外面电灯的亮光时，才发现已经到了晚上，而我还粒米未进。我拿起一根香蕉，欲往嘴里送，结果感觉更加糟糕。自这以后，连续几年，我都闻不了香蕉的味道。我开始担心，自己并不如想象的那般坚强，也没有力气继续出国之旅。难道又被母亲说中了？那些出海留洋的人要远比我强壮。

第二天下午，船在烟台芝罘港泊岸。船一停靠码头，我立即感觉好受了许多。那两个同学来接我一起下船散步。我们的船要在这儿停留三个小时。我的脚一着地，立刻神清气爽，有了食欲。我们一起到一家餐馆吃了东西，然后回到船上。

船继续前行，我接着晕船。这种状况一直延续到第三天，船到上海才结束。一下船，我又充满活力。

到了上海，我立刻去找一位熟识的女同学，可惜不巧，她已经去天津了。她的父亲将我送到一家旅馆，而我竟在这里巧遇黄先生和他的嫂嫂，他们等着坐船去香港。见到黄先生，我很开心，这下我可有伴了。黄先生陪着我在上海四处闲逛，去餐馆吃饭，去商场采购，去电影院看电影。我们俩所乘的船在同一天出发，只是他的比我的要早走两个小时。他有意和我坐同一艘船去香港，可惜，他的票已无法改期。我在上海买了很多东西，可手里还剩两百元。我把这些钱汇给父亲，那两个同学笑说：“那是钱啊，随时都能用得上的，为何要寄回家？你父亲有的是钱。”一诺千金，我兑现了自己对父亲的承诺。

翌日一早，另一位尚在上海的同学送我去坐开往法国的邮轮。他与我握手告别，说：“小舟，你马上要漂洋过海去远行。我祝你旅途愉快，不要遇上任何风浪。等你回来时，你就是个大姑娘了。我真的非常羡慕你。去国外留学，这是何等的幸福啊。祝你一路顺风，并在国外取得成功！几年之后，我们再相会。”我感谢他的祝福的同时，心里陡然升起一些恐惧。

呈现在我面前的有两个海洋，一个海洋里充盈着大自然的水，另一个海洋里载满年轻人暗恋的情愫。就凭小舟用自己的身体和心灵搭建的小船，她能跨过这两大洋吗？我开始感到无比的惧怕。

我所乘坐的法国邮轮“安歌”号的吨位超过一万吨，船上大概有三十多名赴欧留学的大学生。我订的是三等舱，一间舱房里住有四个女孩子。我们的舱房靠近机房，因此里面既热又吵，噪声极大。机器的味道也令我作呕，我无法待在这个卧舱里。站在甲板上我就会觉得好许多，但是坐三等舱的乘客是没有甲板可上的，只有几张椅子放在大大小小的烟囱和团团缆绳间，而这些都在真正的甲板下方。上船前，我听从了同学的建议，买了张帆布躺椅带上船。

轮船在上午就驶离了码头，但在它开始长途旅行之前，还必须在港口的出口等待退潮。它静静地停在离上海不远的海面上，停在水世界的中央，静候着。此时，在它上面的人尚可划着小船回到上海港。轮船上的第一顿晚餐是浓稠的豆粒汤配面包，我几乎吃不下。晚餐过后，我到甲板上透气，看见那两个同行的同学正躺在他们各自的躺椅上休息。我找到自己的那张，也半躺在上面。我们三人都在等着出航去往另一个世界。微风轻拂着我们的面庞，大家虽各怀心事，但都为这即将开始的出国之旅而高兴——并不只是被那异域的陌生吸引着，也是为终于可以摆脱家中的束缚而开心。我们开始聊天。

我说："我一定要去国外，主要是为了远离我的家庭。我家比较守旧，我的双亲甚至都不让我去学校上学。为了这个，我还曾同他们抗争。他们计划，在我大学毕业后，就把我嫁给陌生的男人。对于他们来说，我上大学就是一时兴起。因此，我要尽快去国外。"

那个会弹月琴的青年说："你不是唯一一个有如此想法的。我们每个人多少都受制于各自的家庭，我这个做儿子的也是如此。我的父亲很可亲，可惜他几年前去世了。我因他的离世也得了病，变得郁郁寡欢。我的母亲是一个不容易相处的人，她令我们所有人都不幸福。所以，我很庆幸，今日能离家去国外。"

另一个同学姓童，他接着说道："我更不幸。我已被迫成亲。我并不爱我的太太，但我的父母想要有一个儿媳在家里陪着他们。现在我很高兴，再也不用回家了。中式家庭本身有许多弊病，我们今后要大力抗争。"童先生说着说着有些激动。他手里拿着一张地图，那是为了方便随时查看我们的航行路线。

我重又接着话题说："我们都是出于家庭的原因选择出国留学，这太有意思了。我们算是幸运的，很多年轻人尽管有着与我们一样的心愿，却不得不待在家里。因此，我们肩负的责任重大，有朝一日，我们定要解除他们的痛苦。"那个会弹月琴的男青年慢悠悠地轻声说："可惜我们生不逢时。早些或晚些出生，或许都会比此时出生好许多。不过，生命到底也没太大的意义。一位先哲曾说过：'较之大自然，我们人类与蝼蚁无异。我们走路时，自己都不知曾踩死过多少只蚂蚁。对于大自然来说，人类的生命也如蚂蚁般脆弱易折，无足轻重。'"

我们沉默片刻。天已很晚，可轮船依然未动。月光洒在甲板上，景色虽不是特别优美，但充满了神秘感。我感觉到我们三人的友谊正在悄悄生成。天渐渐变凉，我们不能在甲板上久留，便回各自的舱房睡觉。可是船舱里真是令人窒息，夜里，我难受得从梦中醒来时，发现船已开动，我又开始晕船。这之后，我就睡不着，也起不来，连续三天都只能待在船舱里，忍受晕船之苦。我知道，甲板上的空气有助于缓解晕船，可是，我没有力气爬上去。我病得厉害，另外我也害怕，假若以这副模样去甲板上，那些帽子后檐上飘着红流苏的法国水手们会抓住我，大叫“中国的小娘子”！

三天后，我彻底明白，这次真被母亲说中了。我是无法越过这海洋的，我只能待在大洋的这边，我得放弃法国之行。我已看清，小舟远不如她想象的那般强壮，她比自己认为的要弱小许多，那些越过海洋的人的确比我坚强。我虽有坚定的意志，却不能克服晕船这个弱点。母亲早就说过我坐船会生病，现在，我果真晕船晕得一病不起。我得回家，留在中国。双亲只会高兴，绝不会为此指责我。啊，我要回家！回家！

邮轮终于到了香港，刘先生已在港口迎接我。整个下午，船都会停靠在这里。我脚一落地，便拉住刘先生的手，请求他说：“亲爱的刘先生，请帮我把我的行李取下来，我不能再坐船前行。我要下船。”

他吃惊地问：“究竟发生了什么事？”

“我病得厉害，无法继续海上旅行。我从天津坐船到上海时，就已晕船。现在从上海到香港，连着三天，我晕得几乎要死过去。我再也不想看到轮船，更不想坐着它继续远行。否则，我一定会死在途中的。请你去找船长说说，将我的船票退了，也把我的行李箱取下来。”我恳求着刘先生。眼下，他是我能找到的最后一个可搭救我的人。我这次真是有些自不量力，现在看来，双亲的确给了我很多，多得超出了我的能力。是我错怪了双亲，等我回到家，一定要当面向他们道歉，然后就乖乖地回大学去读书。这样，除了钱，倒也没什么损失。但父亲会为此高兴的，他宁肯损失钱也不愿多年失去我。刘先生一定得帮我。除了他，其他人都对我冷漠无情。船上经常会有人死去，对法国水手来说，这算不了什么新鲜事，他们把尸体随便扔进大海了事。不，我必须要及时更正自己的错误。

刘先生哈哈大笑，说："因为晕船，你就不去外国留学？小舟，我还从来没听过这样的事情。没有这样的事情，它也不会发生。傻小舟！一向聪明勇敢的你怎会有这种糊涂的想法？晕船只是暂时的，过几天你习惯后就好了。这几天，上海与香港间的海面极不平静，所以，船开得也相当不稳。但是，后面的航程会好许多。我不会支持你这个愚蠢的想法。假若我现在帮了你，终止了你去国外的求学之旅，今后你肯定不会原谅我的。不要再有这种想法，我们也不要再聊这件事。让我带你在香港转转，去我就读的香港大学看看。之后，我们去粤式馆子吃饭。我们有足够的时间一起度过一个愉快的下午。”他挽住我的胳膊，拉我跟他走。

“不行，不行，刘先生。在你帮我把行李取下来之前，我哪儿都不去。求求你，帮帮我吧。我实在不想再坐船了。”

我不住地请求他。最后，他拗不过我，说：“不如我们先进香港城里逛逛。等逛完了，我们再商议这事。反正到那时，我们也有足够的时间来取箱子。现在，请跟我走吧。”

听他这样一说，我心怀希望，便随他进城。可是，一路上，我依旧不忘求他帮我，但他对我的话好像并不在意。等到我们参观完香港大学，一起坐在长凳上休息时，我开始严肃地和他说：“我有一个想法，我要留在香港上大学，我会写信向父母讲明此事。等我从船上取下行李箱后，请你帮我退掉去法国的船票。”

刘先生听了依旧笑，他说：“这样不行。你不可以留在香港。试想，有几人能有机会去国外上学？这种千载难逢的机会，你断不可轻易放弃。国外一切都很美好，你一定要出去看看。不要做让自己遗憾的事情。现在，我们去吃饭吧。”

在香港的这个下午，我没有任何不适与病痛，只是一直害怕再回到轮船上去。美餐之后，我又求着刘先生帮我退票。

我一心想着他能答应我。可是，直到最后，他依然毫不动摇，坚持说，他不能也不允许自己帮我去做这事。“从现在开始，你的航行会平稳许多。你可以换乘二等舱，那里会舒服些。”刘先生说。我猛然醒悟，他是决计不会帮我的。时间不早了，我们必须抓紧回港口。

我是最后一个上船的，大家都在等我一个人。法国水手看见我时，冲着我大喊大叫。我跑着上了船，在我身后，搭在码头和船身之间的扶梯立刻被收起，轮船已开动。刘先生用力将他为我买的香蕉扔给我，我则把没花光的银圆掷向他。我俩就以这样的方式告别了对方。刘先生已向我保证，他非常中意杏姐。

我不得不继续前行，但我不愿再看到那狭长拥挤的三等舱位，想换到二等舱。我和两个同行的旅伴说了自己欲换乘二等舱的想法，他们说：“我们也有此意，只是身上没带那么多钱，你的钱够吗？”

我答道：“够的。我父亲给了我一本旅行支票。如果你们也想换到二等舱，我可以借钱给你们。”

那个会弹月琴的男子请我借些钱给所带盘缠不多的童先生。此时，我真是由衷地感谢父亲的善意和七伯母的提醒。

我们三人一起搬到二等舱。这艘轮船上的二等舱与三等舱有天壤之别，二等舱的陈设与服务近乎一等舱，它们共用餐厅和甲板。这里的饭菜精致美味，甲板宽阔得让人似在闲庭信步。站在这里，可以望见下面的三等舱以及它那窄得可怜的甲板。为了不招致其他同船留学生的嫉妒，我们也会时不时去下面找他们。离开香港后，海面果然平静了许多。邮轮平稳前行，令我忘记自己曾经晕船不止。我不再害怕在茫茫大海上行驶，直至到达彼岸。为此，我甚是感激刘先生。

但是，另一片无边无际的大洋在我心中暗暗涌动着，我极怕穿越这片汪洋。可假若我不能越过它，便会失去一切。我的内心是否足够强大？那个会弹月琴的男子占据了我的心，我的视线总离不开他，脑海里总在念着他。我坠入了一个梦，在这个梦里，他对我意义非凡，是我的一切，而我对他来讲，却什么都不是。因为他，我风趣地讲话；因为他，我真诚地大笑。他是我的太阳。他一旦不在，周围即是一片灰暗，哀伤，一切都变得毫无意义，我便失去说笑的兴趣。大自然将旅程变成了童话般的一幅画，大海唤醒了人们心中的柔情，小舟则在爱情与梦想间游来游去。

人们渐渐淡忘陆地及陆地上的一切。我试着去回想双亲、家人、朋友及过往，恍惚间觉得这一切都在消失。回去的最后一个机会，已被我在香港错过。现在，母亲可以确信，她这个女儿终究是没有良心的。

假若我真没良心，那就好了。在海平线的那边生活着双亲，我怎么也望不到他们。苍穹之下站着我独自一人，那个弹月琴的男子不能与我同路。白天，我欢快地笑。夜里，我伤心地哭泣。我试着将这无望的爱情扼杀，事实却恰恰相反，我几乎被它摧毁。“安歌”号沿着正确的方向穿洋过海，可小舟却迷失了方向。我成了那个会弹月琴的男子的俘虏。我唯愿，这旅途无休无止，这样我便可一直伴在他的身边说笑。轮船一到马赛，我就不得不与他分离。他去巴黎，我去英国。

每天，轮船都在一点点地接近马赛港，四个星期的旅程也将至终点。船上举办了告别晚会，那个男子也登台演奏了月琴。我不知道，没有他，我将会怎样继续生活下去；我也不知道，怎样才能到处追随着他。他是我的一切。船到马赛，他很开心。除了我，大家都很高兴，我哭了。

下午，我们在马赛的一家中餐馆吃了饭，去一家商店买了东西，还一起去看了场电影。我们在街上遇到一些戴长纱巾的忧伤的法国女人，她们给我留下了极深刻的印象。我那时不知，这些女人是战后失去丈夫的寡妇以及失去儿子的母亲。

当天晚上，我们坐火车去巴黎。巴黎，那里肯定是人间的天堂。我在夜车上无法入眠。巴黎是我此行的目的地吗？自然不是。父亲只允许我去英国，是我自己想留在巴黎，我没有勇气独自一人去英国。我要留在巴黎，和那个会弹月琴的男子待在一起。我该爱上这个男子吗？当然不该。我可以停止爱恋这个男子吗？当然不能。这个男子知道我在爱着他吗？他当然不知道。这个男子会爱上我吗？他不会。父亲会允许我留在巴黎上大学吗？他不会。我在英国会幸福吗？我不会。我该爱上一个不会爱我的男子吗？我不该。我该去问问别人的意见吗？可我找不到可问的人。

一夜间，一连串的否定在我脑海中不停地翻腾。天渐渐亮了。十点钟，火车驶入里昂车站。灰暗的巴黎，这就是我对巴黎的第一印象。一些同胞及同船几个留学生的熟人已在站台上等着我们，并送大家到拉丁区的怡东酒店。

一切安排妥当后，新老留学生们开始相互交流。老留学生们尽心尽力地给新留学生们帮忙，出主意。我问其中一个：“您来法国多久了？”

“十年。”他回答。我吃了一惊。一个人怎么能在国外生活十年？十年可是我现在生命的一半！我是绝对不会在国外待十年的，三四年我都难以想象。这么久住在国外，他就不孤独害怕吗？假若他有一天死在国外，那是何等可怕！一个人客死他乡，死时也没有同胞在身边，那该多么凄凉！叶落归根，死也要死在故土。在我看来，十年是何其漫长的岁月。我到巴黎还不足一天，可巴黎完全不似我想象中的那样，它看着根本不像天堂。那位老留学生问我：“您为什么要去英国？留在巴黎吧！您看，他们全都留在这里。”

我的心一下子揪紧，说：“我很想留在巴黎。但是，我父亲要求我去英国上学。”

“您自己没有兴趣去英国吗？”他接着问。

我突然感到不寒而栗，难道他发现我有什么不对劲的地方吗？我回答说：“这点我也说不清楚。您有什么好建议吗？”

“您想读哪科？”

“我不知道。”

“那么尊贵的大小姐，您父亲希望您读哪科呢？”

“医学。”

“您的化学和物理学得好吗？”

“一点都不好。”

“若是这样，那就为时已晚，您没必要去学医科。您自己喜欢什么？”

“文学。”

“这没什么好学的，等我们日后老了，再研究它也不迟。您之前学哪科的？”

“政治学。”

“这科好！巴黎高校的这个学科非常好。巴黎自由政治学堂极负盛名，迄今为止，那里还不曾出过中国籍的女毕业生，您应该去做这第一人。”

我喜欢他的这个想法。但我该怎么向父亲解释呢？父亲永远都不会同意我留在巴黎。可是，我不想离开这里。这位老留学生看出我很赞同他的提议，便继续说道：“我给您出个主意。您先给您的父亲写封信，请求他允许您留在巴黎。书信来回怎么也要两个月，在收到他的回信前，您就先待在巴黎，像其他同学一样，开始学习法语。我会帮助您解决所有问题。首先帮您找到住处。您看如何？”

“太好了！我就听您的。请先帮我找到住处吧。”

我暂时留在了巴黎，可以继续悄悄地爱着那个弹月琴的男子。

那位老留学生果然处处帮我。他给我父亲发去一封电报："平安到达。"现在，母亲不必再期待我的中途返回。我已越过了大洋！可母亲怎会晓得，我心中的另一片汪洋呢。我忘不了母亲的话，但她的眼神再也不能看着我。我依然还是那个在陶园里欢声笑语的小舟，现在，我终于可以大声说笑，大胆去爱，也不必担心身边突然出现一个堂哥。

那位老留学生帮我在巴黎近郊的阿尔克伊－卡尚区租到了住处。这次同船来的好多学生都住在这里，大家的住处离得并不远。我住在一家老膳宿公寓一楼的一个小房间里。一张四柱床是这间房里最大的家具，另外还有一个陈旧的衣柜，一张小桌子，一把开缝裂口的沙发椅，以及一个洗漱台。房间的外墙上长满了爬山虎，密密麻麻地遮住了窗户，即便只有微风细雨，它们都会在窗前点头哭泣。

巴黎天天都在下雨，我将自己的小屋称作"风雨满窗"。这样的环境实在令人感伤。房东太太是位孀居的老妇，总穿一身黑衣。出门时，她会戴上一顶有面纱的黑色帽子，那面纱几乎垂地。她出入悄无声息，好似幽灵一样。我有些怕她。她看着极其不幸，长相也极为可怕：蓝眼睛大而空洞，两片嘴唇宽而肥厚，不苟言笑。除我之外，她还有两个租客，都是大学生，但我从来没遇见过他们。早晨，当我下楼去餐厅吃早饭时，那两个大学生早已离开。房东太太为我送上一杯热巧克力，两片干面包。她教我把面包蘸上热巧克力吃。我照此尝过之后，觉得很好吃。我和房东只能借助手势才可勉强明白对方的意思。她带我去厨房，指着萝卜，用法语说“萝卜”。我明白，她这是想教我学法语。或许她也没有看上去的那么可怕吧。在巴黎找到一个既便宜又干净整洁的房间并非易事，我该知足。

那个会弹月琴的男子、童先生及另外一个女孩子也住在阿尔克伊－卡尚区。我们四人常常一起去离我住处不远的一家膳宿公寓吃午餐和晚餐。如在邮轮上一样，我仍然爱说笑，也依旧悄悄地爱着那个男子。

几天后，我去找童先生的时候，碰到一个大学生，他恰巧也认识我的好友王恩龄小姐。他告诉我，恩龄在我启程后不久的一个夜里，在德国医院里安然长眠。这个消息通过西伯利亚邮政传递，竟比我还早到巴黎。我在途中写给她的那封信，可惜她再也收不到了。我可以向之倾诉新愁的最后一个人去世了。

我满怀忧伤地回到自己的住处，躺在床上，抽泣不止。我曾是一个斗士，一个英雄。可如今呢？我却成为爱情的奴隶。是谁让我变成这样的？是那个会弹月琴的男子。是谁将他介绍给我，并给了我出国留学的想法的？是我的好友恩龄。为什么会这样？她已去世，没人可以给我答案。我就这样来到了外国，躺在这个房间里。我说不了话，也找不到一个可信的人去倾诉心声。我能做的只是哭泣，不停地哭泣。我来外国就是为了这样痛哭不止吗？我本是来追寻新生活的，却成了爱情的奴隶。现在还收到这样一条死讯。整个晚上，我都在哭。房东太太在我床前站了一会儿，透过婆娑的泪眼，我依稀还能认出她。她问了我几句，可是我听不懂她讲的话。她看出我的不幸，却无法安慰我，只能走开。我继续哭啊哭，直到深夜。

恩龄似乎出现在我的眼前。她穿着一身素衣，来到我面前，用长袖轻拂我的脸。我伸手欲抓住她，她立刻离我远去，消失进墙里。我僵直地躺在床上，心怦怦跳，全身被汗水湿透了。鬼？不会，我在外国，外国没有鬼。那是恩龄，她不远千里来向我告别。恩龄再也说不了话，她死了。我也说不了话，因为我在非母语的陌生国度。我的思绪只被死亡和那个并不爱我的男人所占据。

我不能继续住在这家膳宿公寓，这里只会让我感到更加不幸。墙上爬山虎的叶蔓颤动着，与我一同哭泣。第三天，我就搬到了另外一家配置了家具出租的膳宿公寓。大家都劝我："不要把生活看得如此认真、悲凉。"可他们并不知道，我的悲伤也源于深深的暗恋。新住处虽有家具，房东却不提供早餐。好吧，那我就不再吃早饭。那浸泡了热巧克力的面包片就作为我初到法国的第一次享受，留在我的记忆里。新住处的房间崭新而明亮。在这里，我不再被恩龄的鬼魂所跟随。然而，到了晚上，我在床上看完后扔在地板上的报纸突然沙沙作响，我听到后立刻想到了鬼魂或老鼠。

我和其他那三个同学一起开始在法语联盟学习法语，另外，我一周还上三次晚间的私人课。早晨，我们在阿尔克伊－卡尚的小火车站集合，然后一起坐到卢森堡站下车，之后穿过卢森堡公园，再步行一段，就到了位于拉斯拜尔大道的法语联盟。中午，我们一起坐车回阿尔克伊－卡尚吃午饭。饭后，再原路返回法语联盟。晚上，我们聚在膳宿公寓吃晚餐。假若下午语言学校没课，而那天天气晴朗的话，我们四个就一起去散步。我们漫无目的，悠闲散漫地走啊走，一路有说有笑。我们经过田野，走过菜地，路过墓地，沿途几乎遇不上其他行人，只看见几对手执拐棍的老夫妇坐在路边的长椅上晒太阳。童先生总能找到话题：“像他们这样彼此相爱到老的幸福夫妻真是令人羡慕。”

我又重新开始爽朗大笑，不再思虑着眼前的幸福是否会终结。太阳照耀着阿尔克伊－卡尚，也照亮了我的心房。有时，我们散步到很晚才回各自的住处。学上两个钟头的法语后，便到了晚饭时间。我们几个就又一起聚在饭桌上，快乐地说笑。我们几个应该都有迷失在陌生国度的感觉，便试着用笑声互相安慰。这家膳宿公寓的房东太太厨艺极佳，她非常羡慕我们这些年轻人，每次见到我们都很高兴，总是冲我们微笑。她还常常对我们讲话，可惜我们没有一人能听懂她的话。

出国后收到第一封家书时，我已在巴黎停留了一个月。每个人都高兴收到来自家乡的信息。杏姐在信中写道：“你走之后，我们的房间、整所房子都变得安静而空荡荡的，不同以往。母亲十分伤心，收到你的电报前，她一直盼着你会因晕船而中途返回。自你走后，母亲的心受到重创。另外，家里最近出了一件诡异的事情。母亲新雇了一名女佣。这名女佣说，连着好几天，在去厨房的路上，她都看见一个孩子站在杂物间的拐角处。我们起初都没在意她的话。可有一天，女佣陷入恍惚状态，说话时的声音都变了。那不是她的声音，而是死去的小弟的。小弟附在她身上说，他在杂物间已经待了几日，直到今日方有机会附在女佣身上，来到人间。他要求同母亲说话。母亲不愿去，派椿弟去见小弟，并让椿弟转告小弟说，他活着时，自是母亲的好孩子；可是，他既已离开母亲，便不再是母亲的孩子。有什么心愿，他只要告诉椿弟即可。小弟听后，流着苦涩的泪水一字不差地说出，我们何日何时收到了你发自巴黎的报平安的电报，还准确地描述了你的性格。他让椿弟转告母亲，他在那边没钱了，请母亲给他多烧些纸钱。他就这样哭着离开了女佣的身体，女佣刹那间就恢复了意识，却丝毫不记得先前发生的事情。若非我亲眼所见，我真的不能相信世间竟有这样的事情。母亲绝望地认为，是小弟的鬼魂把你赶去国外。不幸的母亲啊！我们都要逐渐适应你不在家的生活。”

父亲在来信里拒绝了我的请求，但我仍然不愿离开巴黎。我再次写信给父亲，请求他的准许。然后继续待在巴黎，等着他的回复。

我越来越习惯在阿尔克伊－卡尚的生活，习惯我们四人一起，每日往返于阿尔克伊－卡尚和巴黎之间，习惯了在阿尔克伊－卡尚的阳光下散步，习惯了欢声笑语的就餐时光以及晚上彼此的互访。

父亲在他的第二封回信中还是拒绝了我的请求，我必须去爱丁堡，他已将学费汇给那里的大学。我伤心不已地和几个同学告别。直到最后一刻，我都期盼着那个会弹月琴的青年能跟我一起去英国，或至少陪我到那里。但是，结果未如我所愿。我只得鼓足勇气，强迫自己要剪断情丝，撕裂我和他之间的纽带。但我心里依旧抱着希望，希望有朝一日重回巴黎，好与他重逢。我就怀着这样的心情坐上由巴黎北站开往加来的列车。小舟得独自穿过英吉利海峡，越过心中的那片汪洋，在风中飘摇。

我在国外的最初几年里，收到的都是家中一些不幸的消息。双亲为杏姐选了有钱的婆家，但杏姐不愿意，她要嫁给自己所爱的穷教员刘先生。双亲最终答应了这门亲事，但也提出好多前提条件，而且要求他们必须举办“红通通的婚礼”。于是，杏姐坐着红轿子，被抬到了刘先生家，而刘先生在天津并无亲人。“你不在这里，我一个人无力去抗争。更主要的是，我不想牺牲我的爱情。”杏姐在信中说。

昌弟一直不敢回家，也不愿意回家。他能挣钱养活自己，却再也无法维持他身体的健康。他的爱情故事最终还是被父亲获知，父亲气得不许他再回到家中。昌弟偷偷地在哈尔滨娶了他爱的姑娘，那姑娘为他生了一个儿子。可惜，不久之后，昌弟染上了肺病。到了此时，他才写信给母亲，请她寄些钱给他。母亲立刻照做，并说服父亲准许昌弟回家，还认可了他的婚姻。昌弟因病失去了维持生活的收入来源，便带着妻子回到双亲家，却在回家前将儿子悄悄送到新婚不久的杏姐那里。可惜为时已晚，无论是母亲还是父亲，没人可以挽救昌弟的生命。在家里，他开始大量吐血。之后，病情急速恶化。双亲特意租了一所房子让他静养，母亲日夜守在他的床前。但一切都太迟了，昌弟的病已无药可救。在生命的最后一刻，他请求双亲善待他的妻子，但还是没敢透露他已有儿子的消息。昌弟死后，父亲为昌弟身后未留下继承人而甚是忧虑，想找孩子过继给昌弟。到了这时，双亲才得以知晓真相，昌弟是有一个儿子的。失去父亲的孩子立刻被接回他的祖父母家里。双亲将其视为掌上明珠，他们对我那丧偶的弟媳也非常好。但是，后来弟媳带着小侄子离开双亲，回哈尔滨去了，因为那里是她的家乡，她想在那里工作。双亲留不住她，母亲只能痛苦地哭泣。

椿弟按着双亲的意愿，娶了母亲为他千挑万选的姑娘做妻子。他一开始不想成家，但最终还是屈从。椿弟的婚后生活很幸福，他的妻子很漂亮，而且受过良好的教育。新娘子对自己的夫婿也很满意。不幸的是，幸福没能持续太久。椿弟婚后不过五个月，也即昌弟死后三个月之时，得了急性肺炎，在家中病榻上躺了五日便去世了。在这五天五夜里，母亲一直陪着他。椿弟害怕死亡，也不愿死。他求母亲，在他死后三日之内，不要合上棺材的盖子。他希望，自己可以还魂重生。死神就这样如此早、如此迅速地将魔爪伸向了椿弟。椿弟的房间被布置成专门祭奠他的灵堂。我那漂亮的弟媳新婚不久就失去了丈夫，她每天都到那个房间里燃香祭拜，在椿弟的遗像前焚烧她写给椿弟的诗稿。她本是母亲挑中的理想儿媳，却没被现实证明她是理想的。母亲认为，这个儿媳的命很硬，是她克死了椿弟。如今，只有这一个儿媳和我的双亲生活在一起。她是他们五个儿女唯一的替代品。

和哥终于得以将妻儿接到北京一起生活。父亲很想留两个孙子在身边，过继给已故的长子和幼子。但是，和哥不愿把自己的儿子留给父亲。

母亲还能有什么期望？我那唯一幸存于世的和哥成了佛教徒，我的杏姐嫁入寒门，我则生活在国外。

另外还有一个令人伤心的消息：我出国两个月后，南开大学成绩最好的那个男生在天津的一家日本医院里死去了。我还没来得及给他写信。

至于我，算命先生曾预言我有十年的幸福。事实上，轮船在九月二十一日驶离天津港，带着我奔向另一个世界，投入另一种生活。十年之后的九月二十二日，另有一艘轮船将我载回天津港。十年后，我由另一个世界和另一种生活返回家中。《十年幸福》即是小舟的传记的续篇。

图书在版编目（CIP）数据

小舟 /（德）周仲铮著；卢居琴译. -- 北京：中国少年儿童出版社，2020.1
ISBN 978-7-5148-5658-3

Ⅰ.①小… Ⅱ.①周… ②卢… Ⅲ.①传记文学－德国－现代 Ⅳ.①I516.55

中国版本图书馆 CIP 数据核字（2019）第 217097 号

著作权合同登记　图字：01-2018-7703

XIAO ZHOU

出版发行：中国少年儿童新闻出版总社
中國少年兒童出版社

出　版　人：孙　柱
执行出版人：郝向宏

责任编辑：汪　可　　装帧设计：李　东
版权引进：杨　靓　　责任校对：刘成聪
责任印务：厉　静

社　址：北京市朝阳区建国门外大街丙 12 号　　邮政编码：100022
编 辑 部：010-57526286　　总 编 室：010-57526070
发 行 部：010-57526568　　官方网址：www.ccppg.cn

印刷：河北新华第一印刷有限责任公司

开本：880mm × 1230mm　1/32　　印张：11.125
版次：2020 年 1 月第 1 版　　印次：2020 年 1 月河北第 1 次印刷
字数：250 千字　　印数：6000 册

ISBN 978-7-5148-5658-3　　定价：58.00 元

图书出版质量投诉电话 010-57526069，电子邮箱：cbzlts@ccppg.com.cn